# 奥尔皮里的秋天

〔格鲁吉亚〕塔比泽 著
骆家 译

人民文学出版社
PEOPLE'S LITERATURE PUBLISHING HOUSE

**图书在版编目(CIP)数据**

奥尔皮里的秋天/(格鲁)塔比泽著;骆家译.
—北京:人民文学出版社,2017.9
(巴别塔诗典)
ISBN 978-7-02-013238-6

Ⅰ.①奥… Ⅱ.①塔… ②骆… Ⅲ.①诗集-格鲁吉亚
-现代 Ⅳ.①I367.25

中国版本图书馆CIP数据核字(2017)第203736号

责任编辑 **甘 慧 何家炜**
装帧设计 **高静芳**

出版发行 **人民文学出版社**
社　　址 **北京市朝内大街166号**
邮　　编 **100705**
网　　址 **http://www.rw-cn.com**

印　　刷 **山东临沂新华印刷物流集团**
经　　销 **全国新华书店等**

字　　数 **200千字**
开　　本 **889×1194毫米 1/32**
印　　张 **17.25**
插　　页 **5**
版　　次 **2017年11月北京第1版**
印　　次 **2017年11月第1次印刷**

书　　号 **978-7-02-013238-6**
定　　价 **75.00元**

目录



## 诗歌

## 未标注日期的诗歌及节选

## 长诗

## 群山的守卫者（序言）

吉狄马加

知道骆家已经将吉茨安·塔比泽的诗集翻译完即将付梓的时候，说实话我的心情是不能简单地用激动两个字来形容的，这就像完成了一项神圣的使命，它给我带来的激动和喜悦甚至是语言也难以充分表达的，这似乎是一种宿命，冥冥中吉茨安·塔比泽与我联系就如同一根绳带，它在无形中将我们的灵魂紧紧地连在了一起，同样这根绳带，又把我的朋友译者骆家也连在了一起，难道这一切都是偶然的吗？可以肯定地回答，当然不是。我历来认为，诗人这个群体就如同一个民族，或者说，在这个特殊的动物群体中，他们也会用嗅觉和气息去寻找自己的同类，并在这些同类身上找到慰藉、共鸣、理解以及超越时空的相互之间灵魂的交融和沟通，无可讳言，作为诗人，我与吉茨安·塔比泽之间就构成了这样一种关系。

最早知道格鲁吉亚伟大诗人、翻译家塔比泽的名字，是我在阅读俄苏白银时代那些重要诗人的文章和回忆录中知道的，特别是诗人鲍·帕斯捷尔纳克、安娜·阿赫玛托娃、尼·扎博洛茨基、H.吉洪诺夫等都翻译过他那些令人心碎而忧伤的诗歌，鲍·帕斯捷尔纳克还曾这样描写塔比泽：“他抽着烟，一手叉腰。他严肃似一座雕像；他像天然金属一样干净。他健硕，一头浓密的栗色头发；他凡人一个，但是就跟罗丹的巴尔扎克雕像一样。”毫无疑问，正是因为那些天才而富有魅力的翻译，吉茨安·塔比泽的诗歌成为了人们通向格鲁吉亚伟大灵魂的钥匙，特别是他那些有关格鲁吉亚山地和乡村的诗歌，就像太阳的影子和空中落下的雨滴，在格鲁吉亚的群山和河流上留下了无处不在的记忆。恐怕只有像我们这样都出生于山地的诗人，才会在一个瞬间就拥入彼此的灵魂，找到在精神上失散已久的兄弟。吉茨安·塔比泽的诗歌，是对一个山地民族心灵密码深层次的解读，他诗歌的抒情性以及永不枯竭的原生动力，自始至终都来源于这个民族数千年来就从未中断的历史、传说、神话以及有别于他人的生活方式，他的诗所构筑的内在结构和背景，都和这个民族独特的文化价值体系、当然还包括一以贯之的精神传承都有着密不可分的联系。他的诗就本质上而言，是深沉而忧伤的，就像我听见过的格鲁吉亚古老的歌谣，这些歌谣与我们彝族人的山地歌谣极为相似。他的诗从表面上看，其形式质朴而厚拙，就像我们从画册中看到过的格鲁吉亚的山岗和峰峦，但最让人震撼的是，他的诗呈现的精神符号却是象征的、委婉的、含蓄的、多声部的，有时甚至是复杂难解的，这些诗是高加索山地的一种隐喻，其粗犷和沉默的内在力量，被注入了炙热滚烫的血液，从某种意义而言，吉茨安·塔比泽的全部书写，就已经构成了格鲁吉亚民族一部隐秘的心灵史，难怪苏联的文学史将他毫无争议地纳入了最伟大的诗人的行列，他所达到的高度，完全能与鲍·帕斯捷尔纳克、尼·扎博洛茨基、安娜·阿赫玛托娃等人比肩。

对吉茨安·塔比泽的关注，是我在阅读那一代诗人充满血泪的文字中开始的，这不是出于好奇，而是作为诗人的一种特有的敏感，但是令人遗憾的是，在很多年间，却没有一个人能将他的诗翻译成中文，不能让这样一位伟大的生活于二十世纪的诗人的作品与中国的诗人和读者见面，尤其是当我读到在“大清洗”运动中吉茨安·塔比泽被枪杀以后，记录有关鲍·帕斯捷尔纳克的一段文字时他这样说：“‘塔比泽已不在了，我如何能够去格鲁吉亚？我曾经那样爱他。’他给塔比泽遗孀尼娜发去了一封那个时期无法再写得更多内容的电报：‘我的心碎了。没有吉茨安，我将如何活下去？’”更是让我唏嘘不已，这难道就是真正的诗人所要承受的命运多舛的打击，或者说，是一个不平凡的时代，在造就一个伟大诗人时必须要经历的炼狱之火，而这一切都会让我们陷入更为深沉的思考。由此，我还想起了 2015 年 11 月 9 日我与叶夫图申科在北京见面对谈时，他给我朗诵的他写的一首四行诗：“啊，格鲁吉亚，你是俄国缪斯的第二摇篮，你擦干了我们的眼泪。一旦不小心忘记了格鲁吉亚，在俄国便无法继续做诗人。”如何能把吉茨安·塔比泽的诗翻译成中文，可以说是我长久的一个心愿，这或许就是命运的安排（对此你必须相信），在一个偶然的机会，我见到了我的朋友诗人、翻译家骆家，便极力向他推荐翻译吉茨安·塔比泽的诗歌，特别令人欣慰的是，他不光爽快地应承了这项艰巨的任务，还在不到一年的时间内就将这本吉茨安·塔比泽的诗歌精选集翻译了出来。在此，我作为吉茨安·塔比泽精神上的亲密兄弟，我要向诗人、翻译家骆家致以深深的敬意，同时，我还要向为这本诗集的翻译出版付出过辛劳的所有的朋友表达我由衷的感谢，因为你们这一开创性的、将被历史所牢牢记载的工作，已经使吉茨安·塔比泽的诗歌成为了中国现代汉语诗歌的一个部分，还有什么能比这样的工作和成就而令人欢欣鼓舞呢。最后请允许我把写给吉茨安·塔比泽的一首诗作为这个序言的结束：

**刺穿的心脏**

——写给吉茨安·尤斯金诺维奇·塔比泽

你已经交出了被刺穿的心脏
没有给别人，而是你的格鲁吉亚
当我想象穆赫兰山[①]顶雪的反光
你的面庞就会在这大地上掠过
不知道你的尸骨埋在何处
那里的白天和黑夜是否都在守护
在你僵硬地倒毙在山冈之前
其实你的诗已经越过了死亡地带
对于你而言，我是一位不速之客
然而我等待你却已经很久很久
为了与你相遇，我不认为这是上苍的安排
更不会去相信，这是他人祈祷的结果
那是你的诗和黑暗中的眼泪
它们并没有死，那悲伤的力量
从另一个只有同病相怜者的通道

① 穆赫兰山，格鲁吉亚境内一座著名的山脉。

送到了我一直孤单无依的心灵
即使你已经离世很久，但你的诗
依然被复活的角笛再次吹响
相信我——我们是这个世界的同类
否则就不会在幽暗的深处把我惊醒
我们都是群山和传统的守卫者
为了你的穆哈姆巴吉①和我祖先的克哲②
勇敢的死亡以及活下去所要承受的痛苦
无非都是生活和命运对我们的奖赏……

2017年2月8日

---

① 穆哈姆巴吉，格鲁吉亚一种古老的诗歌形式。
② 克哲，彝族一种古老的诗歌对唱形式。

## 我的自传

1895年4月2日，我出生于西格鲁吉亚、靠近奥尔皮里附近一个叫舒阿姆特的村庄。

奥尔皮里河流入萨钦诺河，而萨钦诺翻译成俄语就是“显著的、著名的”意思。在我的童年时代，谁都不相信萨钦诺曾是史料记载的格鲁吉亚粮仓，但后来不知什么时候这个曾经的富庶地区就这样被荒芜了。“饥荒年代，是萨钦诺喂养了伊美列吉亚（或者说科尔希达）”——著名的地理学家沙皇之子巴胡施基缅怀过去时写道。

我记得一些古希腊职业作家。作家吉波科拉特对这个地区是这样描述的：“法吉斯河穿流其间，这个国家多沼泽、炎热、潮湿、到处是原始森林。全年多雨。当地居民用原木或者芦苇直接在沼泽甚至水里建造房屋。只有当进城或者赶集去巴扎尔的时候他们才远离家门……这个国家的果实从没成熟[1]；而这个地区

① “……这个国家的果实从没成熟”：原文如此（本书注释，如未加说明，均为原注。）。

总是浓雾笼罩，以至于当地的人明显与众不同：他们普遍个儿高，但如此壮硕，以至于很难区分哪里是关节、哪里是静脉。皮肤有点儿黄绿色，像害了黄疸病似的……”

童年起一直萦绕在我记忆周围的是那些最奇特的风景。特别记得利奥谷地的落日。当热气腾腾的紫红色太阳在帕列奥斯托姆湖上徐徐落下的时候，湖面上的蚊虫遮蔽了半边天。

林间小路旁的蕨类植物、攀援茎类的藤本植物，还有稠密的悬铃木系列和白杨林，还有那些教堂塔顶杂乱无章地与沼泽地交叉在一起的非比寻常的辽阔景色，很早以前就成为我非常推崇的玛茵·里德小说的背景，还有亚历山大·鸠穆笔下主人公特殊事件的发生地，而鸠穆上世纪六十年代曾多次在格鲁吉亚各地区停留，并留下了关于奥尔皮里和波基沼泽令人称奇的描述。

奥尔皮里位于山地河流茨赫尼斯-茨哈里河流入利奥河的入河口。这条河流的名称塔克维利（即“第比利斯”）原先未曾取名——前面提到的巴胡施基这样记叙——而当这条河流将从阿纳科皮亚败退时穆尔王·戈卢霍伊的六万阿拉伯入侵士兵吸进河里的旋涡后，此河就因此得名，被称为茨赫尼斯-茨哈里河

（马的河流）。

一旦暴发瘟疫和利奥河发大洪水，老头们就会常年盘点漂浮物。发狂的河水带着毁坏的房屋、婴儿小推车和墓地被冲毁后浮在浊浪中的棺材板。而当利奥河冲进两岸并形成黏稠的滑坡时，人们总是被迫滞留等待好几周。

远古时期，奥尔皮里就被视为利奥河上的港口。我的记忆中这里常常有内河轮船停靠和从这里运走玉米和干果。

稍长大成人的时候，奥尔皮里和利奥河三角洲让我想到的是艾·威尔汉的家乡舍利达；同时还唤起我关于金色三桡战船“阿尔戈”和那些寻找金羊毛勇士们的记忆。正是在这些地方，他们下了船，催眠了毒龙并盗走了科尔希达国王的金色羊毛和抢走了国王的美女女儿美狄亚。而杀死自己亲生孩子的美狄亚悲剧命运，则在神话故事创作中通过尖锐地揭示科尔希达的命运以及无情鞭笞美狄亚的铁石心肠——她患上了热带疟疾，来体现出来的。

我亲眼所见，整个村子的人都因为寒热病而死去，村民们只得咒骂着放弃他们生养多年的地方。

由这些“充满幻觉的村庄”使我很容易转而想起法国诗人洛特雷阿蒙（1846—1870）。蒙古人扎巴在

《玛里道路之歌》中的独白里写道——奥尔皮里的这个青蛙白日乐队，只剩下些退化变质了的歌可唱。在格鲁吉亚的苏维埃政权努力下，这个地区已经变成了一座柑橘花开的花园。科尔希达的沼泽抽干水之后，再加上在黑海沿岸引入亚热带文化元素，这一切让这个国家的面貌彻底改观，而让人们把金羊毛的神话故事早已远远忘在脑后。

我的父亲完全对得起古代哲学家尤思金这样的称号，只是古希腊罗马哲学思想被他极容易地就运用到俄罗斯的虚无主义上去了。第比利斯神学院是八十年代疾风暴雨的革命斗争发源地，而父亲作为神学院的学生，却被卷入一场混乱的事件中，没能完成神学院的学科课程，六年级时就被勒令退学。依据则是一度沸沸扬扬很久的一宗关于神学院一个名叫约瑟夫·拉伽什维利的学生刺杀神学院校长楚杰茨斯基大司祭的案件。我的父亲一生都敬仰俄罗斯的教育家：H. 车尔尼雪夫斯基、H. 多波罗留波夫和 D. 毕萨列夫。到生命的最后一刻他几乎都能背诵涅克拉索夫的全部作品。我的父亲跟格鲁吉亚文学界很快熟络，并参加了伊里奇·恰夫恰瓦泽的《伊维利亚》杂志和报刊工作。不久我的父亲就担任了刚刚组建的第比利斯法律协会秘书长一职。但三年后，我的爷爷，一位乡村神甫，找到了父亲，请他回到农村接替爷爷的神甫位置，以减轻上了年纪的爷爷的劳累。

抑或是因为祖父的突然出现和坚持，还是因为父亲的一贯优柔寡断——我不知道是什么决定了他的命运，但父亲终究彻底离开了第比利斯市，自愿地将自己放逐去了农村。那里他不仅倾注全力于伊梅吉亚地区戈伏利伊尔主教的神甫高位，还全心研究格拉西莫姆·季克泽，一位首次用俄语编写心理学和逻辑学教科书的作者；与此同时，我的父亲还赢得了H.多波罗留波夫的赞誉。头几年父亲因为习惯还能继续从事文学创作、做杂志报纸的摘抄、同出版界合作并固定地与朋友们保持书信往来，但不久就认识到他已经完全脱离了城市生活，于是就慢慢收窄了自己的乡村生活。因为生病的原因他放弃了由他筹建的走读学校的授课工作，而我的启蒙教育就是在那所学校完成的。

我不记得我是怎样开始识字的。在我们家四岁的孩子就开始上学并轻松地学会了字母表，这让我的母亲伊丽莎白·奥科罗皮洛夫娜非常高兴。她是一位优秀的、热爱劳动的妇女；而当我们很早就失去父亲之后，母亲还担起了教育我们成长的重担……

作为一个长期病号又易动怒，父亲仍赢得了周围乡亲们普遍的尊敬。尽管他不是无所不知，且凡事都只有他自己经历面对，但许多很远村子和山上居住点的乡亲们都跑来找他咨询意见。好在妈妈跟所有的人都合得来。她的邻居们任何事情都能给她做示范。田地里的活她从不嫌弃，也从不让自己生病的丈夫和众多子女沾手繁重的劳动。尽管她的工作都是默默完成的。而在农村，正如她说，只有一件工作，那就是干不完的家务活儿。

我的父亲对我的上流社会教育也是不遗余力，尽管这花了他不少精力和金钱。1905年父亲特地带我去了库塔伊西市，在那里我读完了古典中学的初级课程。

记得我们赶上了一辆革命列车：被黑色百人团匪徒打死的萨巴·克尔加什维利教授遗体刚好从敖德萨运抵。在库塔伊西火车站人们用红旗和高唱《马赛曲》接车，随后葬礼就变成了几千人的游行示威活动。当父亲把我安顿住在一位上了年纪的启蒙老师的新房间时，我感觉很适应。那间房子其实就是革命的总部。我那位谦逊老师的儿女们就是运动的首领，而我通常睡觉的床垫下面就堆满来复枪，同时好像我还曾负责照看过印制无数的传单仓库。在那间房间里，我结识了第一次革命几乎所有著名的活动家，其中许多人都是后来十月革命的积极参与者。尽管竞争激烈，我依然得以顺利考入古典中学一年级学习，并于1913年毕业。

我们的古典中学顺应了革命和最新的左派诗歌潮流。通过同为我校毕业生弗拉基米尔·马雅可夫斯基的自传，俄罗斯读者就很容易想到这一点。他几乎跟我是同一时期入的学。

中学起，我就与“蓝角”诗社所有的朋友们相识。而少年时代我们就憧憬着格鲁吉亚诗歌大变革。库塔伊西中学，跟其他旧帝国所有地方一样，制度管理非常严格，有很多“老顽固”，但也有不少老师我至今仍心怀感激。

那时，跟通常情况下一样，格鲁吉亚语是合法语言：每周格鲁吉亚语的课程占到五分之一或六分之一，并且在那些雨后春笋般的地下文学社团组织的活动中，格鲁吉亚母语学习得到了很好的锻炼；对我特别有帮助的是，童年时代我几乎就能背诵格鲁吉亚语《圣经》，在农村也一直与劳动阶层的人们交往。

很早的时候我就开始写诗，并从古典中学六年级起开始发表。起初是在库塔伊西报纸，随后在第比利斯报纸；其中，还发表了一系列的作品翻译：A. 勃洛克、B. 勃留索夫、Ф. 索罗古贝、И. 安年斯基，还有Ф. 陀思妥耶夫斯基的《关于大宗教裁判官的传奇》和一些法国诗人的诗歌翻译。

我还记得古典中学生活中的一件趣事，虽说最后出人意料地圆满结束。罗曼诺夫王朝纪念日时我写了一张措辞激烈的传单，很快就星火燎燃般传遍帝国。不久，我的一个熟人报告给了古典中学的管理层。校长对我这种违禁言论进行了严厉的批评。这件事情让省里的督学也知道了。于是开始了调查，传言要拘捕我，但校长并没有把我供出。他是出于拯救古典中学的良心还是解救一位年轻的诗人，我不得而知，但他的英勇义举无疑使我从这一诉讼中得以解脱。

库塔伊西市彼时就像罗登巴赫笔下的《死亡天堂》①一样。在这个死亡之城的背景下，一些虚无的幻象开始满血复活，而我们亦被这些文艺作品所俘虏。早已卖掉了自己值钱的家产、陷于赤贫的只剩下小领地的农民之城，空想某种“贵族派头的生活方式”之城，挤满了靠着敏锐狡黠的小聪明、节日里终日游手好闲和爱说俏皮话者之城，所有这一切，又都极容易让我们沾染上市侩习气和“有伤风化”。

1913年我考入莫斯科大学哲学系，再通过中学毕业生的竞赛，进入哲学部的历史专业学习。

---

① 比利时作家乔治·罗登巴赫1892年发表的同名小说。

我进入莫斯科大学时正赶上教育部长卡索的大学自治分崩离析的时候；最好的教授们让我们的大学得以完整保留，或可以理解成为，我们的大学意识得以复耕。而我们最喜欢听那些彼时业已失宠的教授们的课程，例如：A. 马奴伊洛夫、梅伊兹比尔等。此时，我还选修了拉扎列夫斯基东方语言学院教授们以及H.Я. 马拉院士开设的一些课程。直到如今，我仍坚持认为 H.Я. 马拉院士不仅是一位伟大的语言学家，还是格鲁吉亚科学文艺学的奠基人。我们的教授里，我特别钟爱我们的系主任阿波罗·阿波罗诺维奇·格鲁什科、M. H. 罗查诺夫院士和进修班的 A. M. 洛巴金，A. 斯克里亚宾[①]曾在格鲁什科系主任家里住过；而罗查诺夫院士开设了有关意大利文艺复兴的课程。让我特别难过的是，科留切夫斯基教授那充满了丘特切夫的《最后的爱恋》般温暖的演讲我再也听不到了。而我们的校长，卡索的傀儡、独眼龙 M. 柳巴甫斯基无论如何也无法取代他。

但是伟大的战争已临近，空气中火药味越来越浓。贝伊利斯的丑闻案件更特别刺激了大学生们。最终导致的刺杀大公成为了我们大学生活的分界岭。

---

① 俄罗斯著名的指挥家、钢琴家、教育家和音乐象征主义流派代表。

文学的莫斯科曾经也被象征主义折服。刚从多尔纳赫[①]回国的安德烈·别雷带回了他对约翰骑士团大厦[②]的陶醉、关于歌德的最新争论，还有动作剧院的剧目。A. 斯克里亚宾的逝世和葬礼、斯克里亚宾音乐的崇拜，除了约翰骑士团大厦之外还有喜马拉雅的庙宇——简直就是一首《疯狂的长诗》。还有伊戈尔·谢维利亚宁的如哈伦·拉希德般奢华无比的、无数的诗歌晚会；宗教—哲学界的座谈会、论坛，从康德到克虏伯；俄罗斯士兵在德国前线的撤退；华沙和斯拉夫协会代表大会的弃之不顾；马里内蒂[③]和埃米尔·维尔哈伦[④]到访莫斯科；文学界的自由美学协会的座谈会和瓦列里·勃留索夫的演讲以及对象征主义、阿克梅主义和（或）阿达米主义的猛烈抨击；与彼时正在翻译鲁斯塔维利长诗《虎皮武士》的К.Д. 巴里蒙特结识；对 A. 勃洛克和 И. 安年斯基的着迷；直到最后，在莫斯科的街道上、舞台上弗拉基米尔·马雅可夫斯基、稍后的 B. 赫列博尼科夫及其他一些俄罗斯未来主义诗人出现。这些就是我所记忆深

① 瑞士城市。
② 即爱屋。
③ 意大利诗人。
④ 比利时诗人。

刻的，也是在我诗歌探索路上对我影响至深的同行。我被他们所吸引，同时或这样或那样地反映到了我未来创作活动中。

1915年我和我的朋友们、年轻的格鲁吉亚诗人们发起成立了诗人组织，并别出心裁地取了一个“蓝角”的诗社名字。为这份杂志我还写过两份宣言，也用了《蓝角》标题，连续几年刊登在《阵营》报的头版。宣言中总结了法国和俄罗斯象征主义的经验，而从另一方面讲，我还阐明了象征主义某个时期从革命的流派向学院流派的转变，与此同时未来主义开始占领文学的要冲。而这两种截然不同的矛盾体不能不称其为意识的两面性。

就像法国象征主义复活了龙沙，而我则力推贝西基（贝萨里昂·戈巴什维利），十八世纪末杰出的诗人，细腻的诗歌大师和写作亚历山大式诗歌的人。从那时起在格鲁吉亚诗歌中他就毫无争议地占据显著位置。俄罗斯象征主义者喜欢Φ.丘特切夫，如同我推崇巴扎·帕沙维拉：格鲁吉亚老一辈诗人中善于用雕塑般形象创造了格鲁吉亚史诗，将格鲁吉亚山地民族、帕沙维吉亚、赫夫苏尔人的民间诗歌运用到自己创作活动中的最伟大的诗人。巴扎·帕沙维拉的威望在格鲁吉亚至今无人取代。而他的一些长诗翻译作品出版已经给他带来了全苏联的声誉。

格鲁吉亚诗歌在那个年代已经完全无法提升这些诗人们，只有一些民粹主义者和拉德森①的机械模仿，而这是我们尽全力要抨击的。众所周知，格鲁吉亚诗歌很多世纪以来都拥有自己的文化：在古老格鲁吉亚那些伟大的诗人中间，伟大的伊朗抒情诗与欧洲诗歌交相呼应，鲁斯塔维利在自己伟大的史诗创作《虎皮武士》中就提前预见到了意大利的文艺复兴。据此他似乎比丹特②更早，就像我们在大卫·巴拉塔什维利那里找到了其与弗朗索瓦·维庸③的《大遗言集》的彼此呼应一样。十九世纪初的诗人们：Ал. 恰夫恰瓦泽、Н. 巴拉塔什维利、Гр. 奥尔别里安尼，摆脱了伊朗抒情诗歌的影响后，转而开始接受拜伦、普希金、密茨凯维奇，并有机地将它与格鲁吉亚的根连在一起，从而开创了成色非常饱满的诗歌。为这些诗人辩护的同时，如究其仿古者的实质，在下一个我称之为俄罗斯民粹派的陈旧模仿者的流派前，我已经不再注意他们将诗歌语言贴近民间口语方面所做的贡献；也不再关注他们的进取心以及所具有的社会意义了。很清楚地

---

① 西蒙·亚科夫列维奇·拉德森（1862—1887），俄罗斯诗人。
② 丹特·加布里埃尔·罗赛蒂（1828—1882），英国诗人、画家。
③ 弗朗索瓦·维庸（1431—1484），法国诗人。

还有一点，就是宣言中那种接近了格鲁吉亚诗歌发源地的申明很久以来“蓝角”诗社的诗人们在其创作实践中都没有得到完美的体现。

即使无需割开现实情况，诗人们的新诗社在格鲁吉亚诗歌彼时一片贫瘠荒芜的背景下已经发挥了巨大的作用。格鲁吉亚诗歌语言体系中头一次剔除了不再使用或从未使用过的词汇。头一次创作出了正确的十四行诗、三行连环韵诗、两韵八行诗；震耳发聩的韵律找到了新的空间、诗歌节奏也得到了重生；头一次开始创作自由诗歌、同音重复法诗歌、词首元音押韵诗歌。波德莱尔、魏尔伦、兰波、拉弗格和其他法国诗人以及俄罗斯新一代诗人拓宽了诗歌意象、隐喻的边界，格鲁吉亚诗歌找到了自己新的声音。甚至在“蓝角”诗社的诗人们对革命前的市侩阶层发起正面抨击的时候格鲁吉亚诗歌批评界也没有否认我们这个贡献。

我们的诗社正逢象征主义末期与未来主义初期之交出现，这给了我们对于现实批评意识的某些优势。不局限于两流派狭隘的教条，我们比较容易在格鲁吉亚阶层中自我定位并找到民族的土壤。我们一手建立象征主义流派在彼时格鲁吉亚时尚属欠缺的诗歌样板的同时，通过未来主义者的活动我们也感受到了未来主义的虚幻，就真像是被《在门槛里的两种生活方式》夹击一样。

在孟什维克党统治格鲁吉亚和脱离十月革命的俄罗斯那三年间，我们的创作变得更为复杂和更加迷茫；在苏维埃政权建立的初期，我们仍在迷恋象征主义、法国的超现实主义和达达主义。在单方面和偏颇地理解格鲁吉亚诗歌的古典传承时，我们却也被其民粹思想所污染。我的一首长诗《天使之马》就属于这一时期。作为学位论文的这首长诗又名为《格鲁吉亚诗歌之王》，格鲁吉亚社会各界对其中的一些章节非常认同。这首长诗并未列入我所选的诗集中去，因为它超脱了现实并装满了许多格鲁吉亚“救世论”的思想。

十月革命完全变革了我们的整个生活并在变革中也改变了诗歌的本质。借此，十月革命不仅拯救了俄罗斯未来主义者们，也拯救了我们。从十月革命到格鲁吉亚的苏维埃政权建立的那三年时间，还有与年轻的布尔什维克朋友们和格鲁吉亚地下党工作人员的亲近，都在意识里带来了一些冷静和清醒，但对于我们的改革这显然还不足够。

对于当时的环境，正值亚美尼亚—格鲁吉亚战争期间，我的那封发表在格鲁吉亚《萨卡尔特维洛》报上给第比利斯亚美尼亚侨乡会主席奥瓦涅斯·图玛尼的公开信就显得具有代表性。信中在分析了孟什维克党人和达什纳克党人用马其顿方式解决民族问题后，发出了国际主义友谊的呼吁。而奥瓦涅斯·图玛尼发表在第比利斯报纸上的回函，则体现了这位伟大诗人的真诚、对兄弟般邻邦人民尊严的无限热爱和民族和平的向往；而这一切在外高加索必须实行列宁的民族政策才能实现。

格鲁吉亚的苏维埃政权建立的最初时期，格鲁吉亚文艺的一系列改革开始实行。文学作品并不总能满足政治宣言：要想摆脱资产阶级艺术和民粹环境虚伪见证人的遗毒实属不易。格鲁吉亚对俄罗斯未来主义过时的机械模仿现象就发生在这一时期。还是在1925年的时候，迷陷于B.赫列博尼科夫的创作，他们将其已然没有任何民族色彩的诗歌捧为“至妙的”诗歌。甚至“列夫”①的出现也没能促使他们稍微清醒过来。又过了三四年后，他们中的大多数人彻底淡出了文学界；而剩下的那一部分，接受了“蓝角”的影响后，随后就汇入了无产阶级共青团诗歌的洪流之中或者努力逐渐消除形式主义的流毒的同时全部转向电

① 1922—1928年莫斯科左翼艺术阵线创作联盟的缩写。

影界工作。

格鲁吉亚最新的诗歌流派形成周期尚未结束，其发展道路之曲折，法国诗歌与俄罗斯诗歌以及一些土生土长的、再其次是众所周知在苏维埃诗歌影响下成长的著名诗人相对快速的自我定位的交叉影响，引发了无法厘清这种状况的苏联评论界的一些疑惑不解。而格鲁吉亚评论界对于新型诗歌真正整体研究的缺乏更是让这种混乱雪上加霜。Д. 密尔斯基的论证只有在这里才能得到诠释："很清楚，格鲁吉亚象征主义与俄罗斯（而法国更甚之）象征主义之间根本无法画上等号"(《文学报》No.59，1935 年)，且"格鲁吉亚的新诗全周期开始要比俄罗斯晚了四分之一个世纪，因此它的发展和成熟起码还多需要十年时间"(《红旗》，No.3，1936 年)。实际上，格鲁吉亚一些象征主义诗人的创作道路并非始于 1915 年，即"蓝角"发表诗社宣言的那一年，而是要早更多。几乎完整地保存了诗社现有的班底，尽管不是此项运动的所有参加者都得以进入到苏联诗歌界。

我自身所走过的诗歌道路也说明了这一点。我发表在《蓝角》杂志前几期的第一首组诗《迦勒底之城》里，其中 首《L'Art poétique》(法语"诗艺"，译者注）我写道：

小心地把哈菲孜的玫瑰花插入
普柳多姆的花瓶中，
贝西基的花园我则用波德莱尔的
“恶之花”装点。

我懂得了，哈菲孜的玫瑰花就是将格鲁吉亚诗歌拉向伊朗抒情诗歌的一种古老的牵引力。根据福楼拜的一封信中的描述，我把普柳多姆看作是法国模型的形象，“贝西基的花园”象征格鲁吉亚的苗圃，而在《东西合璧的沙发》[1]那里，格鲁吉亚诗歌在鲁斯塔维利之后保持着伟大的音韵律和有机性的同时已至臻完美。那时我觉得，波德莱尔的《恶之花》也在怀春“贝西基的花园”。只是在《迦勒底之城》组诗中，更多一些的是浪漫情怀和神秘的雾。迦勒底我奉为（格鲁吉亚）发祥地一样讴歌，但我更多则是探寻其历史的根源，几乎忘记了《恶之花》。有一种浪漫主义的飞越在组诗中一直长久地伴随着我，时而喜欢法国的“海涅”居里·拉弗格；时而又迷恋亚历山大·勃洛克，

① 诗集中无此首诗，但在《季节的冠军》一诗中，有“西方的沙发”；在《致瓦列里安·伽普林达什维利》最后一节中有“西方”、“东方”。

以至于这给了一些评论家理由称呼我为“格鲁吉亚的勃洛克”。这是真的，曾经很长时间我着迷于居里·拉弗格、阿尔蒂尔·兰波、亚历山大·勃洛克、安德烈·别雷；以后再是弗·马雅可夫斯基和鲍里斯·帕斯捷尔纳克。在拉弗格那里我感觉得到他从兰波的犬儒主义转换而来的讽刺、出人意料的启示和奔放的想象。通过他们，我感受到了“被诅咒的诗人”、感受到了后四位俄罗斯诗人；而在不同的时期，仿佛让我看到了诗歌伟业的化身。而这些诗人的不同宗性又排除了他们对我的影响。我感觉最明显的就是，苏维埃政权建立前那个时期我写的一些诗歌与亚历山大·勃洛克关于俄罗斯的诗歌、与居里·拉弗格的诗歌（见我写的组诗《奥尔皮里的秋天》）就有着某种一致。

在造词和形式主义最狂热的时候，我依然捍卫着最原始的灵感：

不是我在写诗，而是诗在书写我的故事
同时我的一生也在陪伴它们
诗是什么？用雪垒起来的、会死去的——行将就木的
而这一切仍将活生生地被抛弃。这就是诗

一直以来我都不为这个论题辩护，但也许我在等待“灵意”的时候又让用持之以恒的劳动和对现实的感受得来的真正的灵感多次溜走。

更早些时候，记得是从1921年至1926年，我热衷于格鲁吉亚古典诗歌、特别是H.巴拉塔什维利、Гр.奥尔别里安尼等浪漫主义诗人和象征浪漫主义诗人巴扎·帕沙维拉。这个时期的诗歌里就能找到与他们的交集点，但更多的还是这个交点与新诗歌的对比。不管标题和自然景观感受的描写如何被认为是新事物，我仍然感觉有时候我还是会将古典诗歌推到一边。十九世纪的格鲁吉亚诗人们将A.密茨凯维奇的诗歌形式已然变成了现实，那就是，只有失去祖国的人才会爱祖国。他们颂扬格鲁吉亚的历史、英雄传奇伟业、骑士生活方式的罗曼蒂克；而对于巴扎·帕沙维拉来说，氏族时代生活方式的崩塌就意味着世界的终结。但是当苏维埃的格鲁吉亚获得真正的独立、新的社会主义文学开始人才辈出的时候，即使曾经自然合理的，甚至过去真实存在的，当今时代我们也已失去了任何理由。

在民族诗歌形式的探索过程中，我思考了很多，也写过不少关于格鲁吉亚艺术奠基人的诗文，如巴扎·帕沙维拉、文学家尼科·比洛斯玛尼、戏剧剧作家 K. 马尔詹诺夫、指挥家 H. 苏尔哈尼什维利等。对于我而言，这些暂时还仅仅表明我根除形式主义陋习和紧跟苏维埃诗歌的态度立场。抒情诗歌期以我写的《第比利斯之夜》一诗结束：

我乘上这座正在腐烂的筏子，
一座松木制的滨黎筏子，
但我还活着。我还在生长。
甚至存着侥幸：一切都将重新开始。

在这首诗歌之前，我还写了很多苏维埃主题的抒情诗歌，如写于 1917 年 10 月 25 日夜的《彼得堡》、关于格鲁吉亚首个电气化项目的《新穆茨赫特》等。我写的苏维埃最大的作品就是长诗《利奥港》。苏维埃政权是在我描写的因为热带疟疾几乎灭种的奥尔皮里恶劣自然环境背景下诞生的，并且通过改革，改变了整个国家的面貌。这之后，我又写了格鲁吉亚首个五年发展规划付诸实施的组诗《满心》；而组诗《亚美尼亚》则对列宁伟大党的民族政策表达了衷心庆贺；而《祖国》一诗我认为更多的是表明我正越来越贴近社会主义的现实主义。

近一个时期，我得以到很多地方去旅行采风，足迹几乎踏遍格鲁吉亚的各个角落。黑海沿岸亚热带文明流域格外吸引我：那里二十多万公顷的沼泽地被改造成为广袤辽阔的柑橘种植园。苏联我也去过很多次，停留最多的是莫斯科、列宁格勒、乌克兰、白俄罗斯、亚美尼亚、北高加索和中亚；了解社会主义的建设进程；结识包括诗人在内的许多新的朋友，而与其中一些朋友的友谊我一直引以为自豪。

我的下一本关于伟大苏联的诗集《祖国》正在筹备中；而我另一本书则是苏联最优秀诗人的翻译作品集。

1936年4月15日，第比利斯

吉茨安·塔比泽

## 论吉茨安·塔比泽

吉茨安·塔比泽出生于舒阿姆塔，一个被古希腊罗马作家称为法吉斯河的利奥河岸的小村庄。这条著名河流的河道就直接伸展在吉茨安·塔比泽家门口；河水之波都能冲洗到诗人家的院门。在诗人的创作中，传奇的伊阿宋的迦勒底出征以及所有关于科尔希达的古希腊罗马神话故事都在这里找到了新的鲜活的再现。如您所知，有一种传说，金羊毛就在这个地方被偷走，伊阿宋和美狄亚的悲剧也正是在这里上演。这个世界上最神奇的就是，在吉茨安·塔比泽去世后过了二十五年，即1961年，在吉茨安·塔比泽的家乡，考古学家的一个挖掘地证实了一个大型的古希腊罗马的实物文明层确实存在。也正是这些形象、这些奇特的内聚以及童年记忆与后来体悟的交织确立了诗人作品内部的意象世界，如《不是我在写诗……》《奥尔皮里》《奥尔皮里的秋天》《奥尔皮里的四月》《科尔希达》《科尔希达期待新俄耳甫斯》[①]《克里姆林

---

① 此处原文无“新”一词，而诗歌原文标题有。

宫的奥尔皮里共青团员》和长诗《利奥港》等等。

未来诗人在家里完成了最初的识文学字。1905年他被送去西格鲁吉亚最大的城市库塔伊西市古典中学读书。而这个城市，据诗人多年之后的回忆，给诗人的印象却是如作家乔治·罗登巴赫宣扬的某种《死亡天堂》。这个印象很主观，很难体现出那时候库塔伊西市生活的最主要一面。哪怕我们回忆一下马雅可夫斯基的回忆（同一时期他也在库塔伊西市古典中学学习），他对库塔伊西的印象是充满革命的骚动不安和爆炸声；而对于他个人来讲，库塔伊西是革命战斗洗礼的地方。马雅可夫斯基在其自传中描绘了一幅非常明亮和富有表现力的一些革命事件的画面：从拉多·梅赫西什维①领导的库塔伊西剧院如火如荼的市民大罢工，到走街串巷的示威游行、示威者与警察及哥萨克的流血冲突等。

我深信，并非库塔伊西生活的那一面使得吉茨安·塔比泽将它与《死亡天堂》进行比较，而是这座城市的革命精神对格鲁吉亚诗人产生了最真实的影响。

---

① 拉多·梅赫西什维（1857—1920），又名弗拉基米尔·阿列克谢耶夫–梅斯希耶夫，格鲁吉亚演员、导演、教育家。

还是在库塔伊西求学期间，我曾几次远远地看见过吉茨安·塔比泽。那时候他非常年轻、消瘦、秀气，且按照他自己的诗中说法是有着“王尔德的侧身像和一双蓝色的眼睛”。他经常和自己的朋友保罗·雅什维利（1895—1937）[①]在一起。他俩可以说形影不离，像“暹罗双生子”一样（这也是吉茨安的提法）。保罗·雅什维利那时已经是一位非常杰出的即兴诗歌创作和即兴致辞大师，一位如火焰般闪亮耀眼的少年，一位机智俏皮的诗歌匠才。跟他相比，吉茨安·塔比泽好像落在了阴影里；而在社交活动中临场展现诗歌效果的任务往往也是落在他朋友身上而不是他。在诗歌的“神秘晚会上”他显得腼腆，朋友们之间那种私密的谈话中他只是一个谦逊的参与者。但他的诗歌，跟其他“蓝角诗人”一样，总是令人称奇。让人感觉到，似乎他走着一条格鲁吉亚诗歌中从没有人走过的道路。那个时候，我还无法深入了解到诗人的情感追求，而是更多地把他当成了对于我还很陌生的“蓝角”诗社的理论家。但后来我才慢慢开始喜欢上了吉茨安·塔比泽的诗歌。他最好的那些诗歌我似

---

① 保罗·雅什维利（1895—1937），格鲁吉亚著名诗人、社会活动家，吉茨安·塔比泽密友，1937年7月22日“大清洗”中吞枪自尽。

乎很早以前就听过，而其中一些诗句更是牢固地伴我而行，让我惊奇。这些无法重复的声音创作者形象就出现在我的面前，让我感到既亲近又遥远，仿佛我窗前流过的那条河流对岸的一位生活者。

我们是在1929—1930年间开始彼此熟悉起来的。彼时吉茨安·塔比泽已经进入了创作成熟期，也不再把波德莱尔的《恶之花》移植到“贝西基的花园”了。他带着全部的真诚把自己融入祖国新生活中，而他的诗歌也一路欢唱地汇流到格鲁吉亚苏维埃诗歌。

我们的相识完全是某种机缘巧合。这次巧遇彻底改变了我看待吉茨安·塔比泽诗歌创作的态度，并最终让我不仅喜欢上他的诗歌，还有他这个人。

1928年秋某个夜里两点左右，我和一位女友沿着恰夫恰瓦泽路拾级而上。刚开始爬台阶的地方，我们正赶上了吉茨安·塔比泽。显然，他也是跟朋友吃完晚饭走在回家的路上。他兴致仍浓，很高兴我们的碰面。那时候的他已有点发福，跟以前外貌不太一样；但在当时的第比利斯他就显得很有个性，特色鲜明：好像要鼓起来一般的蓝色大眼睛和浓密的睫毛，有时候在他圆圆的脸上还能发现某种童心未泯的表情。头发有点稀，自然地搭在宽宽的额头上，那儿留着一个小刘海儿。他的这撮刘海儿和标志性的圆鼓鼓的脸很容易让人想起印在画报上的小汉斯·荷尔拜因①，外表给人的第一印象就好像是一位从文艺复兴时期油画上走下来的人。

他喜欢和朋友们在鲁斯塔维利大街上悠闲散步，时不时停下来，又强调一下谈话的主题。或者就他一个人走路：急匆匆迈着大步，好像沙漠中骆驼队亦步亦趋的步伐。路上行人的目光不可能不在他身上停留。他上衣襻儿那里永远都显眼地插着一朵鲜红的康乃馨花蕾。路上时不时地一手叉腰，而另一只手看来是必须腾出来夹着香烟卷儿才有可能欣赏他那又细长又好看的手指。吉茨安不仅精神上跟故乡的城市相连，甚至外形上也不可分。他自身就是这座城市不可分割和有机的一部分，每天大街上诗人的出现成为了城市生活中一个必须的、自然的传统现象。吉茨安·塔比泽就是自己的第比利斯城的装饰亮点。

那个夜晚在恰夫恰瓦泽路的台阶上我们就邂逅这样的吉茨安。也许是因为高兴认识我的同行女友，也许是出于内心激发的一种热情或者只是想让我大吃一

① 小汉斯·荷尔拜因（约1497—1543），文艺复兴时期德国著名风景和肖像画家。

惊，诗人无论如何要给我们朗读一些他最新写的诗歌。以前我也曾听过他的诗朗诵，但那时他的朗诵风格不属于我喜欢的类型。我觉得他读得过于激动、不太协调。其结果是这样朗诵出来的诗歌失去了节奏感，每一行诗句之间无法呼吸。他的朗诵跟他摇摇晃晃走路的姿势很相似，好像是他拖着自己的身体在走。但恰夫恰瓦泽台阶上的吉茨安在我面前判若两人。他又走了几步，停在了那时候也位于同一条马路上的名叫“谢-阁-克”的照相馆前。他面朝鲁斯塔维利大街转过去，饶有兴致大声地开始朗诵自己的新诗。他的嗓音天鹅绒般柔滑轻柔，整个轮廓简直是太美了。诗人的灵感在那个不眠之夜成了我们一行中的第四人。

吉茨安那夜为我们朗诵的诗歌包括:《我从切尔卡斯村那边走来……》《不是我在写诗……》《伊拉亚利》《欢娱》《奥克洛甘内》《如果你是我的兄弟……》《卡赫基亚》。他变得有点疲惫，力量在减弱，但诗人的魅力不减。他的诗歌像隼群般融入沉寂的夜色里。

我的女友也兴高采烈地开始谈起了诗歌。但之前的朗诵她没喜欢上。而对于我，他的诗歌和他们的朗诵都给了我无比的喜悦。那些朗诵的诗歌里既有非同寻常抒情的坚定，也有深邃情感的应力和内心煎熬。

无法遏制的情感充满了诗人的胸怀，因为他未能及时与它合流及给它一个外部释放的出口，导致它们叫嚣着要挣脱诗人的胸之笼。他的诗歌被内在明丽的光照亮，仿佛诗歌被自己吸收并融入了全部的日常生活情感；而那些表达诗意的重点则已正确无误地排列，并通过诗人内心激荡着的情愫和诗歌张扬的精神有机地流露出来。

爱国主义情感的表达在他的诗歌中也是全新的。它体现在鲜活的具体人物形象上：仿佛它们一直准确地附着在有寓意的地理地名中，仿佛从第比利斯、奥克洛甘内、奥尔皮里的草场、卡赫基亚葡萄园、达利亚里峡谷、穆赫兰田野和阿纳奴利城堡等自然怀抱中自然流淌出来的歌。这些地方好像迎着我们扑面而来，而我们停留的恰夫恰瓦泽路的那一段台阶比这些地方显得更丰富、更美丽。悲剧的音符在诗人的诗歌中也能听到，但这并不妨碍他热爱生活。他的诗歌浸透了对未来的希望，并使得为美好未来而努力的愿望更加强烈。

经过了这个夜晚之后，吉茨安·塔比泽的创作被我愈来愈接受，他在诗歌上的追求越来越为我理解和清晰。从那以后，我每再读到他的诗歌，我都能感受得到吉茨安鲜活的声音在回响，就好像那个遥远的夜晚还在延续。

三十年代初期，当我们更加熟悉的时候，吉茨安不止一次地跟我讲，如果他没有写出这些诗歌，他就不能把自己看作是真正的诗人；至于这些诗歌之前所写的那些，则只能算作是为此准备的习作。

1925 年之后吉茨安·塔比泽创作天赋的独特性得到了最饱满的展现。那些年他写的关于爱情、祖国的诗篇让他蜚声苏联。而他的诗歌激情和魅力以及创作了那首著名的《不是我在写诗……》后作者获得更多诗歌声誉之后那种强烈的悲剧色彩也总是如影随形。他的诗来自他心灵最深处、来自格鲁吉亚最伟大的自然界。在苏维埃的格鲁吉亚写出这样的诗歌，吉茨安·塔比泽是第一人：“你的高山美丽，你的峡谷美丽，有谁能像我这样被这样的美景用火热的煤块燃烧尽净？”这样的诗句被我们很多诗人们吟诵。他用对祖国的爱点燃了自我的创作；而这种爱也滋养了他的诗歌。

作为语言大师，吉茨安·塔比泽也许没有像加拉科吉昂·塔比泽（1892—1959）①、格里戈利·列昂尼

① 加拉科吉昂·塔比泽（1892—1959），格鲁吉亚诗人，格鲁吉亚苏维埃人民诗人（1933）。

泽（1899—1966）[1]或者保罗·雅什维利拥有的那种自由节奏；跟同代语言大师相比他也没有特别优美精致的句子和完美性，但不同凡响的抒情张力、富于自我牺牲的爆发力却唯他独有。正因如此，他的诗歌拥有着超凡的情感容量。那个年代的格鲁吉亚诗歌我还不知道有哪个诗人可以达到如此戏剧热度。写诗的时候，他简直就是在滴血。所有的伤口都敞开；而高兴的时候也是大碗盛满。格鲁吉亚的太阳、格鲁吉亚的大地激荡着诗人的心。他忘我地把自己交给了自己诗歌主题。“我生下来就是格鲁吉亚的奴仆和为格鲁吉亚扛着牛轭”，他这样说道并在祖国的祭坛上点燃自己的心。只有他一个人这么说和如此赞美祖国：

噢，我的城市，我是你秘密的猜测者
也是你的守护人，无论清晨，还是夜晚
那群吠叫不停的看家狗里最小的是我，
并且用高山之诗颂扬你的宁静。

---

① 格里戈利·列昂尼泽（1899—1966），格鲁吉亚诗人；格鲁吉亚苏维埃人民诗人（1959）；格鲁吉亚科学院院士（1944）；斯大林奖金（三等奖）(1941、1950、1952）获得者。

而跟他勇于自我牺牲的精神交织在一起的还有他美好的、愉悦的情感：

故乡的群山齐声合唱，——
我愿意现在就去赴死——
那时我不会有一点点责备
为故土留下。

吉茨安·塔比泽很早就拥有一种独特的、焦虑的音色①，诗人自己称它为“不墨守成规的音色”，其含义是“不顾一切”和“专心于自我”。而他认为这些正是诗歌最主要和基本的特性；他自己的诗歌世界也是朝此方向在发展。他创作的这个特点和他个人的自传并没有直接的联系；这么说吧，也没有自传的基础。

他是一个热爱生活的人，一个正直的人。他的个人生活也都幸福美满和成功。尽管在跟朋友们相处的时候偶尔会耍小脾气，但只是一种天真的任性，反而让他更有吸引力和为他加分。他极具幽默感，他的笑声很有感染力、很长久；而他对于机智玩笑的答复常

① 音色（интонация）：音乐上术语为“音准”，下同。

常让你笑得眼泪直流。假如谈话饶有兴趣，他可以一直跟你整夜整夜地坐下去。尽管如此，他的诗歌中始终保持了强烈的戏剧音色：“不顾一切”他认为是自己全部抒情诗歌一个动态的核心轴以及自己诗歌美学特点之一。诗歌对他而言就该具有悲剧心灵的特性，而诗歌也是他生活道路上不可缺少的给养品：

是的，就好比我们中那位曾遭遇不幸的小个子
从奥尔皮里岸边走出来的大人物
像储存面包、肥油一样，他写下许多诗篇
就像旅行出发他随身携带的粮草给养

他把诗人内心的献身精神和嚎啕大哭的歌曲均称为诗歌的自然。这就是为何他写道：“我把诗歌称为雪崩，自恋再活埋。”悲剧是他诗歌创作的“病原体”。创作过程亦借此与大众生活进程区分开，诗歌的“风湿”才能侵入文学家，而诗句自己就会在你胸中熬煮：

我知道，诗歌之绳
被无眠之夜自己的双手攥着。
一经雨水的扑扑声和泛起的泡沫敲打，

诗句就风湿般掠过并穿过了我。

（编者直译）

就如民歌所唱的相似，“强扭的爱不甜”；强扭也写不出诗歌。诗就像雪崩一样猝不及防，由内往外喷涌而出。

诗的语言活在诗的生活中，而对于未来诗人心灵来说幸福这个词只是一个诱饵，那里他只能寻到栖身之所和庇护。诗人就这样把自己与未来新生代在精神上连接起来。这种高度的人文主义也标记了吉茨安·塔比泽的诗歌追求。

如此，他的每一行诗句都是他深思熟虑和内部萃取的果实。“有谁能像我这样被火热的煤块灼烧？”——面对读者，诗人的创作始终贯穿着某种悲剧性的预感和焦虑的情愫。

吉茨安·塔比泽有一次曾跟我提到，他不止一次地放走灵感，意即有情绪才写，克制住自己，不盲目地写。而对于我一直困惑的问题，他回答说，一首诗的诞生对于他来说就好像圣经中的大洪水来了（无法阻挡）。

这也就解释了为何吉茨安·塔比泽的诗歌并不以精雕细琢见长。他的每一首诗几乎都是一气呵成，所以他的诗歌中你会看到不加修饰、未标注日期和“瘸腿韵”。但他诗歌创作的这个特点并非缺陷。他已经把这个特点移植到了自己的诗学原则中：“我之所以吟唱，是因为诗歌不会等着我加工。”他并且进一步补充道：

我走着，大摇大摆地迈着方步、我歌唱，
我怀揣格鲁吉亚的梦想，
我是一根没被雕过的芦苇秆儿，
嘴唇不沾它都会自己歌唱。

（编注直译）

诗是心灵的呼喊。诗歌是“没被雕过的芦苇秆儿”，她在大自然的怀抱中毋须他人帮忙就能自主歌唱。吉茨安·塔比泽指出，一旦诗人开始过度地加工和修饰诗歌，诗就会失去它的直接性，并远离诗人的心灵真实。

吉茨安·塔比泽还写过无数优秀的文学评述，但生平他没能来得及全部向媒体说出。在跟朋友们谈话中或论坛会上，我不止一次听过他关于当代诗歌的看法。在第比利斯或是格鲁吉亚各地，包括后来去莫斯科、列宁格勒、基辅、明斯克或埃里温的采风旅行中，我俩经常在一起，关于诗歌我们谈论了很多。这篇文章就好像情景重现我们被中断的争论、谈话一样并且还是它们的续篇。

吉茨安·塔比泽诗歌中最重要的部分是他的抒情诗。而对于他这也就是说，类似散文或其他文学题材不该跨界进入到他的抒情诗歌中去。他强调，抒情诗歌不应该有太多的比喻、隐喻和所谓风景的技法以及多余的音律感。

吉茨安·塔比泽指出，风景描述和过度的音律性妨碍着抒情诗歌根本问题的解决，即：抒情诗是作者心灵的呼喊，而这种呼喊必须用艺术的语言、句子的翅膀、音色和唯有诗歌的语言手法才能表达。惟其如此，就像音乐的独立语言存在一样，诗歌的独立语言也同样存在。而音色，即语言艺术的特殊性。

他还说，诗歌的形象只能在音色的基础上产生。音色被他称为“内部的可歌唱性”。吉茨安·塔比泽认为诗歌形象的重要支撑点正是这种“内部的可歌唱性”。他强调指出，诗人对直接感受、心灵的萃取就应该直抒胸臆立刻表达内部的可歌唱性，且一气呵成。

当然，他也说过，单独的隐喻也可以提前酝酿好并储存在记忆里作为储备，然后再运用，但因此诗感就会失去最初的纯净，诗歌创作整体上也会失却直接性。这就是为何他把诗人比作大自然中嘴唇不沾就会唱歌的没被雕过的芦苇秆儿。

在诗歌创作中，他力避用于比较法的连接词，如“像”、“好似”等。他不会说，什么诗歌像雪崩倒塌一样，或者诗歌仿佛风湿一样抓住之类，而是表达为“业已倒塌的雪崩是诗”或者还可以是“诗风湿地攫住了”。他用这样的诗歌道路来完成古典诗歌传统的复兴。

我在那个时代就非常看重吉茨安·塔比泽的诗歌，尽管对他某些诗歌观点有所保留，更何况在自己的诗歌创作中他也不总是连贯性地将其观点付诸实践。

过去和现在我均同意，广义上的诗歌音色是诗歌的基本特性；音色是诗歌语言的灵魂。但彼时我曾思考且现在仍认为，适当地运用风景与音乐的手法到诗歌中去并不算是大的过错。不仅如此，风景形象于我从来都是诗歌不可分割的特性。很明显，其他艺术的各特性也应该进入文学诗歌中，以便他们转化为诗歌语言，但在这方面不应该是音乐或者风景的重复。

我一直都赞同抒情形式的外延应不断扩展，坚持好的散文元素对诗歌的必须介入。提高到更高层次上讲，无论是描写、还是诗意地记叙抒情诗歌都不避讳。倘若创作中有真正的感动存在，它们会指向诗歌文化的水准，但绝不是指向诗的退化。

譬如，H. 巴拉塔什维利①的《我的祈祷文》《姆塔茨明达的黄昏》在我看来就堪比抒情诗的杰作。在《我的祈祷文》一诗中，无描写、无隐喻、无比拟，这简直是心灵的泉涌。而在《姆塔茨明达的黄昏》中，既有自然的描写，也不乏清丽隽永的哲思。就跟普希金的《我曾经爱过您……》和《十月十九日》这两首相互截然不同的诗歌一样，但这两首也都是诗歌的经典杰作。同一时期，如同《我曾经爱过您……》诗中一样，没有一个比喻、没有一个隐喻，甚至没有一个外表的诗歌图画；而在《十月十九日》中一样都不缺：回忆、描写、隐喻、风景画面，乃至几个朋友的写生画。抒情世界的范畴在这首诗里得到了扩展并抵达了叙事诗歌的疆界。而其间就有散文元素的介入，好在这一切都已臣服于伟大的抒情之声，且散文的特性也升华到了抒情的层级。

我并不否认直观感受可以直接用诗歌语言来固

---

① H. 巴拉塔什维利（1817—1845），格鲁吉亚著名浪漫主义流派诗人、古典主义者，一生经历复杂坎坷。

化。我还是坚信，当汲取的生活感受在诗人心中逐渐成熟之时，当经过了筛选淘汰成为回忆，也就是已经成为艺术家的心灵履历之后，抒情诗将日臻完美。存藏于心的感受要得到艺术的概括也需要诗歌现实主义的支撑。只有这样才会发生诗歌的想法和感受的直接地、协调地融合。也正是如此我才看到了古典诗歌复生之所在。

吉茨安·塔比泽诗歌中提出了诗歌的很多重要问题。而他也一直在努力探索和创作实战。但他首先仍然是一个诗人，而非理论家。他的诗歌观点随着时间的推移也在变换之中，并且这些观点也在继续发展和在生活进程及文学实践中实现变体。重要的是，吉茨安·塔比泽始终坚持自己的立场，捍卫自己的观点，同时精神上还在用这些观点动员争论的其他参与者。但他不能忍受冷落、不原谅无知和缺乏诗歌立场。他那些激烈的演讲总是给我们的文学生态带来活力；他那少年般的激昂和激情四溢的活跃思想总是极富感染力。

上帝赋予了吉茨安·塔比泽敏锐的批评嗅觉和极高的品位。他曾半开玩笑地评价他自己：在诗歌评价方面我不会错，就像一位农村姑娘，冲着能照出裂缝的亮光看一眼鸡蛋，就能准确判定那颗鸡蛋好与不好。我把那些印好的诗歌拿到光线上扫一眼，也能判断诗歌合格还是不合格。

吉茨安·塔比泽无论在哪里和任何方面都保持着自己特有的风格。无论是写信的方式还是自己的外貌，他都显得与众不同。他是如此平凡、就像自家人一样，反对一切伪装，并在其中塑造了自己的风格——无论生活还是创作他都拥有无与伦比的艺术天赋。

谈话和争论他也特别、完全是自创风格。争论刚开始的时候，他说话的方式就像他走路一样无精打采、摇摇晃晃，仿佛荡秋千般，但仔细的听众一样能捕捉到诗人思考的紧张过程，还有他文学上的渊博学识和对诗歌深深的爱。他是一位非常好的辩论者，尽管偶尔有点结巴，以至于让听者感觉到，好像他没什么可说的，话黏在嘴里，绝望的漩涡抓住了演说者。让听者在没有摆脱的危险等待中心生害怕。就在这时，诗人在最紧急关头终于找到了涉水浅滩，一下猛冲过去，躲过了漩涡，安抵岸边；意想不到的诗句像长了翅膀般飞出来，他闪闪发亮的思想跃然而出。他整个演讲沐浴在光亮中，一切都变得清丽明朗；听者终于松了一口气，而心也已被诗人的思想愉悦地充满。

而在诗中他也是如此。他用出乎意料的诗行愉悦读者，并总能让读者心悦诚服。

尽管吉茨安·塔比泽口头上反对诗歌中风景形象的必要性，他自己的作品中就有不少已被打上高超艺术品印记的风景画面：

我出生在花飞如瀑的四月
雨绵绵，长满青苔的苹果树闪着光
彷佛眼泪，彷佛无尽的花瓣燃烧似火

他在下列诗句字里行间还有更亮丽的风景描绘：

戈姆波雷的天空月亮乍现。戈尔卡萨尔[①]
手持利剑将催它快行。

（编注直译）

在献给塔姆娜·策列杰丽的诗中，吉茨安·塔比泽营造了更加美妙的隐喻性画面。就好像在被保存了古代城邦废墟的故乡背景下他发现了她：

---

① 诗集文本中原文为“戈尔咖斯兰”，即“戈尔卡萨尔”。

我曾下意识称呼“你”。就像
伏卢贝尔思念塔玛拉。你是受庇护的，
如同莫吉–汗城堡，有古老的魔力，
又仿佛云，你温婉娇弱。
我的烦恼与你有关
比魔鬼之翼更轻盈飘逸的你……

他的诗歌世界里这样令人惊奇和眼前一亮的诗歌随处可见。

而对于个人生活的细节他在诗中保持了极大的克制，要么故意写得很实际，要么即使能看到自己的履历那也经过了浪漫的手法转换并以此与自己民族的英雄历史联系在一起。仿佛他就只是因为这个原因赞美塔姆娜·策列杰丽的。在她生活过的地方，有个历史悠久的莫吉–汗城堡，在她古老城墙的阴影下他才能让自己的灵感获得最大的舒展空间。所以诗人对姑娘的爱被这样的浪漫主义所笼罩，而他对她的感情也充满了娇柔的害怕以及骑士般的自我牺牲精神：

我投掷的虹鳟鱼敲打着石头。
鱼鳃都被砸出。扳机抬起。
我等待一颗子弹。心即是靶。

死亡已不可避免。时限将近……

他在爱情抒情诗上是忘我的和悲剧的，而在对待被他喜爱的具体实物方面，他又是谦卑和非常体贴的。诗人的情感被真诚的谦逊所包裹，远远地、仿佛环视一圈，这才开始他自己诚恳内心的独白。为了跟读者说清楚自己的感觉，他将自己的独白移植到大自然宏大的怀抱中，移至古老城邦的废墟阴影之下。在爱情主题上，他从不会被赤裸裸的情欲所控制，尽管爱已满溢。于他而言，爱是“喷涌而出的泪流”而已。恋人几乎伤他到死，但他将死亡再嫁祸于匪徒：“……要么我被匪徒打死在阿拉格维河，而你对此无罪。”他借此让恋人从懊悔的痛苦情感中走出来，并奉上自己骑士般的驯服。

在爱情诗歌领域，他比保罗·雅什维利、格里戈利·列昂尼泽、约瑟夫·格里沙什维利①更浪漫、更羞涩。诗歌中，爱对他是心灵的升华与提纯，并且，爱还是爱国主义的基础。他的爱国主义和爱情诗歌里始终笼罩着浪漫主义的情怀。在抒发爱国主义感情的

① 约瑟夫·格里沙什维利（1889—1965），格鲁吉亚诗人，荣获格鲁吉亚苏维埃人民诗人、亚美尼亚功勋艺术工作者称号、斯大林奖金（二等奖）获得者。

诗歌中他是乐观的和愉悦的。这种情感也让他的创作与新生活紧紧相连。诗歌《克里姆林宫的奥尔皮里共青团员》《新穆茨赫特》和长诗《利奥港》就是苏维埃时代格鲁吉亚太阳下的作品。在其抒情诗杰作《祖国》中诗人把对祖国的爱进行了完美地抒发：

你百看不厌的群山和山谷
自古以来就被公认为天堂乐土。
你看——葡萄园闪闪发亮。
你看——你一眼望不到尽头。
……
夜晚——像是淡蓝色的鹿奶。
白天用山茱萸的金色果实装点。
切尔克斯姑娘在远处某个地方挤奶，
广袤的田野在甜蜜地长膘①。

诗人为第比利斯城也写了不少的献诗。这些系列诗歌展示并讴歌了古城的独特魅力、新旧令人想象不

① 此处摘录的后一诗节与诗集中的原文诗行顺序和内容均有较大差别，可能系俄语译者使用的翻译文本不同导致。此诗集俄语原文译为：“白天用山茱萸的金色果实装点。夜晚——像是淡蓝色的鹿奶。当感情既强烈又朝气蓬勃时，一代人的心灵就会蜕化重生”。

到的交融，也传达了它无法复制的情调、精神和城市面貌。对第比利斯的爱还与诗人喜欢的另一位杰出的同城人尼科·比洛斯玛尼[1]联系在了一起。正是尼科在风景画中展现了让诗人爱到入魔的那些记忆。

对复兴的科尔希达，格鲁吉亚崭新的社会主义建设的赞美，诗人则是把它揉进了自己童年记忆的文学场景之中，就如同自己的童年已作为了我们这个时代的见证者和参与者。“我童年的梦想得以实现，我还看见利奥河上的蒸汽轮船。那一艘艘轮船经过我家院门，并把苏维埃的阳光向我们抛洒……”他用这样真诚的令人感动的情感来讴歌苏维埃的祖国。新科尔希达仿佛已经成为了社会主义建设的一角，并进入到诗人的个人履历。而关于这一角的诗句也带着特殊的情趣和灵感的痕迹。这个闯进吉茨安·塔比泽诗歌中的新的快乐，就是格鲁吉亚经济、文化更新的结果。诗人亲眼看到了故乡的变化达到的新高度：

难道我们以前有过和平的生活——

---

① 尼科·比洛斯玛尼（1862—1918），格鲁吉亚出生的俄罗斯自修成才的艺术家、原始主义艺术流派代表。

真理、劳动和自由的追随者？
哪怕可以从世界的苦难中抽掉一天，
去浏览一下我们的古代史书吧。

故乡人民的幸福生活鼓舞了诗人谱写新的歌曲。各民族间的兄弟情感已把深深的根扎入了他的心底。诗人永远地站到了社会主义现实主义的立场上来。

在诗歌《致亚历山大·普希金》《达吉斯坦的春天》《巴戈达吉的天空》《弗拉基米尔·马雅可夫斯基的母亲和妹妹》以及献给苏维埃亚美尼亚的组诗中，诗人抒发了民族团结的美好情感，但并非通过宣言式的口号和外表的慷慨激昂，而是带着对苏维埃现实精髓的热忱用抒情的赞美歌表达的。任何一个主题，吉茨安·塔比泽都能将其纳入自己的创作视野。他善于抓住该主题的抒情基本要素并让我们感受到他对讴歌主体隐秘的亲近感。例如，在写普希金的时候，他就在普希金诗句中找到了他——“美人，不要当着我的面唱那些格鲁吉亚忧伤的歌”——这一句诗中就是俄罗斯人民和格鲁吉亚人民之间友谊的历史之根：

格鲁吉亚又听到那首忧伤的歌，
那首格鲁吉亚姑娘曾经给你唱过的歌，

听得见呼喊声、也听得见说话的声音，

胸中那颗心无法安顿，它跳动得如此狂烈。

（编注直译）

诗歌中吉茨安·塔比泽喜欢回忆起古希腊罗马的作家、古代的旅行家，为古老的神话所吸引；喜欢从著名的文学艺术形象中引发联想，历史纪念碑和地理上的名称他都反复地提到并进行诗意化的加工。但并非在其诗歌上盖上书本知识的印戳了事。所有这些资料都必须服从于诗人强烈的、集成的抒情声音，他的真实和感人的歌。假如艺术性地表现我们的当代性，诗人提到了希波克拉底，或者，飞跑到达利亚里峡谷却感受到了莱蒙托夫与伏卢贝尔魔鬼之翼的关联，以此诗人展示了自身抒情声音的宽度和勇气。在吉茨安·塔比泽的诗歌中，像一个统一的大家庭生活着奥尔皮里的集体农庄社员和莱蒙托夫的童僧、格里戈利·奥尔别里安尼和希波克拉底、比洛斯玛尼和阿努什·奥瓦涅斯·图玛尼。

吉茨安·塔比泽是一位孜孜不倦的格鲁吉亚文化活动家。正如他自己所说，他自己一直努力地与这个荣誉称号相称。黑暗的力量过早地使他脱离了我们的现实，也使得他蓬勃的创作生命从我们民族生命中被切断。他很多思想无法实现。很多未公布的诗稿遗失。诗人没能全部地展现自己的才华。但他兴奋不安的胸中迸发的所有一切已经永远存于苏维埃文化及格鲁吉亚人民精神财富的宝库。

作为这篇文章的作者，本人不属于履历上跟吉茨安·塔比泽有关联的亲密朋友序列。我们之间年龄差别十岁。我们这一代通过其他的途径进入的文学。但吉茨安·塔比泽喜欢年轻人，喜欢跟他们进行友好地辩论。而对于我，能跟《伊拉亚利》作者交流来往感到非常荣幸，跟他推心置腹地交谈和热烈地争论也引人入胜。在莫斯科、列宁格勒、基辅、埃里温我们有许多共同的朋友。而在与他们的诗歌讨论中我们也一起度过了不少的日子。

跟所有真正的诗人艺术家一样，吉茨安·塔比泽对那些怀疑的攻击是了解的。那时候他总在紧张地思考，人们将如何看待他的诗歌，它们能唤起广大的读者的反响和共鸣吗？每到朋友间酒宴的高潮，他常常喜欢背诵丘特切夫的诗句：

我们无法预见得到，
人们怎样看待我们的诗歌，——
而我们的共鸣仅仅是，

## 神到底将赐给我们什么……

我们最后一次见面也非常友好，尽管非比寻常。我已习惯生活和诗歌中兴高采烈的他。人们告诉我，因为被诽谤，他呆在家里胡思乱想，彻底丧失了平静，每个小时都像根苍白的蜡烛一样枯萎。我马上就赶到他的身边，希望哪怕是让他从阴沉的思绪中摆脱几个小时，以减轻步步逼近的不幸中他沉重等待的痛苦。而据了解，他因为很多不容置疑的征兆被起诉。我的到访让他非常高兴。不久就被谈话所吸引并给我读了几首还未出版的诗歌。我们还谈了诗歌、回忆了共同的朋友。他诗歌的缪斯、他的科罗姆宾娜、他生活中不离不弃的伴侣尼娜·玛卡什维利也加入到谈话中，并用感激的眼光看着我。这是我们的最后一次会面。当我起身离开时，吉茨安送我到楼梯中间，用忧郁的微笑与我告别。我带着沉重的心情离开了他，开始沿着恰夫恰瓦泽路的台阶往下迈步。

第比利斯的秋天到了。鲁斯塔维利大街两旁的悬铃木枯黄的落叶簌簌作响。要知道，那个秋天是吉茨安·塔比泽生命中最后的秋天。

在个人崇拜统治的那个沉重的年代，吉茨安·塔比泽如此真诚地、怀着饱满地忘我精神服务于自己的人民和社会主义的革命理想，却仍然遭到诋毁并于1937年沦为惨无人道的个人专横的牺牲品。

西蒙·奇科瓦尼[①]

① 西蒙·奇科瓦尼（1902—1966），前苏联、格鲁吉亚著名诗人，1947年斯大林奖金一等奖获得者。

## 评吉茨安·塔比泽的诗歌

### 1

吉茨安·塔比泽与马雅可夫斯基同校读书，与他同期，但只是小他两岁。吉茨安的“蓝角”诗人朋友们也是昔日库塔伊西市古典中学同窗校友。少年时代他们就怀着“大变革”格鲁吉亚诗歌的理想。1905年革命和那些年的诗歌革命给他们的理想打上了自己的印迹。这一点在《我的自传》中已有描述。而在《与马雅可夫斯基的会面》一文[①]中，诗人更详细地讲述了那个时期，回忆了革命的库塔伊西市风起云涌的景象：大学生运动、游行以及在库塔伊西戏剧院举行的像充电一般的各种革命戏剧。传单、像传单一样的诗歌，还有无法遏制的希望。他写这样的诗歌。

再过几年，塔比泽又将写春天的小夜曲，向科尔

---

① 选集《回忆马雅可夫斯基。日子和会晤》。第比利斯，1963，第47—53页。

希达国王女儿阿埃塔[①]、美狄亚致敬的哀歌，充满悲伤的诗歌，愁苦的预感和痛苦的回忆。1905年革命失败后，反动派在格鲁吉亚统治时期不仅时间漫长而且暗无天日。已被激化的民族压迫又再次强化了它：这就是俄罗斯专制制度残酷地摧毁了外高加索地区1905—1907年间旨在争取民族解放斗争的事件。

1913至1917年，吉茨安·塔比泽是莫斯科大学一名大学生。

1915年回到家乡期间，塔比泽和一批诗人朋友在库塔伊西市组建了格鲁吉亚象征主义“诗社”并取名《茨斯别里-康册毕》(即《蓝角》)。除他本人外，加入诗社的还有保罗·雅什维利、瓦列里安·伽普林达什维利、科拉乌·纳吉拉泽[②]……

1937年5月在莫斯科举行的创作晚会发言中，吉茨安·塔比泽回忆起对于年轻的格鲁吉亚诗人们来说并不轻松的时期，当他们和作家们一起对那种很久以前的、以及刚过去不太久的流派的机械模仿进行斗争的时候并没有得到诗歌权威顽固崇拜者们的同情。

蓝角诗人们有时候也被称为未来主义者。

---

① 参见《巫禅美狄业》一诗。

② 科拉乌·纳吉拉泽（1895—1990），格鲁吉亚杰出一辈象征主义诗人，1912—1916年莫斯科大学法律系毕业。

就此问题，塔比泽撰写了一篇具有文学纲领性质的文章刊登在《蓝角》杂志上。他写道：“是无知把‘未来主义’这个词放到了我们面前。这个词原本应该是像一块石头一样用来打倒我们的。自然，我们一直指出，当象征主义在其他国家已经不属于最热流派时，象征主义在格鲁吉亚却成为了学术性质的主义……而现在又成了未来主义。但这无助于改变现状。欧洲的未来主义仍在继续马拉美的事业。这是否意味着象征主义的深化还是未来主义的开始，已经无关紧要了。只是任何时候没有争议的一点是：未来主义从来都不可能拒绝象征主义在文艺及诗歌方面让思想变得如此丰富的那些成就。”①

此时，俄罗斯未来派已经看到了象征派的反对者，他们反对象征主义的死气沉沉，就像反对艺术上的自然主义一样。而对于吉茨安·塔比泽和他的蓝角人来说，“未来主义新流派”纲领和“旧的”象征主义之间并没有本质上的区别。勃洛克和巴里蒙特，还有法国“被诅咒的诗人”——最神圣艺术的偶像——唤醒了他们对明亮的、色彩斑斓的、令人惊奇的、晦涩的词语渴望，从而用其愉快的舞步引领了人们平淡

① 引自B. 戈里采夫，《论文与随笔》一书，莫斯科，1958，第343页。

无奇的视野。而这使得他们更愿意去寻找赫列博尼科夫和马雅可夫斯基倡导的新的、从未见过的词语。蓝角人认为十九世纪的民主艺术就是特别让人担忧的那些社会问题；在用“国内流浪乐师的不和谐的声调”偷换充满公民热情的、伊里奇·恰夫恰瓦泽和阿卡基·策列杰里的创作中倡导的真正诗歌时，它最后的拥护者们就丧失了真正艺术的特性。而早在1914年就此问题马雅可夫斯基曾写道：“一些作家骗到了教育部官员、历史学家和道德品质保护者的位置……年轻的一代就是要和这种‘跑官要官’习气、和这种把作家—启蒙家吹捧为圣者以及用沉重的铜制纪念碑逼迫新的、自由的艺术就范的行为作斗争。”①

跟浪漫主义一样，象征主义对于蓝角人来说，也是一个十分不清晰的概念，是某种文学的情绪渲染而已。“这个流派”，吉茨安·塔比泽在1927年瓦扎·帕沙维拉②作品集的序言中写道：“其主要表现形式就是对自然主义的否定和重新评价形式的价值；至于谈到支撑这个流派的象征问题，法国评论家雷米·德·古

---

① B.B. 马雅可夫斯基《两个契诃夫》全集，文集第一卷，莫斯科，1939年，第336—337页。

② 瓦扎·帕沙维拉（1861—1915）：十九世纪格鲁吉亚诗人、作家、格鲁吉亚著名的古典主义者。

尔曼[①]非常美妙地证明了，所有的古希腊罗马文化甚至中世纪的文化都是可以支撑的象征。”[②]努力掌握在诗歌形式领域里最新的、为俄罗斯和欧洲（法国的、比利时的）文化所闻名的发明以及还包括总体的浪漫主义情绪，就具有决定性的意义。

在解释“蓝角”流派不同寻常的名字时，塔比泽指出，这个名字表现了“格鲁吉亚最根本的宇宙观”。用来饮酒的兽角杯，是格鲁吉亚日常生活最典型的器皿用具，而“蓝色这个颜色，是浪漫的颜色”。“哲学上的完美主义在蓝色里找到了自己的出口……”——他继续阐述并立即强调了这个“完美主义”有代表性的特殊性所在：“在格鲁吉亚，蓝色的花的秆儿总是红色的。这就像格鲁吉亚的天空与大地从来都不会分开一样。”[③]

由于自身发展的滞后，格鲁吉亚的象征主义不仅要受到未来主义的影响，更晚一些的颓废派潮流乃至超现实主义和达达主义的影响甚至更大。

跟俄罗斯的未来派一样，蓝角人在他们想在诗歌推行的那些改革中毫无疑问地也加入了反抗的涵义。

---

① 雷米·德·古尔曼（1858—1915）：法国后期象征主义诗人、评论家。

② T. 塔比泽。论文。随笔。第比利斯，1957（格鲁吉亚语）。

③ 引自 B. 戈里采夫，“论文与随笔”一书，第 349 页。

当然，首先是在诗歌形式领域的“革命”上。

在蓝角人的诗歌实践中，格鲁吉亚诗歌摒弃掉那些不再使用或从未使用过的、常常是“反诗歌的”词语和形象之后反而更加丰富了；开阔了诗歌主题的外延，并完善了诗歌体的系统体制。对俄罗斯和法国诗人作品的翻译工作在这所有方面都发挥了不小的作用。近年来在格鲁吉亚诗歌发展中蓝角人的影响力愈来愈明显。在他们的促进下，格鲁吉亚诗歌打破了其民族封闭性。蓝角人的创作出现了相比二十世纪初期欧洲诗歌更宽广和共同的趋势，其中有成就也有矛盾。而最主要和决定性的影响还是来自俄罗斯诗歌。

1929年6月16日在给安德烈·别雷①的信中，吉茨安·塔比泽写道：“……俄罗斯诗歌对我们的影响已经播下了种子，我们像感知生活一样同样忐忑地感知到它……但您知道，如同И. 安年斯基②《影像之书》中写的，他们那一代是‘经过果戈理和陀思妥耶夫斯基那里走过来的’；格外高兴的是，我们继续又

---

① 安德烈·别雷（1880—1934），本名鲍里斯·尼古拉耶维奇·布加耶夫。俄罗斯作家、诗人、批评家、回忆录作者、诗韵学家；俄罗斯象征主义和现代主义最著名的大师之一。

② И. 安年斯基（1855—1909），出生于奥木斯克。俄罗斯诗人、戏剧作家、翻译家、批评家、文学及语言研究学者，皇村男子古典中学校长，Н.Ф. 安年斯基的弟弟。

经过了亚·勃洛克和安·别雷……仿佛您之后我们为了诗歌第二次降生。而在此之前，我们一直处在东方的影子里和莪默·伽亚谟（？—1131，波斯诗人）主义里，如果那里也有诗歌的话，这个诗歌也不是思想痛苦的心灵创作，就像我们和整个俄罗斯诗歌世界那样。当我们第一次感觉到是斯拉夫创作勇士在锻造我们的时候，我们何时传递过这种感觉，或者比任何时候更加坚定地想要如此忐忑地写完这本书。”①

这个“忐忑”、这个诗歌的“心灵创作”、这个“向俄罗斯文学世界敞开的思想痛苦”，标志着吉茨安·塔比泽的诗歌成熟。

吉茨安·塔比泽早期的创作（1911—1921）完全打上了颓废派的印记，可能看到的也只是俄罗斯和法国象征主义的模仿。即便如此，那些年塔比泽也没有拒绝格鲁吉亚文学的民族传统。作为诗歌文化的一个大人物，他把民族的格鲁吉亚的开端与新的、外来的绝大部分结合在了一起。对于诗歌中的这种非同宗性，他拿捏得很好：

我小心地把哈菲孜的玫瑰花插入

---

① ЦГАЛИ，即“文学艺术国立中央档案馆”。

普柳多姆的花瓶中，
贝西基的花园我则用波德莱尔的
“恶之花”装点。

在塔比泽早期的诗歌中，各式各样艺术的、“派生的”形象和诗歌主题交替出现，既有格鲁吉亚人民遥远过去的半神话传说“迦勒底幻象”，也有直接的生活感受和个人的经历体验——当然，他知道如何把他的创作与外来诗歌的盲目模仿区分开来的界线在哪里：

我宁愿因羞愧折断昌吉琴，
即使勉勉强强
猛然响起
丁零零的朗诵声。

在《恶之花》（暗指波德莱尔）香气馥郁的毒药麻醉的“花园里”，诗人感觉自己像一个错误闯进来的小孩。但他又感到，“世界，是一个大花园，那里所有的一切被诅咒和投毒，那里，死亡只是一步之遥”。而诗人在这个世界上，就是“卸下铠甲之后的骑手”。

是谁把孩子引进这座花园？

　　又是谁用毒烟

污染城市之心，

　　并遮蔽了四周？①

可沙漠上，不知为何

　　我偏偏看见了新绿的牧场？

这是吉茨安·塔比泽革命前诗歌一个重要的主题。其中，我们一方面能感到深刻的戏剧性和悲观主义，很像二十世纪那些都市主义和个人主义的带有自己对世界悲剧性感知的诗歌，而另一方面，同这种世界观互不相容的但又是塔比泽标志性的那种热爱生活相信生活的能力好像又总是存在。

革命前抒情诗中的悲剧性很大程度上是由塔比泽对于格鲁吉亚历史过去的理解所决定的：个人的个体悲剧与国家的悲剧命运密不可分；况且，个体悲剧的实质也是人民无止境苦难的历史链条上的一环。与此同时，它是如此现代，他的悲剧性的世界观，就是那个时代诗歌的特点。我们没有忘记，这里

---

① 直译："谁把燃烧的城市之烟放入我心？"

说的1914—1916年，那个时期是毁灭的气氛和没有理性的、惨无人道的残酷氛围在卷入了第一次世界大战的世界上蔓延。艺术领域里，不单是诗歌，被一种阴沉沉的和透过腐烂和丧失了体制稳定性的、临近死亡的、惊慌失措的感觉所笼罩着。吉茨安·塔比泽的诗歌中没有战争，但很多诗中又都体现了因战争才产生的那种情绪。在残酷的、泯灭理性的世界上人性的丧失，意味着掉入血海泪海、丑陋的世界。这不是简单的勃洛克式的交融。这是我们不能接受的暴力和邪恶的统治。对于当代格鲁吉亚诗人来说，这是对社会的和民族的两重压迫下的被侮辱、被奴役的悲剧认知，以此与神话的宏伟发源地——迦勒底相对照。以古鉴今；过去预卜未来，《瓦尔塔萨尔，多么忐忑!》（1916）诗中也预示了暴政的灭亡。这里，关于古老的、被遗忘的历史的诗句里，充满愤怒和仇恨的、鲜活的、时代的热情在激荡……

可是，愤怒和复仇的主题又沉没于痛苦和悲伤中。死亡、忧伤、忘却的主题从一首诗游荡到另一首:《我又梦见死去的故乡》《血已染红了河》，还有忧郁的《戏台的欢愉》正滑过《过去的阴影》和《黑色的勇士好像黑色的悲伤》。《迦勒底之梦》唤起了古老的光荣、走过的道路，还有那些曾经辉煌（如今只有荒芜和尘埃）的城池的回忆。

一辈子都在无尽的旅途上
承受磨难……我的路还很遥远……
在迦勒底红彤彤的太阳下，
我只想永远地睡去……

在诗人的心里，“祖先的声音在哀号”。过去神话的形象浮现到格鲁吉亚当代诗人的外形上：想象与日常生活为邻，且并不仇视。纪念迦勒底的那首《祖先祭司》就是在神甫父亲主持的晚祷会背景下展开的：

我的先辈还向阿斯塔尔塔祷告，
在打谷场的尘雾里
父亲把自己捐献的心
面对圣母高高举起。

塔比泽诗中的圣母马利亚，就像阿斯塔尔塔一样，是一个诗意的形象。在这些“主题”中没有宗教的影射，只是人民无法摆脱痛苦遗留的印迹而已：

噢，遥远的旅途和无尽的哭泣都是我们的

就在各自的棺材之上。故乡遥不可及，
可所有的咒语和恫吓的始作俑者也是我们，
这个漫长的旅程已无法安排妥当。

白色的幻影在送葬的队列之上徘徊——
圣洁的圣母马利亚——光芒四射的圣像……
而只留下红得发紫的太阳
在眼泪之海上——转瞬即逝的一刹那。

苦海之上最后一缕月光在摇曳。
点点星光，宛如葬礼上的烛火……

在民族主题中，从古希腊罗马神话、莎士比亚到市民的民间口头创作，泛欧洲的日常习惯也会常常遇到。在那首带着莎士比亚标题的《勃南森林》诗歌中，通过出人意料和彼此互不相容的对比，年轻的格鲁吉亚诗歌充满想象力的无与伦比的形象世界出现了：这里有皮埃罗、列吉·麦克白，阿尔蒂尔·兰波和吉茨安的朋友保罗·雅什维利。“奥菲利娅飞快瞥了一眼，就发现，为何脸色煞白的哈姆雷特，被扇了一记响亮的耳光，又挨了瓦列里安粗暴一拳”（瓦列里安·伽普林达什维利，也是一位蓝角诗人）。他们所有人，从“生病的小淘气鬼们”和自杀者“阿尔蒂尔”到“脸色煞白的哈姆雷特”，都是一些微不足道的、可怜的、昙花一现的人物，就像“断头台上升起的神殿”。这个时代的生活在诗人看来是虚幻的、值得同情的和非理性的。他的心在“思念科罗姆宾娜的泪水洇醒的梦里”“像迷路的皮埃罗一样乱窜”。皮埃罗就在萨扬特-诺瓦和特伊穆拉兹也去过的花园里。

面具形象在塔比泽早期的诗歌中一直占据主导地位。他在《自画像》中就看到了“王尔德的侧面像”、“纯洁的英芳塔”：

> 我是谁？披着东方长袍的纨绔子弟，
> 我敞着巴格达式的衣衫
> 反复吟诵马拉美的诗篇……

化妆面具、装腔作势、戏剧化的体验，这些似乎跟诗人没有关联——“在玻璃画框里”。在他的诗中，特别茂盛的是从生活中提炼出来的另一个主观世界。词语的音乐引诱着他、周围的“陌生感”、流动性、非确定性、依附于一个诗歌情绪的理性形象的不稳定性吸引着他。这就是他——在化装舞会上：

眼前一片黑暗。周围的一切都在燃烧——
快燃尽了。连衣裙的香水味呛鼻。
舞厅满眼都是大红和黑色的天鹅绒。
小提琴的旋律并不抑郁沉重
有人走过来，是为了让我袒露
连我自己也不知道哪里来的悲伤……
我说不出来，我在等什么
现在只剩下垂死的甜蜜的等待……
……唢呐在哀嚎。群山似土著舞者
给外乡人表演。
　　　　　　　　旋即
舞者已慢下来。

诗人沉湎于这种主观的、别人完全感觉不一样的世界里的陌生性；在舞者的叫声中他听见自己的“忧伤的安魂曲”。大厅“嘈杂、死亡和沉寂”。年方二十的诗人写了无望的回忆、失望和死亡。这里的一切，我们看到的不是缺乏独立见解的模仿，而是有意识地努力创造象征主义独有的和那些象征主义诗人有标志性的共同的诗歌意境。塔比泽获得了这个流动性、形象的灵巧性、激动不安、概念的不适配，还有对比的尖锐、出人意料、醒目的隐喻等等。所有这些，上升到最初的结构来看，常常是凌驾在了诗歌的理性之上很多，以至于悲剧主义本身成为了不像是技法而是已掌握非常娴熟的诗歌形式，并且还是目的本身——因为形式的理性也是形式本身：

……我们去过哪里……我们没一起走过——如坠雾里
像一头惊慌的小马驹。在我们身后疾驰而去的
寂静飞逝——还有高高的马鞍上的黑衣骑士，——
寂静飞逝，但它把一丝忧愁紧贴在我的胸口。
远处灰色的山峰隐隐若现
好像疲惫不堪的上帝被折断的翅膀。
是天空还是大地死过一回了吗，谁为谁哀悼——
青草已被凄苦的、缓缓落下的黑雪覆盖……

（《马果葛公爵》）

现实几乎不用浏览技法，因为现实就是这些悲剧意境生活的、心理的基础。

然而塔比泽在“诗歌”的、缺乏“接地气的”真实性的、清心寡欲的嗜癖画框里并没有停留太久。

在他那里对生机勃勃生活和现实世界的激情还没有熄灭。

《自画像》刻画了一位厌世的、身材均匀、过着骄奢淫逸生活的“穿着东方袍子的纨绔子弟”形象。他翻着一册精美的并不很长的抒情诗，结尾的动作很干脆：

该发生就发生吧，而生活永远年轻，
我驯服地绕你而行
但我不会迷失在黑暗中

与“清心寡欲的嗜癖”和消退的激烈情感相反的是，塔比泽的诗歌中产生了另外的、努力找出来的、但活生生的且清心寡欲的形象，从而使得诗歌自己的老生常谈具象化，并充满了新鲜的诗歌情感，如在“你是那朵没有绽放的我痛苦的玫瑰”那里：

我的心和你的刺拴在一起。
请收下她吧，噢，行行好——
她不会成为你的负担！……

用这样的诗句对待《再遥远一些》这首诗，诗人用异乎寻常的细节捕捉到了形象的传统性。

吉茨安·塔比泽天性喜欢隐晦曲折，但他为制造画面感，一样善于生动地描绘不单是丰满的情感，还有看得见的、实际可以感觉到的、饱满的动作、花卉、声音等等。他看见“干枯的梧桐树叶”上“绣着深色的黄斑”；还看见了，“一群蝙蝠”怎样“在老教堂的圆屋顶上来回穿梭”。在他那里，“山谷为那唱着哀歌飞离的松鹤哭泣”，还有“而在山谷的深处，秋天仍在为冬天的健康啜饮”。这是如此接近生活的大容量诗歌，容纳了意境、景物还有日常生活细节：

昏黄时分，一阵一阵悲伤袭上心头，——
仿佛烟雾般它们蒙蔽了这个夜晚。
父亲从教堂回来，星期六犹如重生，
他祷告的回光在他灰白的胡须上依稀可见。
朦胧中一双眼睛炯炯有神，而昏暗不知身在何处，
飓风女巫般闯进来，四周令人毛发陡耸

（《十一月》）

## 2

吉茨安·塔比泽早期的创作中不可能只能看到颓废派的影响，而我们没注意到的是，在那些年里他的诗歌最独特的诗歌个性已经全面开花了。只是要说自成一派的诗人的话还为时尚早。他逐年摸索新的主题和形象；寻找表现现实的、他特别熟悉的世界新的色度；他的诗歌面貌愈加丰满、而且就在眼皮底下发生改变。与此相关的是，在他那里不可能看到激烈的转变。

诗人还没有能力拒绝纯书本上的知识，杜绝少年之轻狂、自我标榜和粗糙。迦勒底的阴影和闷闷不乐皮埃罗的筋疲力尽情感还在陪伴并将继续陪伴着他，哪怕他们身后已经出现了清晰的和现实的生活背景，冲入到社会激情中去寻找诗歌的时候已经到来。皮埃罗戴上红帽子就感觉自己成了加里波第。诗人还在眺望“黄昏中央”的故乡并看见了还是那个“古老的戏台”；“装满演员的带篷大车还在往一起聚拢。人们打扮得光鲜靓丽、花花绿绿，卖花的、变戏法的、祭司坐在那里，战士们正迈步港口……”。而很快这个舞台上的剧目又会更新。

塔比泽诗歌的思想、基调还没有变，甚至《勃南森林》还没有写出来，但在诗集《舞台之王》，如同这个时期他自我评价一样，已经出现了——1917 年 10 月 25 日夜里创作的——《彼得堡》一诗：

一场鏖战攫夺伴随残酷的声音。
浸透汗水的军大衣冒着热气。雾气。
青铜骑士垂下双手。
潮水冲刷死者的尸体。

但世纪的回答确定无疑，
预定的出路只剩下决战。
今夜只有一个名字会被记住：列宁
其余一切都将遗忘如一场梦……

只要真实地评价这首诗歌，就应该想象得到十月革命前的格鲁吉亚政治环境。外高加索夺取了政权的孟什维克和社会革命党人敌视十月革命——列宁党的胜利。他们每天都在盼着彼得堡无产阶级的失败和摧毁布尔什维克苏维埃。一直到 1921 年 2 月 25 日反革命的民粹政府才被推翻，格鲁吉亚苏维埃政权取得了胜利。

吉茨安·塔比泽高兴地接受革命。“站在十月开创的一代人立场，认为那是艺术的英雄业绩。”①——他在一篇关于科德·马尔詹尼什维利的文章里写道。吉茨安·塔比泽反对孟什维克挑起的亚美尼亚-格鲁吉亚战争的立场、反对其用“马其顿式”方法解决民族问题的观点均发挥了显著的作用。“在战争最激烈的时候，在格鲁吉亚《萨卡尔特维洛》报上我发表了给第比利斯亚美尼亚侨乡会主席奥瓦涅斯·图玛尼的一封公开信。奥瓦涅斯·图玛尼的公开回函也强烈表达了对这场兄弟间自相残杀战争的主谋者满腔的仇恨。两封信在整个高加索媒体界广为传播，并被翻译成很多语言登载”(《奥瓦涅斯·图玛尼》，1923)。这个时期是令人高兴的时期——“革命的时期、首次履行庄严誓言的时期”②，——吉茨安·塔比泽写道。

但即使如此那时候他的诗歌悲剧色彩依旧。是的，只是悲剧风格发生了根本变化。这里已经没有了“趴在墓碑上的哭泣”，并且过去的阴影也不再遮挡诗人现实的生活。他的诗歌中首次出现了日常生活中的故乡、完全是日常生活的视角。不是以前诗歌情景中

---

① T.塔比泽。论文。随笔。第比利斯，1957（格鲁吉亚语）。
② T.塔比泽。选集。第比利斯，1960（格鲁吉亚语）。

像个象征主义诗人——眼泪止不住的长途漫漫——表现的那种不由自主的忧郁的、充满汗水和血的家乡，而是现实的、科尔希达沼泽中腐烂的奥尔皮里。还有被疟疾侵蚀的乡村。

诗歌形象还是书面化的：

巨兽般奥尔皮里的尸体正在腐烂。
白鹭一会儿悠闲散步；一会儿飞越沼泽。
心头的枝蔓也在腐烂。在利奥沼泽中间
白鹭——就像是堂吉诃德细腿的阴影……

但这还是故乡，对诗人不再是苦难的象征的故乡、有血有肉的故乡。现在他不在坠入“迦勒底之梦”。即使暂时“扎巴·罗特列阿芒还在哭泣”，为“这是个侮辱，世上的奇耻大辱”：

所有人终将归于潘德奥诺姆和吉杜贝之土
而我则更钟情于奥尔皮里业已腐烂的尸骸。

吉茨安·塔比泽诗歌的文学概念已被深刻的、生活中和同乡人命运中被发现的真正的戏剧替换了。他的诗歌充满了同情。

古老的奥尔皮里……废弃的长长的码头遗址。
乌云遮住了太阳，月亮忽隐忽现……
沼泽的蛙，躲在水藻里哭泣，
仿佛老肺痨的咳嗽使其窒息……
月亮拖着沉重的云被窸窣地逶迤而行。
正合那首古老的歌谣：疯狂神甫与疟疾。

诗歌意象的风格几乎悄悄地发生了变化，尽管变化是某种局部的。月亮“忽冷忽热”，好像科罗姆宾娜打摆子一样。吉茨安·塔比泽仍留在了以往自己诗歌手法的边界线上。他按照一种特殊的、自我的诗歌逻辑在写诗：仿佛进行中的某种旧生活的安魂曲和音乐主题，忧郁地重复和吟唱的还是那首“古老的歌谣”——“我的父亲，疯狂的神甫，还有疟疾”。三首小型组诗：《疯狂神甫与疟疾》《农神与疟疾》、《神甫与灵柩里的父亲》——出现了关于过去的独特的诗歌形象，就此塔比泽在其自传中痛苦地写道：“我亲眼所见，整个村子的人都因为寒热病而死去，村民们只得咒骂着放弃他们生养多年的地方”——这是成为他心灵 部分的生活 生活的悲剧音符。

少年时代起我只听安魂曲，就跟眼前一样。
迦勒底的青蛙像星星一样洒满天空，
我仿佛看到蜘蛛网上到处是死掉的苍蝇，
而蜘蛛网像贴紧肌肤的衬衣一样越缠越紧。

故乡的宿命……爱情的幸福……一切都鲜活
我的情感没被遗忘——请相信我这一点。
但在别人的眼里我看到父亲的瞳仁是无光的——
他们为我而流泪，为永失的光明而哭泣……

父亲像普通人一样忧郁的形象是贯穿整个组诗的最重要的主题，也是诗歌的主导主体。这是非常个体的、私密的主题，渗透了儿子的情感、无可复制的情感。痛苦的、不可饶恕的情感。“当陌生的神甫们为神甫父亲安魂祈祷”——

我不曾戴孝，
但曾只穿黑衣，——
如今我遭受磨难
只为服丧。
可是哀悼的还有

那首古老的哀歌：
亲爱的我的父亲——疯狂的神甫——
还有疟疾……

而与此同时，这个形象已经比个人的、完全是自我的形象已经走出了很远——并且“在别人的眼里我看见父亲的瞳仁是无光的……”他既是儿子也是诗人：心里，“火焰四处蔓延”，他——诗人——要与死亡决斗。

带着他未履行对故乡和因为疟疾而凋敝的乡村的职责、对一辈子都虔诚地推崇六十年代民主主义者和能够背诵涅克拉索夫全部作品的“疯狂的神甫”父亲的亏欠，诗人用三首内在相互联系的诗歌展现了这一诗歌主题。

诗人吉茨安·塔比泽创作的新阶段开始了，一股悲剧性激越之情的隐匿之火在他心底燃烧。1919—1921年创作的诗歌中出现了生活中新的联系，尽管仍是焦虑的，——在他那里这种焦虑无处不在：爱情诗（《给尼娜·玛卡什维利》，1920）、赠友人诗（《致保罗·雅什维利》，1921），还有思想类的诗歌（《季节的冠军》《奥尔皮里的好口才》）。

《奥尔皮里的好口才》一诗，给予读者完全是意想不到的坦白——没有嘲笑、甚至也没有挑战文学界有洁癖的人：

我要爱上诗歌、词语，
还有奥尔皮里故乡的呼吸
就像我的母亲爱上给奶牛挤奶……

这时候，对价值的重新评估对于塔比泽还带有另外的性质。针对吉茨安·塔比泽本人、特别是思想指向就在其中的那首诗歌的批评声调开始出现。这就是它——虚构的《奥尔皮里的好口才》——死守空洞的教条、玩文字游戏的沼泽之蛙。这首诗里，忧虑词语贬值、担心用夸夸其谈和格里戈利·萨阿卡泽曾称为对老生常谈主题庸俗辩论的挖苦来取代诗歌、必须还要加上《虎皮武士》。诗歌是什么：大辩论还是文字游戏？什么诗歌才是真正的诗歌？这是一个转折的时刻。

3

吉茨安·塔比泽创作新阶段的开始时期大致和格鲁吉亚苏维埃政权的建立时期基本吻合。诗歌的改变并没有在社会的变革后或因为它而马上发生。诗歌里它自有发展方向的惯性力量还很强大。“在苏维埃政权建立的初期，我们仍在迷恋象征主义、法国的超现实主义和‘达达主义’”，诗人回忆。1923年的诗歌：《四月二十三日》《卡尔门西塔》《街心花园的礼拜天》《梅丽塔（达达主义的情诗）》——跟1920—1921年甚至更早的诗歌没有本质上的区别。转折正在酝酿成熟之中，但这个过程比较长，花了几年。

只有聚精会神地仔细阅读这些诗歌，如《第比利斯》(1923)、《没有唱出的穆哈姆巴吉》(1925)，你才会发现其中一些新的、对格鲁吉亚民族历史一类钟爱的或悲剧诗主题，或源源不断的抒情诗主题业已转变的态度。一些常规套路、对神话故事的迷恋正在消失；现在传奇故事在复活，例如人民对于自己过去的回忆，现在变得更诗歌具象化了。“我仿佛隐约又看到了迦勒底死刑犯的道路”——诗人承认——还有祖先祭司、无数个世纪被点燃的沙漠、曾经辉煌城市的公墓。现在，格鲁吉亚的过去在塔比泽诗歌里历史地具象化了；但对隐喻的热爱、它们的过分夸张都没有破坏这种具象化。它们使得诗歌被诗人心里饱满的热情所哽饱　　他的痛苦、他的爱。以前塔比泽所特有的形象可塑性现在愈来愈协调和越来越富有表现力了：

一股股血从荒野上流入库拉河
那里满是踩死的敌人和四溢的鲜血；
你那时的教堂圆屋顶滚落在地
从石脊上，像一颗颗死刑犯的人头。

萨阿卡泽之剑在敌人头上频频挥舞
随之给予致命的一击，
像一捆捆柴火，在染红的河上，
那是鞑靼人用木棍打死的孩子尸体……

（《第比利斯》）

塔比泽诗歌的可塑性是多种多样、而按照倾向性来说又是丰富多彩的。用于增强诗歌观念的新鲜度与特殊性的日常生活的细节越来越经常地被激活，譬如“还有被唢呐吹奏者吹乱头发的清晨”或者朦胧中峡谷打着哈欠的高山。《没有唱出的穆哈姆巴吉》诗歌中格里戈利·奥尔别里安尼时代的格鲁吉亚表现的风景不仅像清晨般（“泛着珍珠贝光彩的是科卓尔斯基森林早晨的露珠”）形象生动、也不单是多声部的（“萨扬特-诺瓦一大清早就用他的诗像抖辫子一样把睡梦中的库拉河摇醒”），——这种可塑性与格鲁吉亚的今天、那个诗人自己每天经过的第比利斯都是和声和谐的。这种相遇是诗人的竞赛。吉茨安·塔比泽这种被生活验证过的禀赋一点也不弱于他的悲剧热情表现力。就算萨扬特–诺瓦的诗歌响亮的地方“雷声隆隆、荒草低垂”：

可是我在自己的诗歌里强大不知多少倍：
我的歌中不仅雷声隆隆——
在浓密的墓地荒草里，我的歌
还能把萨扬特–诺瓦的棺材拆成碎片！

历史题材绝不会把塔比泽从现代性中引开：作为诗歌的竞争者，又像是交谈者和诗人的鼓舞者，他的诗歌中生活着萨扬特–诺瓦和瓦扎·帕沙维拉、大卫·古拉米什维利和杰出的艺术家比洛斯玛纳什维利。因此，现在的和历史的第比利斯跟他一样亲切。尤里·德尼昂诺夫就此谈道：“吉茨安在第比利斯城里走，就像一个人在自己的房间走一样。他在自己的诗歌前的那种感觉（他从来不缺这种感觉，看来）是符合历史事实的。对于他来说，历史不是摊开在桌上的书本典籍；不是的，历史就在他的心中，历史就跟他在一起；他和历史感同身受，因而塔比泽对于我们、对于俄罗斯艺术、对于俄罗斯诗歌，对于所有这一切他热爱并深刻理解的这一切来说，塔比泽于我们如此公开坦诚。”① 历史有机地融合进了吉茨安·塔比泽的诗歌世界。

巴维尔·安托克利斯基回忆到，在跟自己的俄罗斯诗人朋友们聚会的时候，吉茨安总是感觉陷入在“第比利斯城的市长”这样的境地——“无论是说到梅杰希古塔、格利波耶多瓦皇陵的圣大卫山、天才的自学者尼科·比洛斯玛纳什维利的绘画，还是他们能找到的、感兴趣的和用来宣传的其他很多内容，他的评论都是如此内容丰富和富有表现力”②。

吉茨安·塔比泽的诗歌变得越来越无拘无束、简洁和流畅自如。在诗歌形式上他现在看重的是不可替代性：

……你的诗中叙述越简单，
心灵将获得的快乐就越多，
五月里沉甸甸盛开的花装点的

---

① 列宁格勒1937年3月21日吉茨安·塔比泽创作研讨晚会速记记录。T.塔比泽档案。
② 巴·安托科里斯基。挚友。第比利斯，1963，第276—277页。

苹果树，在姣好的夜晚我为之感动。

绯红的天空，兽角挤满的天空，
夜晚乘着风，——如此没有羁绊！

（《奥尔皮里》，1926）

对生活认知的天性赋予了塔比泽诗歌与其相称的质量，就此H. 扎博洛茨基曾给诗人写信赞扬：“您的诗歌中心灵世界对于自然界的令人称奇的亲近让我钦佩。您的这两个世界又融合成了一个完整的整体——这对于我们这个时代是最罕见的……它当然是长期的诗歌与精神劳作的结果……”①

塔比泽的抒情诗，譬如在扎博洛茨基的翻译中，也没有丧失内在的复杂性。

这种情况下，诗歌《背着手摇风琴的流浪乐师》的俄文翻译版本为日常生活和究其实质不过是平庸的风俗画小故事的高尚精神升华所惊讶。而这个得益于诗人强大的、富有同情心的、心灵的诗人外部感觉及由此引发的隐秘感受两者不可分割性的小故事充满了精细的诗歌情绪。

---

① 1936年8月2日的信函——《格鲁吉亚文学》，1962年，No.2，第77页。

诗歌的情节取自于通常是由背着手摇风琴的流浪乐师唱诵的缅怀往昔的街头民谣。直截性和诗人饱满的情感使得被唱俗了的民谣中的低级趣味和老生常谈被去掉了，从其中发现了人性的、让人心灵感动的东西：在流浪乐师的民谣中，既不是听众自己的，也不是另外听众的那类具体而又现实的东西。

这首诗歌演绎的主要部分是诗人与民谣流浪乐师之间的内心对话；其间呢，流露出隐匿的诗歌一般都要表达的抒情流，还有那些民谣歌词又多多少少地包涵口语逻辑的音乐性的、无以言传的东西。

每一诗节是由两组意思独立且已完整的四行诗句组成。每行诗句都有从上一段不同的发音节奏的新的情景细节：

别雷餐厅里
流浪女乐师的琴声呜咽，
远处库拉河水
咆哮翻腾。
我的心
因爱忐忑。
我真想投库拉河
自沉……

因充满暗示的语言、抒情“情节”的印痕而产生的诗歌之波浪，以此按照自己的方式诠释了流浪女乐师悲戚的音乐、通俗歌曲的并不复杂的戏剧主义，例如：“塔姆里寇为爱殉情”。与此同时，诗人用那么多的点线法标记的主题思想（“我们还不会用诗歌做买卖”）被呈现和唱出了；尽管声音不高、依然形成了鲜明对照，它流入了街头情节剧中去，但没有与其汇合。它通过聚精会神的、让人过目不忘的视野渗透到诗歌中：流浪乐师的情节示意图受到限制的地方，恰恰诗人看到了细节。流浪乐师的感觉千篇一律，而诗人是多疑、同时还多愁善感；诗人的感觉总是慌乱混杂的，而歌者的心，不是消遣娱乐。歌中，塔姆里寇只会“为爱”殉情：

女人都明白一个道理：
她们青春短暂
很快就发福成大妈
甚至老太婆。
我们一样会死去，流浪乐师，
生命是一场空，
我们怎么着也得值回真爱——

亲爱的朋友！

塔比泽关于诗人的意志、诗人的责任、关于诗人的自我牺牲和令人羡慕的命运的可爱的思想，在很多诗歌里都很成熟。

“吉茨安·塔比泽致力于从内部，”——关于他，鲍·帕斯捷尔纳克曾经写道——“用他每一行诗句、每一个韵脚探寻他丰富的、充满领悟能力和心灵预感的深度。他诗歌中最重要的东西，就是那种抒情潜力永不枯竭的、每首诗歌后面隐含的情感，还有那种已经表达、将要表达和还没有表达之外还要多出来的东西。这种心灵上没被触碰过的、资源储备的存在筑成了他诗歌的背景和第二结构，给人们传达了那种特殊的情绪，而这种情绪穿透了他们，并成为了他们最主要和痛苦的诱魅。他诗歌中的精神就像他自身拥有的那么多，复杂的、隐匿的、整体向善的、未卜先知的和富于自我牺牲的……”①

不是我在写诗，而是诗在书写我的故事
同时我的一生也在陪伴它们。

---

① T.塔比泽档案。

诗是什么？用雪垒起来的、会死去的——行将就木的，

而这一切仍将活生生地被抛弃。这就是诗……

这就是忘我精神，在诗中时刻敞开的精神，将自己整个奉献给抑制不住的诗歌的精神。这是表达诗歌最本质的努力，其唯一的思想也是他理解和看重的：自然的诗歌，就像生活自己的呼吸，就像生存的快乐。

在诗人眼里，大自然无法传达的美景、母语、对故乡和人民的爱都是“忧伤”的；美景就在最琐碎、最简单的日常生活和风景的细节里，在人际关系中。而他向世界敞开的心灵的富饶无边无际。“哪怕给陌生人或熟人敬酒说的穆拉瓦尔扎密耶尔①雷暴般滚过乡村”，“整桌人因为整桌客人的歌而喘不过气来！”——诗歌经常的主题：

如果你是我的兄弟，就再干了这一杯吧，

而我会扑通一声跪在你面前。

---

① 敬酒词，即“长命百岁”之意。

你好啊，你好，喔，生活最甜蜜，

我永远属于你并将永世不和你分离。

吉茨安·塔比泽对生活的热爱是无缘无故的，这种热爱不受时间限制、并且是抽象的；这种热爱贯穿了时代关系的真理。诗人是人民事业、情感和愿望的参与者和代言人。人民赋予他的职责——竭尽全力；这种热爱是快乐和痛苦的起源。创作之尺——生活、大自然、太阳和高山：如何跟它们相比？

4

吉茨安·塔比泽贯穿着对诗歌世界感知的情感艺术与无条件地承认诗歌的积极作用、诗人的公民责任密不可分。这一点在1928—1937年间最明确。这一时期可以视为他创作最后的、也是最主要的和最高阶段。而社会主义艺术的创作原则也是在这一时期最终形成的。

从1927—1928年起，吉茨安·塔比泽的创作发生了一个新的进步，即向整个苏维埃文学的一个总倾斜：诗歌的主流主题变成了社会主义建设和国家的改革。对塔比泽来说这完全不是一个抽象的概念。现在尽管他依然相信老主题，毕竟开始改变对生活的观点了。“当人们说，诗人们在自己的环境里忙碌——他在跟莫斯科的作家们见面时说过——相对莫斯科来说这是另一回事，因为我们是小国家。我们知道，我们国家希腊神话像金羊毛一样很有名。这个国家消灭了疟疾。国家开始繁荣起来，疏浚治理沼泽。以前只有青蛙呱呱叫的地方，现在完全是新生活的到来，这样的生活当然吸引着我们。”①

诗人对事物的新态度也影响到他对最主要形象的创作方式。塔比泽的诗歌变得越来越具体、贴近普遍及日常生活。现在他写的奥尔皮里跟他在哪里都分不开和放在心里的那个故乡已完全是另一种样子了：

我在第比利斯，可那些树林，
小草、牧场，都从这里追逐，
春天的青蛙，呱呱聒噪，
还寄来乡村池塘的一个嫩枝。

自然界的一切变得越来越亲切和更加细腻。他更多地描写人物、更经常回忆童年、忘掉一半但记忆里

① 速记记录。T. 塔比泽档案。

又珍贵的故事。不管童年的遥远世界多么平凡，那里总有一层神秘的光线射下来，而还没有说出来的，之前诗人心中隐秘的那些永远比最丰富的诗还要蕴涵更多。

别着急，读者，请稍等。
患病的那些日子里，我的心
因为疼痛蜷缩在胸口，
只有诗才能回应我心。

《不必惊讶》《别着急！》①——当塔比泽的心里满满是诗歌的时候，现在他对待读者这样称呼。无论高兴还是隐匿的忧伤，诗中他均没有急着宣泄。他远离那个时候很多莫斯科诗人都会犯的、浅薄的、自命不凡的毛病。相反，正是现在到了必须重新思考很多更清晰的或者被遗忘的东西的时候了。

1928 年他已着手创作好几首长诗：关于科尔希达新生（《利奥港》）；关于内战时期的第比利斯；民族问题也让他不安——长诗《在前线》里塔比泽就再

① 摘自创作于 1933 年无标题原诗，参见《小时候在奥尔皮里我因为高烧卧床不起》，标题为译者加注。

现了十年前发生的事件，回忆了格鲁吉亚人与亚美尼亚人之间的“战争”和首批反对这场肮脏“战争”之一的奥瓦涅斯·图玛尼。在这些长诗里，吉茨安·塔比泽重建抒情的可塑风景画的同时，找到了自己富有表现力天才的新的边界线。这是历史的画布（画布的尺寸并不大，它们的历史观——直白的描述，尤其是针对事件）。

长诗，即使目前看到的并不完整，也展现了内部的完整性和就其特点很类似勃洛克的《十二个》和弗拉基米尔·马雅可夫斯基的革命长诗。

诗人重现了那个年代鲜活的场面：

第比利斯的深夜。
冬天。
一九一八年。
湿漉漉的雪在下。
……这个丑恶的阴雨天——
从哪里而来？……

诗人直接的活生生的感受，他对发生事件的个人感知，他对事件和人们的态度等的抒情性，可能，很大程度上比别的诗歌更贯穿了《一九一八年》这首长诗。诗人不单是简单地再现了十年前的事件，而是像重新经历这一切：风雪交加的、饥饿的冬天、对肥得冒油的近卫军和唯利是图者的仇恨——

靠吸血和夺食
养肥自己的匪帮。
……如何才能掐住他们的脖子？

这个充斥着投机分子、精明生意人、短文评论家和政治家的花花绿绿的旋转木马就在眼前旋转表演。那些小饭馆歌曲里的有名有姓的“主人公”、厚颜无耻地把自己当成城里的主人的英国人、佚名的好争论的人，仿佛黄昏里飘忽不定的影子。还有陆续传来关于处决丽贝克涅赫特、罗莎·柳可谢姆堡以及枪杀巴库警官的传闻……又可怕又可笑的、忧郁而荒诞、抒情及丑陋的冷嘲热讽——所有这一切都混杂在一起，就像马雅可夫斯基也时常写到的那样，塔比泽在自己的长诗中非常关注这个时期，某些地方甚至尝试模仿他，并在那时的报纸上撰文批评孟什维克政府。也许，在他将《宗教滑稽剧》[1]翻译成格鲁吉亚语的时候

---

① 《宗教滑稽剧》：马雅可夫斯基的长诗，创作于1918年。

获得的经验塔比泽也用到了自己长诗的创作中。

历史的浓缩并没有妨碍这首长诗成为抒情诗。吉茨安·塔比泽诗歌思想的历史主义越来越丰富和深邃。现在，当再回顾格鲁吉亚历史的时候，他看到的就不仅仅是鞑靼人和土耳其人的侵略、战争、奴役。一些革命形象挤走了沙皇和军官而写入了过去历史的画面中去；莱蒙托夫童僧歌咏的著名的扎瓦利以及斯维基-茨霍维利——“沙皇陵寝”——也无法遮挡住对他来说新的姆茨赫特：

陵寝里的尼娜和维斯帕西安，
死去的，被工人的姆茨赫特撕得粉碎，
风暴般旋转后，以额触地，
而诗人奔跑着，直到彻底离开。

诗人告别了过去业已习惯的形象：“迦勒底阴影”、楼阁上的痛苦美人、库拉河边哀号的塔利城；而兄弟间宴席上的歌曲他则用阿尔辛的英雄赞歌替代，同时对会唱赞歌的一贫如洗的歌手表示羡慕。他希望一切重新开始：

我将歌唱工业化勇士

而把旧世界像木头筏子一样摧毁。

当然，这并不是对类似雪崩诗歌的拒绝：春天的欢乐、大自然的魅力，所有这一切他仍都保留。但除此之外，出现了自由劳动的歌曲和其他的理想——“最开始的最真实的”。新生活的幼芽让塔比泽激动不已。在关于亚美尼亚的那些诗歌里，特别是组诗《满心》里，根据要求诗人积极参与新世界建设的宣言。诗人把真正的注意力转向了那些完全能体现当代性的诗歌（《四月春播》《收音机播放献给播种的诗》《燕子筑巢》）。这些献给“红旗飘扬的蓝天”、“边走边唱的少先队员们”，还有“蓝色的利奥河上扬帆起航的快艇”、萨姆戈里沙漠新的运河、新的公路、细细的树苗、种满烟叶的田野和比洛斯玛尼手中画笔的诗歌——献给马雅可夫斯基曾称为的“人类春天”：

燕子筑巢
正是这个时候，
没有比这
更美妙的日子，我也不知，
如何选择和唱诵
那些欢欣鼓舞的颂歌……

吉茨安·塔比泽永远都喜欢写四月、写盛开的苹果树、写那些诗歌自己冒出来的时光，而现在一种新格调出现在他的抒情诗中：关于祖国社会主义改革的主题有机地进入他的诗歌。

## 5

吉茨安·塔比泽的诗歌已经走出了格鲁吉亚并开始在全苏联范围声名鹊起。他的具有深刻民族性的、独特的，即使是不同的相互风格差异很远的俄罗斯诗人译者翻译后仍不失自己个性的诗歌创作对于广大的苏联读者界都是好理解和感到亲切的。1936 年吉茨安·塔比泽的俄文版诗集一经出版立即成为了著名的文学盛事。好评如潮。1937 年初诗人的创作研讨晚会非常成功地在莫斯科、随后又在列宁格勒举办完成。

吉茨安·塔比泽立即进入了最杰出的苏维埃抒情诗人之列。人们把他的诗歌创作跟吉洪诺夫、安托科里斯基、扎博洛茨基和帕斯捷尔纳克的诗歌比肩评论。塔比泽成了三十年代中期文学评论之林的一员，尤其热烈的是谈到抒情诗歌的时候人们更是跟那个时期的“非宗教性”诗歌相提并论。

格鲁吉亚的苏维埃诗歌，就跟广泛意义上的当代格鲁吉亚生活一样，三十年代对包括帕斯捷尔纳克、扎博洛茨基和吉洪诺夫在内的整整一代俄罗斯诗人的创作都留下了显著的和卓有成效的影响。

鲍里斯·帕斯捷尔纳克对于自己不懂格鲁吉亚语言深以为憾。他说，他翻译的诗歌甚至连原文的四分之一内涵都没有达到。“我只说出了它们的形象、隐喻和涵义，——谈到吉茨安·塔比泽的诗歌时他指出，——但您可以想象得到，这是怎样的诗歌，如此和谐呈现，宛如天成。不仅如此，要是我也能够表达语言本身中可以表达的日常生活中的某种内在本质的话该有多好；不懂语言就永远无法掌握这种能力，因为任何直译都无法赋予这种能力；我多希望可以译出对语言的某些深解、某些半明半暗的蕴意，还有语言里奔跑着的线条分明的波束！……”①即便如此，俄罗斯诗人还是得以找出了格鲁吉亚诗歌自然界里的勇敢的节奏——并按照自己的方式体现在帕斯捷尔纳克的母语创作、特别是在他写的高加索诗歌中。《魔鬼》与《波浪》，按吉茨安·塔比泽的说法，“就是这种节

---

① 摘自鲍·帕斯捷尔纳克 1936 年在第一次全苏翻译会议上的演讲——《格鲁吉亚文学》，1962，No.2，第 79 页。

奏的严格装配”。[①] 这里，译者对格鲁吉亚诗歌的趣味如何变成了诗歌在某种意义上一对一的对决。

在列宁格勒吉茨安·塔比泽创作研讨晚会上发言时，H. 吉洪诺夫称他为最本色、真正的和杰出的格鲁吉亚诗人之一；让人感受到他诗歌创作中的磅礴气势和非常大的空间感。吉洪诺夫特别强调了塔比泽抒情诗歌中随处可见的最博大的坦诚与诗歌自由，他对祖国、所到之处、故乡大自然的热爱，而这种爱是当代诗人创作中难得一见的。

尤里·德尼亚诺夫在谈到吉茨安·塔比泽诗歌创作时特别强调指出了他跟他熟悉并热爱的俄罗斯文学的相似性。他特别应该感谢普希金——塔比泽在普希金那里发现了“对于各民族联盟共同的自豪感”，不止一次写到普希金在格鲁吉亚的居留旅行和俄罗斯-格鲁吉亚间的文化交流、“普希金式的苦难诗歌”、他的诗歌精神——同样也活在吉茨安·塔比泽的诗歌中。普希金的形象出现在《西徐亚的哀歌》一诗。而

① 摘自 T. 塔比泽给 B. B. 戈里采夫的信。“在格鲁吉亚现代诗人翻译的鲍·帕斯捷尔纳克作品中——T. 塔比泽也同时就此写道——我们看到了最大的思想准确性，几乎保留了所有的形象、词语的妥善处理，尽管因为格鲁吉亚语和俄语诗歌因为母语环境不同导致一些偏差，但更重要的是，感受到了其中的曲调，而非形象的改编；还有，令人惊奇的是，这个还是在不懂格鲁吉亚语的情况下做到的……”（T. 塔比泽档案）。

普希金崇高精神升华在诗人最好的作品之一、其抒情性精神相互融合的全部宽度的《伊拉亚利》一诗中得到贯穿：从鲁斯塔维利和瓦扎·帕沙维拉、从奥维吉、普希金、萨扬特-诺瓦，活生生绵绵不断的丝线在延伸——

**散落一地的词语，**

**诗歌的溪流，**

**伊拉亚利……**

“伊拉亚利是一个女性名字，K. 戈姆苏长篇小说《饥饿》中杜撰的主人公”，——诗只会带给你它发音的（美妙）感受，而不可能是别的感受……

莱蒙托夫对他也是亲近熟悉的。在吉茨安·塔比泽的诗里，童僧、“扎瓦利来的疯狂的小僧侣”与瓦扎·帕沙维拉最喜欢的主人公一起忽隐忽现……然而，对他而言，托尔斯泰的意义也不可小觑，特别是塔比泽翻译成格鲁吉亚语的《哈吉-穆拉特》。小说中呈现了旨在揭露沙皇残暴的民族政策、文化野蛮行径罕见的文献。可以说，世界文学中很难再找到在艺术力量表现和思想体系的诚实方面可以与这篇小说相比拟的。“一种莫可名状的喜悦心情一直伴随着我，当我将这部小说翻译成格鲁吉亚语的时候。研究《哈吉-穆拉特》后，我真正地相信语言的魔力与魅力，相信在所在与土地有关的地面边界上就能实现的那种可能性。”——诗人回忆道。

这些俄罗斯与格鲁吉亚之间的文化交流中还有独具特色的个人交往进行补充；格鲁吉亚主题进入到很多苏联诗人的创作，经常是受了吉茨安·塔比泽个人的人性魅力直接影响。不少诗歌作品还是直接为他而写的献诗。他自然而然地成了第比利斯著名的风景名胜之一：慷慨好客的主人、有活力、机敏睿智、充满意外惊喜的对话者；他家里总是挤满了朋友——莫斯科、列宁格勒和其他很多城市来的诗人们。他的形象极富有特色、无以复加。这就是帕斯捷尔纳克记住他的样子——在朋友们中间、在花园灯光里：

……他现在就要开始演说，
思想——已被瞄准，
他舀起词语
从这个峡谷。

他抽着烟，　手
叉着腰，

他严肃，如一座浮雕，
他干净，像一块天然金属。

他健硕，一头浓密栗色头发，
他凡人一个，然而
就像罗丹的
巴尔扎克雕像……

“他是一位非常完美的人，”——巴维尔·安托科里斯基讲述道——“脸稍微有点鼓、忧郁；穿一件帆布做的居家宽松上衣，胸前襻孔带着一朵鲜艳的花，要么是石竹花、要么是紫菀；留着一绺罗马贵族式的刘海儿；端正、相比格鲁吉亚人更像典型的斯拉夫人脸型线条柔和；稍微嘶哑的嗓音和浑厚的胸腔音——白人世界里这样特征鲜明的人你不会总能遇到。最好能用亚麻布给他画一张油画，用黏土给他塑一尊粗粝的雕像——换言之，尽可能地让这些富有表现力的形象特征留作永久纪念。”①

吉茨安·塔比泽的创作道路在其巅峰上升时刻被暴力强横中断。他的诗歌在文学历史中占据一席之

① 巴·安托科里斯基。挚友。第比利斯，1963，第276页。

地，并成为苏联文学发展非常重要阶段的合理性越来越明显之前，已经又过去了不少时间。而吉茨安·塔比泽独特的、具有禀赋激情的创作成为苏联文学中的一个顶峰。

卡琳娜·米哈伊洛芙娜·楚丽科娃

# 诗　歌

## 小夜曲

明亮的春日让世界欢畅，
大自然愉快地展开了翅膀……
你——我心灵之镜！让我们一起走吧——
我的头顶升起了艳丽的春光。

我要从天空摘下月亮婚礼的头纱！
我要恋爱……跟你在一起我如此快乐。
我要用月光为你编织花环
并且贪婪地干了这碗痛苦之酒。

我要恋爱……我心里——只有你一个……
我梦见我的心已获永生：
如果生命必须结束
我希望与永恒结合在一起！

死亡将相形见绌

_4

在最后的预感那里，

眼睛将不会被裹尸布遮蔽……

紧紧贴着我吧，让两颗心撞击狂跳！

我要恋爱……春天让世界如此愉悦！

1911

## 美狄亚[①]

那个迷失的春天，请你不要在心里唤醒：
那些被我埋葬的岁月，业已遗忘……

谁能将枯萎的花环复原如初？
谁能唤回那些珍贵的时光？

在他乡，我备受痛苦煎熬——
失去了父辈的土地，失去了故园。

温情的花园在凋敝，不幸已然降临——
甚至不知我死后是否还能埋到科尔希达？

---

① 美狄亚：科尔希达国王的女儿阿埃塔 Аэта（Ээта），正是她使用魔法帮助伊阿宋勇士夺取了金羊毛。她爱上了伊阿宋，离开了自己的国家，跟随伊阿宋到了柯林斯。当她得知伊阿宋变心、要跟柯林斯国王的女儿结婚后，她疯狂地报复伊阿宋，杀死了他们的孩子。随笔《新科尔希达》（1931）中，塔比泽再次写到了美狄亚："美狄亚，你就是科尔希达，美丽、骄傲……美狄亚之毒，这是科尔希达疟疾疠气、热带寒热病的忽冷忽热。"

_6

留在阿埃塔屋里的女儿们，你们痛苦地哭泣，
为不知在哪里失踪的纯洁无邪的姊妹

命中注定我将死在遥远的异国他乡——
在墓穴的黄土里一点一点地腐烂，

连骨头都将因为恐惧而战栗，
一旦听到我的头顶传来故乡的咒语！

1911

## 阿多奈[1]

上帝，请原谅，实不相瞒：
是心灵引领了我——不是邪恶的意志；
我把毒蛇藏在了怀里——
却没有预想到怜悯蕴含的不幸。

苦难的人盼着苦尽甘来，
幸福的人——寻找大地之神……
只有当忘却的那一切又重新上路——
它才会虔诚地信服你的真实！

我又再次梦见死去的国度，
心已被痛苦烤焦，
满眼都是眼泪和坟墓……

---

① 阿多奈：犹太语，即上帝、我的神，《圣经》中耶和华神的名称之一。

但为了见你，我还是来了，——
可恶的命运让我疲惫不堪……
坚强起来吧，我的灵魂！希望啊，请给我力量！

1911

## 寂静天使

沉睡的和风之上——花粉如烟……
自然之神在茂密的阔叶林疲乏打盹……
天使们那里吹拂非人间的烟火
还有墓室阴凉的安逸

而你的双手——薄梦之翼。
我在这里。不管如何风吹雨打
心只有一个，从不吐露
腾飞吧，别害怕，只管飞吧！

爱上你的缄默，屏住呼吸，
忧伤的我与你促膝相对。
还有，藏匿满腔热忱的心若离开
梦就会留作替代

1911

## 人们说，我曾经爱过你[①]

人们说，我曾经爱过你，
但思念之网无法从我心里撕掉。
那些与生俱来的苦难即使在幸福时刻
亦无以言状。那种奇异的火焰，

我们称之为爱情，——梦话呓语。
你能找到生来就幸福的人么——
有可能遇到，可是不多。
即使他能懂你，并非像诗人一样，

是谁的诗句，只有眼泪才能浇灌，
故乡的土地……
但是请不要唱，不要唱——
噢，你起头的这首歌里——
有记忆的力量，还有时光的无奈……

1912

① 人们说，我曾经爱过你：原诗无标题。标题为译者加注。

## 在化装舞会上

眼前一片黑暗。周围的一切都在燃烧——
快燃尽了。连衣裙的香水味呛鼻。
舞厅满眼都是大红和黑色的天鹅绒。
小提琴的旋律并不抑郁沉重
有人走过来，是为了让我袒露
连我自己也不知道哪里来的悲伤。
多么奇异……那过去的一切，——年中的一切
上帝的音讯就这样飘然而逝，遥不可及……
我说不出来，我在等什么
现在只剩下垂死的甜蜜的等待
而前面——死者，残酷并闪亮起来，
穿上死亡之衫后的片刻停留，——
没时间了，我已是一个弃儿
我的心已在黎明之际熄灭……

……唢呐在哀嚎。群山似土著舞者

给外乡人表演。

　　　　旋即

舞步也缓慢下来。杜杜克也吱吱作响。

再加上唢呐声——依然像是同一种哀乐，

我的安魂曲。我知道：

我不该想起来。但我还是记得

五月、苹果园。还有果园的鲜花——

还有临院白色的床榻。还有你，

好像时光一样无法回转的你……

眼前一片黑暗。周围的一切都在燃烧——

快燃尽了。连衣裙的香水味呛鼻。

死亡的舞厅，既嘈杂又沉寂，

我忧伤的安魂曲在舞蹈。

1913

## 白色的梦[①]

我们为格鲁吉亚燃净自己，只为了
再次为格鲁吉亚燃烧。可漆黑一片！
昔日庄严的太阳昏沉幽暗
眼泪的漩涡眼看就快流成河。

但我们的痛苦你无法充当借口。
河水已被血染成红色，而周围……
噢，我们的树林淹没在泛滥的春汛里！
噢，我们的心灵被丧服裹得严严实实！

噢，遥远的旅途和无尽的哭泣都是我们的
在各自的棺材之上。故乡遥不可及，
可所有的咒语和恫吓的始作俑者也是我们，

① 白色的梦。玛丽亚。格鲁吉亚对圣母马利亚非常尊崇。有个古老的传说提到，圣母马利亚抽到一个签说格鲁吉亚须信奉基督教。

这个漫长的旅程已无法安排妥当。

白色的幻影在送葬的队列之上徘徊——
圣洁的圣母马利亚——光芒四射的圣像……
只留下红得发紫的太阳
在眼泪之海上——转瞬即逝的一刹那。

苦海之上最后一缕月光在摇曳。
点点星光，宛如葬礼上的烛火……
还有鬣狗在呻吟……还有猫头鹰在呜咽……
而黑色的旋风——就像黑色的忧伤……

圣洁的！圣母马利亚！赐予我们
神的启示吧，受尽折磨的祖国母亲：
我们将死在哪里？会不会死得安详？
我们将死在哪里，圣母马利亚？！

1914

## 诗人十四行

一切都将消亡。一切都将死去。这些
婚礼的服饰我们都将被脱下。
墓穴的黑暗将设下感情的圈套
现在再也等不到鲜花盛开。
谁还记得，我们曾经彼此相爱，
谁又知道，我和你曾活在世上。
死亡之帷用黑暗将我们遮蔽，
夜之虚无会跟我们说“抱歉”。

只有诗人的十四行，来自落满灰尘的，
被遗忘的书中，灵光乍现。它——活着。
但它也在哭泣，在墓穴的石板上
在那让柳条枝摇摆不定的风中。
熄灭之梦痛哭流涕，
为燃尽的生命之熗
而为诗人筑起的祈祷之墙
也将为决定所有命运的人祈祷。

1914

## 公园里[1]

逝去的黄昏，迟缓、倦怠。
公园里传来柏辽兹的华尔兹舞曲。
“你说，什么时候”，——小伙子急不可待
低声耳语地问恋人……可她只是在笑，

并不回答，她挑逗着，又跑开。
而这一切并不意味约会……
只有笑声如铃……“答应我吧，亲爱的，
我的心快被等待之苦逼疯了”。

回答是：“我在这里，我等着你，快点儿啊”。
倏忽，她又躲进绿化图案的簇叶后。
她的连衣裙比田野上的野花还斑斓，

---

① 在公园里。艾克托尔·柏辽兹（1803—1869），法国作曲家。保尔·魏尔伦（1844—1896），法国象征主义诗人。

还匆匆带走圆号的一阵奇妙节拍。

还想起些什么？临时舞台上的欢愉。
往昔的影子在我面前时隐时现。
我醉在柏辽兹的旋律中，
并突然怀念起勃洛克和魏尔伦。

1915

## 公　墓

黎明时分，诗人被抬到墓地里掩埋，
他棺材上没有滴到一滴活人的眼泪。

对于陌生人他的确是个外人。谁会关心，
他为太阳唱过颂歌，又有谁为此欢喜！

活过。唱过。可还跟世人一样倒在坟墓里。
对于死人没有什么是圣物。诗人终被忘却。

但即便黑色的死亡也一样会有春天吧！
墓穴之中总会有未唱完的太阳赞歌突然响起。

1915

## 马果葛公爵[①]

十一月的滑头鬼举着高脚酒杯走过来
短短的、可笑的颌骨轻轻抽动，
不时伸伸懒腰；不时瞥眼看看我，
还问我："你到底跟不跟我走啊？……"
我们去过哪里……我们没一起走过——如坠雾里
像一头惊慌的小马驹。在我们身后疾驰而去
寂静飞逝——还有高高的马鞍上的黑衣骑士，——

寂静飞逝，但它把一丝忧愁紧贴在我的胸口。
远处灰色的山峰隐隐若现
好像疲惫不堪的上帝被折断的翅膀。
是天空还是大地死过一回了吗，谁为谁哀悼——
青草已被凄苦的、缓缓落下的黑雪覆盖。

---

① 马果葛公爵。《圣经》和《古兰经》中讲到两个神话民族：果葛和马果葛，"世纪大审判"前，他们由公爵首领统领下在北方已出现。

猫头鹰在哀号。蝙蝠的叫声在尽头附和。
粮垛那边、像鞭子一样的路旁，胡狼张望。
牧群像一团团云，半人半马地走
在马果葛公爵统辖的黑色大地上。

1915

## 我的诗集

读我悲伤的诗集，姑娘你会哭么，
我的诗句会遇到知音微笑么？哪怕一点点！
即使用漫不经心的视线掠过页面，
冷酷的人儿，姑娘你是否记起悲伤灼痛的词语！

在书柜里，在堆满书籍的大千社会里，
诗人的诗集被遗忘，就像我一样孤单。
而它旁边的诗集，犹如去年石竹的花瓣，
那些静卧在套装天鹅绒里的，则如鲜花闪亮，
我的诗集遗失在灰尘里，光无法找到它……

也可能相反。兴许一位不速之客
他感受到语言华美、悲伤的力量，
而他的心曾经历过无数的痛苦，
因而他将能进入诗中并与之共鸣。

就好像我为这座城市的人们又活过来一样，
他将治愈我心底郁积已久的伤痛，
我曾吟唱的那些幽暗将重又出现，届时，
即使我离世很久，我仍将成为你的旅人。

1915

## 参加三次[1]

参加三次，
我就三倍地受洗，
死亡的到来将徒劳无益
哪怕是头一次为我而来

我将凄凉一生
不会信教，
而每天我都看到
群山因雪而增高

第三次去拜谒时
我愿意——请为我受洗
就像结实的、完熟的
苹果被襁褓裹好。

1915

① 参加三次：原诗无标题。标题为译者加注。

## 蓝色的伊甸园

天堂，失落的和至爱的！……

……我们被戴上嚼子，像马一样，
时间——带着灰色翅膀的魔鬼——
它嘲笑坟墓
蓝色的、我的爱情之坟。

可是，不信教义简直荒谬。
我相信花园，相信它的盛景！
少年时代永生难忘。懵懂的人，
谁已忘记它。像墓穴般
光呈现在它面前。

是怎样地开怀大笑
疯狂的、赤裸裸的罪孽……
欲望如黑色的、大胆的

鬣狗一样嗥叫，
在钟爱的墓地里。

可是，爱情不知道死亡，
它没有受过欲望之火灼烤。
要相信恋人和孩子们的乐园——
相信绿洲！
因为爱情不相信死亡……

噢，伊甸园！还有眼睛清澈的
光亮。从来没有见过如此强烈的
情感烈焰——头一次！
而希望正引领我们去到伊甸园，
噢，绿色的、蓝色的……

1915

## 再遥远一些

哪怕再遥远！我也要用忧愁
填满远方的深谷。要知道世界上
只有我们两个。我们将这样相逢
我们甚至就是世界末日。

我不会问你
我最想要什么，
我只知道：你——就是我的痛苦
是那朵没有绽放的玫瑰。

你远方的风吹醒我
我的心和你的刺拴在一起。
请收下她吧，噢，行行好——
她不会成为你的负担！

噢，那些灰烬般的幻想。

那些爆裂呼喊声一样的赞美。
而虚幻如深褐色禽群的墓穴
我正为钟爱的梦境和远方的赞美而筑。

1915

## 十一月

梧桐树干枯的叶子上绣着深色的黄斑，
一群蝙蝠在老教堂的圆屋顶来回穿梭。
山谷为唱着哀歌飞离的松鹤哭泣，
而在山谷的深处，秋天仍在为冬天的健康啜饮。
那里飓风在酝酿，跳着原始的舞蹈
魔鬼之火在灼烤，毫不怜惜他人和自己……
昏黄时分，一阵一阵悲伤袭上心头，——
仿佛烟雾般它们蒙蔽了这个夜晚。
父亲从教堂回来，星期六犹如重生，
他祷告的回光在他灰白的胡须上依稀可见。
朦胧中一双眼睛炯炯有神，昏暗不知身在何处，
飓风女巫般闯进来，四周令人毛发陡耸。
双脚深陷在琥珀色的泥泞里。黑暗呆若木鸡。
隐匿于秋天黯淡无光的叶子里，是沉浮的我。

1916.1.10

## 自画像[①]

王尔德的侧面像和纯洁的英芳塔
我看见他们就挂在客厅玻璃画框里
公主短披肩下的双肩
我亲吻时并未感到害羞

一只手惊慌失措地翻阅浏览
一册精美的抒情诗不需很长
水晶的游戏闪耀
就像镶嵌玉髓宝石的钻戒在燃烧

我是谁？披着东方长袍的纨绔子弟
我敞着巴格达式的衣衫
反复吟诵马拉美的诗篇

---

① 自画像。奥斯卡·王尔德（1856—1900）：英国颓废派最著名的代表之一。英芳塔：西班牙、葡萄牙国王女儿的爵位称号。斯特芳·马拉美（1842—1898）：法国诗人，象征主义首批理论家之一。

该发生就发生吧，而生活永远年轻
我驯服地绕你而行
但我不会迷失在黑暗中

1916.11，莫斯科

## 卸下铠甲之后①

有时候，我觉得，
　　世界是一座大花园，
那里的一切，被诅咒和被投毒，
　　那里，死亡只一步之遥。
卸下铠甲，眉头蹙起，
　　三个骑马人拉起话头：
当着面我认得维尔哈伦，
　　埃雷迪亚、兰波。

我感到，我来到这个世界，
　　是一个错误。

---

① 卸下铠甲之后。埃米勒·维尔哈伦（1855—1916）：比利时杰出诗人、戏剧作家和批评家，其创作初期曾是象征主义流派主要代表之一；1892年起加入比利时工人党。约瑟-玛利亚·德·埃雷迪亚（1842—1905）：西裔法国诗人，属于“帕耳那索斯”诗社成员。让·尼古拉斯·阿尔蒂尔·兰波（1854—1891）：法国诗人。他最好的诗歌献给了巴黎公社（1871）；创作晚期多半诗歌都具有象征主义倾向。

巨大的阴影背后，
　　我流着泪，浑身哆嗦。
像一个胆怯的小孩，我哭，
　　赌咒不由自主的害怕，
努力地尽快悄悄抹掉
　　可耻的眼泪。

噢，《恶之花》香艳色情之毒
　　是怎样麻痹我心！
就好像一群半人半马的野兽
　　袭击了我……
烧秃的沙漠引诱着，
　　那些熊熊烈火已成过往云烟，
而曾被火焰包围的苍穹，
　　还在燃烧，似一座老宅。

是谁把孩子引进这座花园？
　　又是谁用毒烟
污染城市之心，
　　并遮蔽四周？
为何在飞驰的骑手后面
　　阴影高过呼喊？

可沙漠上，不知为何

　我偏偏看见新绿的牧场？

1916

莫斯科

## L’Art poétique①

### 摘自诗集《迦勒底之城》

我小心地把哈菲孜的玫瑰花插入
普柳多姆的花瓶中，
贝西基的花园我则用波德莱尔的
“恶之花”装点。

不论我曾在远途中遇到——任何修行
我都像在家一样，
在昏昏沉沉的诗中，在海的阴影里

---

① L’Art poétique（法语）：即《诗艺》，法国诗人、古典主义理论家尼古拉·布瓦洛-德斯普洛（1636—1711）的一部著名作品，书中对古典主义的文学准则进行了阐述，并对法国象征主义诗人魏尔伦的诗歌《音乐，首先是音乐》以及其中形成魏尔伦诗学主要规则进行了举例说明。哈菲孜（Хафиз）（1300—1389）：伊朗、塔吉克诗人。修里·普柳多姆（1839—1907）：法国诗人；他在创作初期，跟魏尔伦一样，也曾与文学社团“帕耳那索斯”有联系。贝西基，贝萨里昂·卡巴什维利（1749—1791）的笔名，格鲁吉亚杰出诗人。夏尔·波德莱尔（1821—1867）：法国象征派诗人，颓废派诗歌先驱，1857年出版诗集、代表作《恶之花》。昌吉琴：一种东方乐器，类似竖琴。萨卡尔特维洛：格鲁吉亚。

受到庇护。

无拘无束的情愫被撕裂
枯萎难以遏止。
焚化冷静之情我怜惜
恋人的眼睛。

我宁愿因羞愧折断昌吉琴，
即使勉勉强强
那些干净的诗句在吉他伴奏下猛然响起
丁零零地朗诵声。

我知道，亲爱的，许多年
你一直最亲近
而我祈盼你的到来还将伴随世上
从没有过的光彩。

忧伤地看着戏台，幕间休息时
我止不住热泪盈眶。
那些已被遗忘的誓言此刻如磁石般
攫住了我。

即使是让我低声浅唱一曲

　　　　我也心存胆怯——

我相信：夜莺将俘获已失音的

　　　　萨卡尔特维洛花园。

1916

莫斯科

## 迦勒底之梦[①]

理想亲吻着历史的印痕，
迦勒底之梦始终在我面前飞翔：
先辈的心灵——澎湃、坚毅——
引领我们奔向格鲁吉亚祖国梦想！

你的丰功伟绩，群山的故土，
垂下的面纱荫庇几百年，
当古老荣光的篝火再次点燃，
远方就在东方闪烁发光。

---

① 迦勒底之梦。迦勒底：位于幼发拉底河和底特里斯河上游、王湖地区的乌拉尔图王朝的一个古王国（约公元前九至六世纪）。科学界曾认为（迦勒底）是格鲁吉亚和亚美尼亚的前身。迦勒底主题在塔比泽早期创作中占据重要地位。这里，看得出来，当时他很着迷他听过课的 H. Я. 马拉院士的理论。1916 年，H. Я. 马拉院士在王湖地区进行了一次科学考察，主题为“地方文化发展阶段探索”以及其与美索不达米亚、小亚细亚包括迦勒底在内消失的传奇民族的联系。也就是在 1916 年，塔比泽产生了创作出版《迦勒底之城》为书名的系列诗歌。穆特克瓦里河：即库拉河。叶利阿扎尔（Элиезер）：《圣经》中提到的人名。

高处被带着乳白色露珠的草场覆盖，
女英雄和壮士们留下的足迹依旧，
沙漠被老天爷一手遮天——
心的旷野被烧得通红一片……

远古的希望低缓吟唱，
那些虚掷的幸福传说依稀可辨……
沙漠在沉睡，酷暑难耐，
往昔之梦沙上一闪而过。

幼发拉底和底格里斯摇着摇篮，
穆特克瓦里河和利奥河晃着棺材。
穿过冗长的夏天和大地，誓言终实现：
叶利阿扎尔，从时间的黑暗里复活吧！

1916

## 迦勒底的太阳[①]

遥远的旅途，望不到尽头，
　　一直向前延伸，
还有太阳之毒丸，还有太阳的
　　赞歌——一起向着太阳升腾。

祖先的声音在我心底哭泣——
　　关于迦勒底的祖先—祭司们的，——
我多想筑成一条通往太阳的梯子，
　　去你们去到的地方……

祭司们那些神圣的祈祷，
　　已被遗忘许多世纪，
还有曾经辉煌的城市，

---

① 迦勒底的太阳。祖先—祭司：指的是以教育和学识著称的迦勒底居民。“迦勒底”一词成了“星相家”、“麻葛”、“预言家”的代名词。西顿：腓尼基奴隶制王朝时的中心，地中海沿岸最大的古城之一。

　　一样灰飞烟灭和化作尘土！

古老温情的祖国啊
　　抚慰我的苦难：
我要在黄金般的诗句中
　　把迦勒底的伟业放声歌唱。

金色的光，洒满通往西顿的道路，——
　　只有这条路让所有人纵贯。
胜利的祭祀台高高筑起，
　　让我们把沙漠的砾土夯实。

为那些强有力的颂歌横空出世，
　　精神渴望倾诉，——
背光之处气势如虹的阴影召唤
　　是我虔诚的期待。

我将孤身一人和哭泣，
　　我们为预言而苦恼，
但我知道，无惧面对死亡的
　　是最后 位朝圣者。

我听见和看得见这一切。看得见的
　　还有它……还有旋风裹挟
我……在故乡的墓地上，
　　思想像山鹰一样盘旋。

一辈子都在无尽的旅途
　　承受磨难……我的路还很遥远……
在迦勒底红彤彤的太阳下，
　　我希望永远地睡去。

1916

# 祖先祭司[①]

侍奉宗教仪式，直到如今
　　是我世世代代的祖先。
不知道多少个日祷
　　他们得以完成！

直到现在，我们乡村的墓地上
　　教堂直刺苍穹：
它——诗人骄傲的徽章
　　也是最初赐予的封邑。

我看见，从午后到黄昏
　　父亲怎样兢兢业业侍奉。

---

① 祖先祭司。侍奉宗教仪式，直到如今，是我世世代代的祖先。参见《我的自传》，第45—46页。帕萨罗姆：圣诗，宗教歌曲。阿斯塔尔塔：或称“阿斯塔特”。叙利亚及腓尼基的大地果实与爱情女神。普利斯诺捷娃：圣母。里基亚：盛大节日里举行的礼拜。

帕萨罗姆如何印入我心，
　　再铭刻最深的心底。

父亲深红色的教袍上
　　洒着火苗的微光。
因迦勒底而痛苦煎熬
　　我清晰明了。

烛光上我仿佛看见太阳
　　带着它温暖的恩赐
还有高耸入云的教堂
　　为令人目眩的厚赠：

好像大理石圆柱
　　被炽热的圣曲熔化
祭司颂唱，开始颂唱的
　　还有我传承不息的祖先。

我的先辈们向阿斯塔尔塔祷告，
　　在打谷场的尘雾里
父亲面对普利斯诺捷娃高高举起
　　自己奉献的一颗心。

直到如今都不曾转行
　　我的祖先祭司们：
他们的日祷显得陈旧迂腐，自然，
　　也包括上帝自己。

请您不必怜惜后嗣子孙们，
　　不必怜惜我的祖先。
请您不要相信那些诽谤诋毁，
　　说我在众人面前发抖。

即使我自身无法完成
　　哪怕一个短暂的里基亚——
终归有一天我给这个世界
　　仍要履行一回祭祷！

1916

## 阿撒尔噶东沉溺于你的情色[①]

阿撒尔噶东沉溺于你的情色。
涂满肉豆蔻香的双手在歌唱……
喔，你让我想起了莲花，
她自身的摇曳已是罪孽！

不要忘记吹响厮杀的号角，
箭头亲吻着箭头……邪恶与毒药
对你的思念无疑让他们都去送死
无论奴隶、士兵，还是斯帕萨拉尔……

谁会说出，你的爱情葬在何处，

---

① 阿撒尔噶东沉溺于你的情色（原诗无标题，标题为译者加注）。阿撒尔噶东：又“阿萨尔哈东”，亚述古国之国王（约前680—前669）。公元前671年，他征服了叙利亚和腓尼基；多年征战埃及，并反对伊朗和外高加索的入侵。肉豆蔻：指肉豆蔻树结的很香的果实，人们用它美容化装。莲花：水生开花植物，埃及人认为莲花是太阳的象征；也是纯洁、谦逊的象征。斯帕萨拉尔：格鲁吉亚古代的部队军官、统帅。

你笨重的石椁又埋在哪块土地！……
历朝历代的铁蹄将尘与土践踏，
泛着银光的眼泪洒遍砂砾。

蓝色眼睛只在完整的世界里才能闪亮，
就好像萤火虫之光被女人的游戏迷住；
无家可归的诗人在深夜祈祷，
他知道那个蓝色世界里才会享有无上幸福。

蓝色的眼睛将很久、很久地
蒙蔽那些孤独的诗人们，
而诗人只能恳求上帝怜悯，——
希望不要因孤独而被起诉。

1916

## 多么忐忑，瓦尔塔萨尔！①

多么忐忑，瓦尔塔萨尔，你的帝国终铸成，——
多么忐忑，瓦尔塔萨尔，多么忐忑！
死亡耗尽它最后一击，
很快你将在黑夜腐烂。

是的，可怜的人，走下简陋而湿滑的台阶
你坠落死亡之渊。
对谁都没有宽恕，无论盛宴，无论颂歌，
无论客人，无论你自己。

如果你必须参与——那是上帝的惩罚，

---

① 多么忐忑，瓦尔塔萨尔！瓦尔塔萨尔：巴比伦“贝尔沙鲁苏尔”王国最后一位国王，即《圣经》中提到的名字“瓦尔塔萨尔”；公元前538年波斯国王基尔入侵巴比伦时被杀。预言家丹尼尔的有关圣经的书中对瓦尔塔萨尔宫举行的盛宴和关于他的死亡预卜有着惊艳的描写（《瓦尔塔萨尔的盛宴》）。基尔：波斯国王。巴比伦：古代美索不达米亚（平原）最大的城市，古巴比伦王国（前19至前6世纪）首都。

是主宰命运法庭之判决。
你的骨灰被哀嚎的风卷起，
明天它将腐烂尽净，不留一点痕迹。

你错了——你想把痛苦温热
在金属葡萄酒杯里，趁着天刚破晓？
你错了——你想催时间快走，——
反正大限已至！

多么忐忑，瓦尔塔萨尔！未见欢宴的火把，
却见基尔潜入巴比伦。
未见待膳近臣，却见基尔的军队
在奢华的大理石柱边悄悄埋伏。

1916

## 法季玛·哈通[①]

鏖战撕裂少女之心。
法季玛·哈通，你的一瞥烧尽我的梦！
喔，亲爱的幻想，你让我的痛苦倍增，
何时我才能返还逝去的时光！

歌者唱着爱情。彻夜不息——他们的歌声。
法季玛亲吻盛满琼浆玉液的角杯。
情人们纷至沓来，一刻也不能等，
路的两旁驮队扬起的灰尘绵延不绝。

数不清的亲吻。石榴裙下的人一脸幸福，

① 法季玛·哈通。在莫斯科 T. 塔比泽结识了 K. 巴利蒙特，后者 1915—1917 年将格鲁吉亚诗人鲁斯塔维利的长诗《虎皮武士》译成了俄语。在莫斯科读完这首长诗后塔比泽与巴利蒙特畅谈了很久。《法季玛·哈通》这首诗就由此而写。诗中提到了这首长诗中的男女主人公——就是年轻的阿拉伯军队统帅阿芙唐吉尔和法季玛·哈通，富商侯赛因的妻子，一位将自己的爱又给了恰齐纳吉尔、又给了阿芙唐吉尔的女人。

尽管随后你就因他的不忠将他处死，
不管他是谁——恰齐纳吉尔或阿芙唐基尔，——

怎能不幻想谎言灼热的秘密！
不管你带着捕鼠器中的硕鼠、还是鸽子离开，
心呢？鹰已扑倒那只鸽。

1917.1
莫斯科

## 皮埃罗[①]

春天让花园再一次泛起泡沫，
往年的玫瑰花却不显苍白，
它比今年的花甚至更艳丽，
可是爱情就比它醉人无数倍。
萨扬特-诺瓦和捷伊穆拉兹也曾来过
带着他们穿戴花哨的仆役，
心里像大茶碗一样盛满花言巧语
迷路的皮埃罗到处乱窜
环顾四周：一切既新又旧……
莫非梦会很长、很长，
科罗姆宾娜的泪水已洇得双眼模糊。

1917

---

① 皮埃罗。皮埃罗、科罗姆宾娜：法国民间戏剧中的人物角色。第比利斯《希美里昂》咖啡馆的舞台上诗人们聚集一堂。吉茨安·塔比泽和他未来的妻子尼娜·玛卡什维利着装扮演了这两个人物角色。萨扬特-诺瓦（1712—1795）：阿鲁季纳·萨扬伽纳（阿舒噶）的艺名，出生亚美尼亚，曾在第比利斯生活工作过，他用亚美尼亚语、格鲁吉亚语和阿塞拜疆语写作。捷伊穆拉兹：格鲁吉亚十七世纪的沙皇、诗人（这里塔比泽也有可能指的是十八世纪的格鲁吉亚沙皇诗人捷伊穆拉兹二世）。

## 舞台之王

我知道我从哪里来到这里，
谁的太阳烤焦了我。
我的祖先外表就像耶稣，
活在世上我如此艰难。

假如我不歌唱我所爱，
于您那将不合时宜，……
遗忘的上帝，我首先要恳求宽恕，
一如遗忘的旧约新约令人诧异。

我像一个贫困潦倒的吟游诗人，星星
一颗颗被我掷向天花板，——
突然惊醒时，已身处满屋油烟的小酒肆
一个妓女将一朵鲜花送给我。

狂野乐队的喇叭发出嘶哑吼声，

那些皮肤黝黑的醉鬼叫喊着。
我已被洗劫一空，从头到脚，
我要逃离这风尘酒馆。

舞台之王，与其受辱，——
不如守住王位去死。
你们，远古的太阳崇拜者，
把我当兄弟一样收留吧！

1917

## 彼得堡[1]

从岛上吹来的风让这一汪水泛起涟漪。
老巢被一枚贼一样的炮弹毁于一旦，
女人们说着胡话，因酷寒发抖。
夜晚和劣质的烧酒更让她们站立不稳。

一场鏖战攫夺伴随残酷的声音。
浸透汗水的军大衣冒着热气。雾气。
青铜骑士垂下双手。
潮水冲刷死者的尸体。

但世纪的回答确定无疑，
预定的出路只剩下决战。
今夜只有一个名字会被记住“列宁”

---

① 彼得堡。斯基塔利兹水手（会飞的荷兰人）：神话故事中的人物形象。他们总是驾船在波涛汹涌的大海上出没。

其余一切都将遗忘如一场梦。

幻象之船舷已灌满海水。沉没百年
唯斯基塔利兹水手的阴魂。

1917.10.25　夜

库塔伊西

## 万的大教堂[①]

在远古的纳伊里，在万的大教堂
回忆让心灵备受煎熬。
我看见古老迦勒底的山麓，
我，星夜的吟游诗人，是你信赖兄弟。

假如现在给我父辈的土地，
可怜的皮埃罗，我什么也没有奉献，——
假如对他们而言科罗姆宾娜就是幸福，
在万那里我们就能履行圣餐仪式。

即使熄灭成对的蜡烛——
诗歌的蜡烛谁也无法吹灭。

---

① 万的大教堂：建于1580年，位于第比利斯，原名亚美尼亚大教堂（Армянский Собор），一直到二十世纪三十年代更为现名。纳伊里：公元前二世纪下半叶居住在亚美尼亚高地的部落联盟的称号（亚细亚楔形文字记载）。而公元前860年从该联盟分离出一支，成立了独立的国家乌拉尔图（Уралту），即迦勒底。

彼岸，我们比它更遥远，
而遥远的旅途将磨亮我们的心。

只是请放过走钢丝的人吧！
不管那里发生什么——生活一目了然：
它为无数人领唱祭祷，
在它之上无人可以载歌载舞！

1918.1.6

## 迦勒底舞台[①]

喔，祖国，我注视着你
从黄昏的正中央。
我古老的舞台，我再次与你重逢——
流浪者和表演者。
只因你心褪色，都不再受庇护了
无论斑斓的木板
还是彩色的麻布，——一切都毫不留情地
交由太阳处决。

大篷敞车能够与表演者会合。
他们夸张的化装，浑身闪着金光，
杂耍人、魔术师、变戏法者端坐；

---

① 迦勒底舞台。我们就演出《心灵》。原文是：“我不害怕将心输给亲爱的朋友们，而老戏重演。”塔玛拉：又“塔玛尔”（1184—1213），格鲁吉亚的女沙皇。她执政时期格鲁吉亚的文化、政治和经济都获得了巨大的发展。

勇士们齐步行进。
喔，亲爱的兄弟，今天我要和你们
在这个临时舞台上演一场戏。
我们就演出《心灵》。这出古老的戏
将为星辰复活。

关于塔玛拉，圣洁的圣母，
关于古老的恩典
由格鲁吉亚编年史的编纂者讲述
用真实之笔，
而我，俯身向着我哭泣的
科罗姆宾娜女友，
只给星星讲述她的眼泪，
像那位忠贞的皮埃罗一样。

我将永远与你一起痛哭，科罗姆宾娜！
用我们眼泪的真实故事而哭
不要擦掉你的胭脂，涂描它的
严酷的化妆师就是——结核病。

1918.4.22

## 四月二日 [①]

巴图米已被占领，奥尔皮里到处都是鞑靼人——
别尔西基在流血，皮开肉绽，到处一片殷红！
土星的光，不幸的征兆，煞白的光，
我的心像燃起一场野火，群山也被烧塌。

诗人之心已逾越四分之一世纪，
连我自己都诧异：我比格鲁吉亚要更早来到世上……
一旦时机到来——我就可以戴上一顶红帽，——
那么，你一下子就变成加里波第，皮埃罗！

高高的星空在我的祖国闪耀……

---

① 四月二日。4 月 2 日是 T. 塔比泽的生日。巴图米已被占领：1918 年 4 月，土耳其撕毁布列斯特和平条约派兵占领了格鲁吉亚重镇巴图米城。奥尔皮里：村庄名，位于西格鲁吉亚利奥河右岸，塔比泽的家乡。土星，太阳系的第六大行星。神话中土星寓意时间和收成。朱塞佩·加里波第（1807—1882）：意大利的民族英雄，领到了争取民族解放和意大利统一的斗争。人们把他的部队称为“红帽人”。

万的大教堂！我孤独地站在你面前。
此刻我不会比第比利斯想到的更多
就像想起她过去举目眺望的断头台一样。

这些日子里新的耻辱一直折磨我——
迦勒底的苦难！我无力地站在路上……
跺着双蹄——这是我的心呵，兄弟，——
不，不是酒——我的角杯里只有眼泪！

1918

## 致瓦列里安·伽普林达什维利[①]

你的理想曾在葛伊雅的厨房里煮沸。
你又徘徊在艾斯库里阿尔的黄昏里。
只有闪电偶尔才能照亮
你面前的库塔伊西子夜。

---

① 瓦列里安·伽普林达什维利（1889—1941）：格鲁吉亚苏维埃诗人。创作道路初期阶段，为格鲁吉亚象征主义流派理论家，同时也是文学社团“蓝角”的骨干成员。葛伊雅（1746—1848）：西班牙风景画家、雕刻家。他的作品以广泛刻画生活之景象著称，并善于独特地把现实传统与荒诞画的元素、无与伦比的想象融在一起。艾斯库利亚尔：位于西班牙的修道院，也是西班牙国王官邸和墓地。保罗·雅什维利写过一首有关奥菲莉亚（《哈姆雷特》中人物，波洛涅斯的女儿，哈姆雷特的恋人。译者注）题材给瓦列里安·伽普林达什维利的诗《给诗人朋友》（1919）：

她像天上的仙女向你走来，
见面的承兑——如颁发一枚勋章……
而最应该得到这枚勋章的唯一的人
奥菲莉亚的勋章——忠于她直到坟墓。

达里亚尔：位于格鲁吉亚与俄罗斯交界的杰列克河峡谷（译者注）。罗特列阿芒：法国诗人伊吉多尔·丘喀斯（1846—1870）的笔名，《马里多洛咖之歌》(《扎巴》——歌曲之一）作者。

你的奥菲莉亚或你喜欢的其他
你的疯狂，——付出多少精力！
你用诗歌驯服过达里亚尔峡谷的吼叫——
自己却浑身是血——夜战正酣。

那里——你的同胞尸横遍野。
那里连罗特列阿芒的影子都渴望战斗。
那里还有我，你的朋友，手握武器。

那里死亡的“西方”在你身后烧得正旺。
而我的身后——是神秘莫测的迦勒底“东方”。
我们为所有的诗人点名颂扬。

1918

奥尔皮里

## 奥尔皮里的秋天 ①

奥尔皮里像利维坦一样的尸体正在腐烂。
白鹭一会儿悠闲散步；一会儿飞越沼泽。
心头的枝蔓在腐烂。在利奥沼泽中间
白鹭——就像是堂吉诃德细腿的阴影。
又像水洼里怕冻的最后一批田蛙。它们
在满是泡沫和黏液的窝里缓慢蠕动。
“十月”这驾马车启程了。哦，喘口气吧——
空气中到处是鼻塞和伤风感冒。
光荣属于格鲁吉亚！葡萄酒不醉人
伊美列吉亚的，但我还是喝得酩酊大醉。
像冬天的孵蛋母鸡，大地冰冷。

---

① 利维坦：旧约中一种海洋怪物巨兽。伊美列吉亚：属于西格鲁吉亚一部分，库塔伊西是其中心城市。潘德奥诺姆：即万神庙，位于第比利斯姆塔茨明达山的圣大卫北面，格鲁吉亚许多著名的作家都安葬于这个不大的墓地。吉杜贝：第比利斯北郊老公墓所在地。格鲁吉亚历史上许多杰出的社会及政治活动家均安葬于此。塔玛拉女王（公元前十二世纪）生前经常到吉杜贝教堂做祷告。

我俯身大地，悲伤不已。

扎巴·罗特列阿芒，该为你哭泣

这是个侮辱，世上的奇耻大辱。

所有人终将归于潘德奥诺姆和吉杜贝之土

而我则更钟情于奥尔皮里业已腐烂的尸骸。

1919.4

## 勃南森林[①]

勃南森林……迦勒底深邃的阴影……
喝醉的客人坚硬的膝盖跪着
列吉・麦考白也赤裸。致命的白
佝偻的皮埃罗勋爵就这身装扮。

还有阿尔蒂尔。他患病的鬼精灵跟他一起。
恰努利琴声响起。修长的手指弹着琴弦，
就像琴弓，一条完全被锯断的腿。
每次狂饮烂醉，都恨不能马上自杀
高脚酒杯，仿佛敬给神圣的毒药，

---

① 勃南森林：来自莎士比亚悲剧《麦考白》（“麦考白，别害怕，勃南森林还没有向邓西嫩方向移动！”）。塔比泽这首诗中涉及的主题是当时年轻的格鲁吉亚诗歌中经常遇到的主题，如：莎士比亚（列吉・麦考白、瓦列里安・伽普林达什维利喜欢的人物形象奥菲莉亚、哈姆雷特）、迦勒底主题、皮埃罗和科罗姆宾娜、保罗・雅什维利译成格鲁吉亚语的法国诗人阿尔蒂尔・兰波等；还有保罗・雅什维利写于 1916 年的成名作《城里的孔雀》以及后来他写的另一首《玛拉耶炎》。
莫乌拉维，指格鲁吉亚最高行政首脑；阿尔蒂尔：法国诗人兰波的名字，他右腿残疾，故诗中有提及（译者注）。

一瘸一拐到他跟前——愿神保佑你，莫乌拉维

孔雀开屏了，屏上的图案，极像一只兔子，
而保罗正驱赶金黄色的玛拉耶茨
飞快瞥一眼，奥菲利娅就发现，
为何突然被扇了一记响亮的耳光后
脸色煞白的哈姆雷特又挨了瓦列里安粗暴一拳。

巨大的断头台上一片模糊又诡异的景象
虚幻的神殿正在建起。对谁
我也不信……市长的虚情假意令人痛苦。

肺痨病摧残着科罗姆宾娜。大门
十一月正要关上，为了听不到咳嗽……

1919

## 那些无法隐瞒的

逃兵们站成一排射出了子弹。
红褐色的血在利阿赫瓦河流淌。
里里外外到处是渗出的血，
空气中弥漫腐烂者生活过的味道。

十年——好像穿透过来的涟漪，
抑或又像烧焦的恐怖记忆的一小卷手稿。
我是如何熬过来的，连我自己也不知晓，
多少痛苦，多少磨难。

对于受苦的诗人而言
所有安慰的言语已失去意义。
就让戏台不断伸展开去吧，
我这个半死不活的人也将登场亮相。

就好像格鲁吉亚有则故事说的是：穷人

发现了长生不老的钥匙。
而他回家的时候手里拎着个大酒壶，
到家他就一命呜呼，请相信吧！

这种事情也会发生在诗人身上，
看样子，他像是生来弱不禁风。
可有朝一日如果荣耀降临，
他却已躺在棺材板上。

他们的诗——就像毒药的蒸馏釜。
毒丸无法对他们隐藏。

1919

## 过时的赛马

一切似乎都让我感觉是在赛马场
而我骑着一匹瘸腿的马……
诗结下的碱垢，性急的人，
你正把羞辱带给我！

我非骁勇善战的骑士，
况且这里的土地亦不为战事而立……
你知道：理想已经幻灭。
不必吓唬我——原本我已被吓晕。

这最苦的血流成了河
若不持剑——就带着誓言趟过！
残酷的、决定成败的战斗等着我们，
做个坚忍不拔的人，奋斗——勇往直前……

我们的大海之上万里无云

血之海带走心房……
难道暴乱和痛苦的溃疡
我们就不能彻底清除干净？

死亡
一个美好和骄傲的词语
必会遇上那只被劈开喉咙的天鹅！

1919—1921？

## 疯狂神甫与疟疾①

古老的奥尔皮里……废弃的长长的码头遗址。
乌云遮住了太阳，月亮忽隐忽现。
父亲的教袍上——结满了蜘蛛网。
夜色苍白，而迦勒底的弥撒黑如铁。
正合那首古老的歌谣：疯狂神甫与疟疾。

沼泽的蛙，躲在水藻里哭泣，
仿佛老肺痨的咳嗽使其窒息。
白鹭与孔雀在这里混居，
月亮拖着沉重的云被窸窣地逶迤而行。
正合那首古老的歌谣：疯狂神甫与疟疾。

---

① 疯狂神甫与疟疾。这首诗和接下来的另两首诗均是献给诗人的父亲尤思金·斯捷潘诺维奇·塔比泽（1861—1919）的，详见吉茨安·塔比泽《我的自传》第45页。农神节：古罗马为纪念农神（萨托耳努斯），即播种与丰收之神，举行的一个持续一周的盛大节日，以狂欢闻名。而这里主要指：狂欢节、纵酒娱乐。格奥尔吉·萨阿卡泽：公元十六世纪末至十七世纪初格鲁吉亚统帅和政治活动家。莫诺曼：执迷于某种情感或思想的偏执狂。

我代表星星为发癫的兄弟们捎去问候，
而去年的农神节我如此向往却被遗忘。
田野已被蝗虫和咒语占领，
发臭的布带缠着故乡的溃疡。
这个苦难的世纪我都想写一篇学位论文：
萨阿卡泽和蒙古人的黄眼睛。
正合那首古老的歌谣：疯狂神甫与疟疾。

古老的奥尔皮里。凋敝码头的灰尘。
迦勒底的天空像断头台高高擎起。
心灵的每一个碎屑必欣然细数——
从今往后该有怎样的关切要交付莫诺曼。
格鲁吉亚的光明之星已在苍穹之上死去，
安魂曲在我们每个人的旋律中都能听到。
正合那首古老的歌谣：疯狂神甫与疟疾。

1919

## 农神与疟疾

我不是为您——是想为自己解开疑惑：
为何我压抑的心无法摆脱苦闷的忧愁？
为何残酷的癌症要与痛苦的日子纠缠，
而我只得到两首诗的暗示：关于农神与疟疾？

少年时代起我只听安魂曲，就跟眼前一样。
迦勒底的青蛙像星星一样洒满天空，
我仿佛看到蜘蛛网上到处是死掉的苍蝇，
蜘蛛网像贴紧肌肤的衬衣一样越缠越紧。

故乡的宿命……爱情的幸福……一切都鲜活
我的情感没被遗忘——请相信我这一点。
但在别人的眼里我看到父亲的瞳仁是无光的——
他们为我而流泪，为永失的光明而哭泣。

要知道我也曾梦想过回到家乡，尽管并不富裕，而且从恶魔命运那里我本已无法要求再多。
只是一切都会在漂泊中流逝和不知飞到何处，
我驮着自己的棺椁，像驮着尊荣誉纪念碑一样。

1919

## 神甫与灵柩里的疟疾[1]

快到周年祭了……十一月
比神甫的法衣还要黑。
哭泣的心，让我想起
黑色的教袍。
最后一首诗
我满怀愧疚地写成，
当陌生的神甫们
为神甫父亲安魂祈祷。
在他的墓地上
一首老歌在呜咽。
亲爱的我的父亲——疯狂的神甫——
还有疟疾。

---

① T. 塔比泽的父亲于 1919 年 11 月去世，这首诗写于 1920 年 11 月，T. 塔比泽将此诗献给周年祭的神甫父亲。青年丧父，T. 塔比泽为父亲写下了纪念组诗（共 3 首），这是组诗中最后一首，这一年塔比泽 25 岁。

周年祭快过了……我不知
是否有另外一首歌，
是否没有诗我一样哭泣，
每个夜晚都在想
他的心，冰冷
好似一块磨刀石。
你经受的痛苦磨难
只剩下一个见证人，
他在流泪，人们在颂扬你，
我的父亲——疯狂的神甫——
还有疟疾。

迦勒底在燃烧，覆盖着
无法点燃的教袍，
火焰四处蔓延
在我雷暴的心底，
我永远都要
与“死亡”决斗，
你的影子将和我一起
赴蹈这场战斗，
即使世人看不见你。
整个世界都在晕眩

还有我唱出的这首歌，
亲爱的我的父亲——疯狂的神甫——
还有疟疾。

几个孩子中，你
留下孱弱的我，
要知道，格鲁吉亚——就是荒漠
对于单身的人。
我不曾戴孝，
但曾只穿黑衣，——
如今我遭受磨难
只为服丧。
可是哀悼的还有
那首古老的哀歌：
亲爱的我的父亲——疯狂的神甫——
还有疟疾。

父亲，愿你在彼地，
跟从前一样安详，
因为你在这里留下了
一位诗人儿子，
那里即使你做一百次的

祭祷，
都是为了在放荡不羁的生活中
我还能获得安宁。
就让我为你
再把这首哀歌哭唱，
亲爱的我的父亲——疯狂的神甫——
还有疟疾！

1920.11

## 给尼娜·玛卡什维利[①]

仿佛取自搞怪的十字形——那件红连衣裙。
你的嗓音致命的温柔——我能沉默得住么？
古老的十四行扬净后，径直成了一首三行韵诗……
夜深沉，集市那边的小酒肆一片沉寂，
升起的满月，仿佛一具没有一点呼吸的躯壳……
你怎可站在万的大教堂穹隆之下笑出声来！
我们走在穆赫兰桥上，桥下是翻滚的河水。
活在格鲁吉亚——无所谓，一切均自生自灭！
而我们依然爱她如痴如醉、毫无理由——
就连诱惑我们的蜘蛛网都让我们留恋……
伊洛、泽农——死亡的徽章古老、血腥……

---

① 尼娜·玛卡什维利：尼娜·亚历山德洛芙娜·玛卡什维利，1920 年起成为 T. 塔比泽的妻子。三行韵诗：三行一节、连环交叉押韵的抑扬格体诗。万的大教堂：第比利斯亚美尼亚大教堂，位于库拉河右岸、穆赫兰大桥上方。伊洛、泽农：T. 塔比泽妻子尼娜的两个弟弟，惜夭亡。坦尼特（取自法国作家福楼拜小说《萨朗波》）：古迦太基神话中的月神和爱神。

自己的兽角酒杯我们自己用毒药斟满，
死亡之魔在我们头顶盘旋高飞——
我看见陈尸房准备接受被毒死的我们。
我只能用我的诗歌和忧伤的爱恳求：
就让坦尼特用最后的祷文播撒我们吧！

1920

## 季节的冠军 ①

噢，这里的一切昏暗、不可理喻，
好像象形文字记录的生活一样。
我只是一个用铅笔胡涂乱画的男孩，
当心被其他人吸引。

吉泽尔基尔斯基巴扎尔的圣母马利亚像——
是新竖立？我的心好冷。
《西方的沙发》闪闪发光的字
貌似某个不大的商户都会写。

于我，还是跟从前一样喜欢真情的流露
并且想哭就哭、想笑就笑。

---

① 吉泽尔基尔斯基巴扎尔：第比利斯的巴扎尔（大集市）之一，位于第比利斯火车站附近。当时很多士兵都在那里兜售各种个人物品。拉弗格的礼拜日：指的是乌拉圭裔法国诗人拉弗格（1860—1887）写过《礼拜日的诉怨》等诗歌。“被诅咒的诗人”：是魏尔伦在其系列随笔集（1882—1883）中谈到兰波、马拉美等法国象征主义诗人的创作时的提法。米洛：一种很香的松香。这里指的是涂松香、画十字祈福。教主紫红袍：脖子上围挂的一条紫红色长巾，僧权的象征。

要知道诗是古斯里琴，而抒情诗稍显扭捏作态，
因为伤心的希望已化为灰烬。

是同情，而非救赎
我要祈求。小提琴用弥撒回答了我
拉弗格的礼拜日在呜咽——
被诅咒的诗人还要求赐予米洛祝福……

奥尔皮里……雨……大洪水……直至波浪汹涌，
顽固者在嗥叫的黑暗中消失……
好像：我穿上了教主紫红袍，我的头上
湿漉漉的欲望之魔在喃喃低语。

我追赶逝去的日子，吃力地
不太像一个孩子。我父亲的
神甫们——十二次——为他安魂祈祷，
我的大限之时——一次都别想！

上帝终会接纳灵魂。普天之下
他知道：灵魂不属于大地……
痘疾就这样被诗人哭唱。
塔比泽的话既愚昧又无知。

1920

# 奥尔皮里的好口才[①]

1

您见过饶舌多嘴有口才的人了吧！
这奥尔皮里泥塘里跳出来的一只青蛙——
他穿着长长的君王紫红袍，
最熟悉的是
　　　　他对教义随机应变的平衡技巧。
吉茨安·塔比泽——就是我，

---

① 巴卡拉：一种冒险刺激的纸牌游戏。拉法埃拉·艾利斯塔维（1824—1901）：格鲁吉亚著名的诗人、方志学家。德达斯·列瓦纳：格鲁吉亚卡赫齐亚人民歌唱家。达达主义者：推崇达达主义和颓废派，起源上世纪二十年代兴起于法国的文学艺术流派。帕鲁塔尔赫（约公元46—126）：古希腊作家、道德家；《传记比较研究》一书作者，该书包含一系列有价值的史料。伊凡·扎瓦西什维利（1876—1940）：院士、历史学家。霍特（HOT）：即“劳动科学组织”缩写，是（格鲁吉亚）上世纪二十年代的劳动组织的宣传系统。茨察穆里：地名；格鲁吉亚大公、诗人、出版家、民族主义者（参与争取格鲁吉亚独立）伊利亚·格里戈利耶维奇—恰夫恰瓦泽（1837—1907）被处死的地方。玛恰别利：即瓦诺·玛恰别利（1854—1898），著名作家、出版家、社会活动家，金融家、莎士比亚译者，1898年6月26日早4点离开住所后失踪。

一位烈性诗人——已长大成人。
复活节、圣诞节的时候我都反复地说
还是同样的话——没有安宁，没有梦——
从教堂的读经台上，飞越您的头顶，
是我响亮又直接的宣言，
好像《巴卡拉！》——赌场的庄家，
好像带给我们快乐的只有一个——
朗诵拉法埃拉·艾利斯塔维的诗歌
（当然，我们完全不应该忘记它们）。
我要爱上诗歌、词语，
还有奥尔皮里故乡的呼吸，
就像我的母亲爱上给奶牛挤奶……
（要知道，那个现在就开始笑话我的人，
是如此不喜欢家乡的孩子们！）
丹尼尔-乌利雅——伊美列吉亚弹唱诗人，
德达斯·列瓦纳——卡赫齐亚歌唱家……
拥有的一切我都准备好奉上，
为了哪怕只有一次编入文选！
每当人们忆起萨阿卡泽时，
总是吟诵《虎皮武士》……
您见过穿着切尔克斯卡袍的达达主义者吗？
朋友们并非凭空要把帕鲁塔尔赫

跟伊凡·扎瓦西什维利相比！
也许，有朝一日也谈到我
有学问的人撰文：
诗歌，永远忠于左派，
人们现已趋之若鹜。

格鲁吉亚，每一个雀斑姑娘心中
都有一位自己的诗人……
今天
请圣母下凡——
这可不关诗人们什么事。
奥尔皮里的好口才如此这般地说——
肥得冒油的癞蛤蟆
套着条红长巾：
“诗人们，同志们，如果有谁
今天很难写出诗歌！
那你们就请听我的话，
并让你们的声音听起来更响亮些吧。
请勇敢和直接地坦白：
你们的诗
比起你们自己今天会更加严峻！
对于霍特，已经到了

电气化时代。
所以今天还有谁会容许自己
去被诗歌吸引呢？”
每一个诚实的诗人都必须回答，
在他那里谁都不许耍滑头：
伊美列吉亚的丹尼尔–乌利雅
还是斯蒂芬·马拉美？

2

这根本不是诗……也非歌曲的起头……
癞蛤蟆的大嘴能量还真吓着了我。
我只是想通过自己的诗，尽管微不足道
把过去、还有现实的真相向人民说清。

厄尔布鲁士和卡兹贝克，放眼远眺，
他们矗立那里，像断头台柱子，像兄弟。
残忍的暴君，如凶狠的牲畜
撕烂衬衫，被迫将咒语骂出口……
但萨阿卡泽之剑将追上歹徒！
它能摆平一切……谁能逃避？
茨察穆里将再开出兰花

库拉河水将再把玛恰别利的尸骸带回！

假如格鲁吉亚是一座毛发织成的桥，
那么该有多少天才从这里坠落深渊！
…………
…………

世上留下的最后一位诗人，
也厌倦了诗歌，还说这些，兄弟……
当您被烧得很旺的奥尔皮里之火卷入——
您自会想起这篇檄文！

1921

## 致保罗·雅什维利[①]

这是我的十四行，我的结婚礼物。
我们像双生子，无所不包、无处不在、直至终点。
格鲁吉亚的正午仍将如此艳阳高照，
当我们俩因为歌唱一同赴死。

人们称呼我们是钻石朋友：
不可折弯，只能玉碎。
即使有时候诗歌蒙着面纱
那面纱还是令你无法不爱上她。

你最好像公牛般坚忍不拔
无论在山上的牧场还是在陡峭的岩壁，

---

① 保罗·雅什维利（1895—1937）：格鲁吉亚和苏联诗人、社会活动家；塔比泽的密友。蓝角人：诗社“蓝角”于1916年创办。保罗·雅什维利也是发起人和创办人之一，故T. 塔比泽称他和其他蓝角诗社的诗人为“蓝角人”。

蓝角人，永远充满力量和热情。

当我们用诗歌浇灌格鲁吉亚，
是希望你只属于我们、且只和我们在一起。
与我们同在！你的塔玛拉如此吩咐。

1921.8

## 致梅丽塔[1]

亚历山德丽娅……卡拉布拉赫……
一颗疾飞的恒星，自然女神梅丽塔……
诗意走近你，仿佛一匹快马，
圣母的妒忌，自然女神梅丽塔！

理想曾折磨诗人很久；
瞧，仿佛路人被强迫祈祷，
科列奥芭特拉的视线从高处滑过。
心被刺破，我的诗碎裂……

我看到：影子叠影而行，——

---

① 致梅丽塔：梅丽塔，全名为“梅丽塔·亚历山德丽娅·曲洛卡什维利”，T. 塔比泽的一位朋友。卡拉布拉赫：卡赫基亚的地名；曲洛卡什维利家族的领地在那里。平达尔（约公元前 521—441）：古希腊著名的抒情诗人。
科列奥芭特拉（公元前 69—30），马其顿普托列梅耶夫王朝时期的古埃及最后一位女王。卡赫基亚：东格鲁吉亚边疆区。

跟它们说些什么：诗歌，你会写吗？
最初的理想已带翅飞翔！
你打开美丽之门再让美丽加倍……

而今天心已被抒情诗人吸引。
难道我们这里就没有平达尔吗？
不管这首诗读来如何品相不好，——
他已把另外的新诗抵押并已动笔。

季节女王，让它因你
烦恼似宫廷传令官吧，海报直达巴黎……
坐在咖啡馆里还要写一首歌给你，
带着诗歌我们迎接巴黎的返程！

一颗疾飞的恒星，圣母的妒忌……
卡赫基亚，碎裂的皇冠。

1921

## 基梅里亚人的旗帜[①]

仿佛基梅里亚人的旗帜，
苍穹被撕成一绺绺碎条。
迦勒底之旗变成深红色，
它被鲜血、毒药浸染。

蝎子挑选好时间——
夜晚它却把自己击倒；
燃烧的城市上空
疾驰的旋风取而代之。

今天，我们的抒情诗

---

① 基梅里亚人的旗帜。基梅里亚人：科学记载，基梅里亚人是北部黑海沿岸地区的一个著名民族。瓦列里安、保罗：分别指瓦列里安·伽普林达什维利、保罗·雅什维利。巴特莫斯岛：爱琴海中斯波拉茨基群岛中的一个岛屿；《圣经》记录，约翰使徒流放期间曾在此居住。约旦河：位于巴勒斯坦境内的一条河，根据《圣经》，耶稣是在约旦河里受洗的。阿尔汉戈利斯基的歌调：指最后的审判宣读。

又要失声痛哭，
为了那些复活的光天化日
心亦无法记起……

像小丑，爬上拉弗格教堂
猎寻蚊虫的蜘蛛，
纤细的蜘蛛网上
蜘蛛吊挂在圆屋顶下！

耶稣找到四门徒
他们是世上福音书的编撰者：
戈吉、瓦列里安、保罗，
第四门徒是我，耶和华。

巴特莫斯岛——我的奥尔皮里，
永不腐烂的边疆、无边的牧场，
而为了新的洗礼
利奥湿地就是约旦河。

我们所有人都会离开。行将折断的
还有剑把以下诗歌的剑身，
而诗歌在死亡面前

亦无力让视线提升……

濒死前，勉强听得到，
就像最后的咒语，
我们四门徒的名字
所有的喇叭都奏响哀乐！

可是阿尔汉戈利斯基的歌调
最后的审判，我还没听到，
巴特莫斯也没咽气，
她没诱惑到他……

今天，我们时代之魔
令我再次担忧，
没必要给茶碗里斟茶——
不斟它本已满杯！

1921

## 四月二十三日[①]

我又梦回《曼巴尔纳斯》咖啡馆，
一大群妓女，她们在里面渐渐老去……
对你的思念现在谁可以窃走？
我倒酒，只为把自己的心点燃。

第比利斯古老的传说令人惊奇：
国王阿戈–麦迈德–汗走进自己的后宫，
我听到贝西基令人神魂颠倒的诗歌，
鲜花盛开的世界就是四月予我的馈赠……

就像牧首不想死去，
格鲁吉亚的太阳也不能愉悦视线，
渴望逃离父辈的墓地——

① 四月二十三日：四月二十三日，格鲁吉亚的诗歌节，每年在这一天都要庆祝。曼巴尔纳斯：巴黎的一家咖啡馆。阿戈–麦迈德–汗：伊朗十八世纪末的沙赫（国王）。

这里为舞蹈艺人已拉起围绳……

整个的我，如我的诗，都已被毁
（这无需内疚，亦非罪恶）……
骑手无法驯服坐骑，
我于命运只是一根供其要弄的骨头！

现在我已避开偷盗之手，
这一天无比幸福，我献上诗歌，
往年的激情突然爆发，
梅丽塔–阿斯塔尔塔芳容我再次目睹。

贝西基的歌在我心底吟唱！
山谷里的地震我们在期盼……

1923.5.2

## 卡尔门西塔[①]

你骤然刮起猛禽般大风，
而我，如你所见，被击毙路旁。
你是一位女中豪杰还是天上的启明星？
喔，你的样子让我多么惊恐！

无法看见也没有躲避。
你像匕首般穿透我。
但你可是天使啊，卡尔门西塔？
我本可以相信你的，生活。

而我竟然浑浑噩噩地度日，
用文火灼烤痛苦。

---

① 卡尔门西塔：俄罗斯二十世纪文学专有名词，特指十位著名的俄罗斯诗人的合称，他们是：И. 安年斯基、A. 阿赫玛托娃、A. 勃洛克、C. 叶赛宁、M. 库兹明、O. 曼德尔斯塔姆、B. 马雅可夫斯基、Б. 帕斯捷尔纳克、B. 赫列博尼科夫、M. 茨维塔耶娃。

快拿出直截了当的判决吧，——
杀了我，别再让我醒来。

焦虑还是无法治愈，
回忆之路已被斩断，
无论你用任何方式，
逝者如斯夫。

心底数不清的角笛在歌唱，
且它们的声音似乎凄凉，
且好像确有其人栖身其间，
且在那里种下一棵苹果树。

且因为疼痛都已毫不隐讳，
不会当众撒下弥天大谎，
刺穿我的心吧，卡尔门西塔，
并携我上天。

1923.5

## 街心花园的礼拜天[①]

积攒六年，

如今我的心

仍将诗歌摧残……

我把它取名《拉弗格的星期天》，——

而不曾知道街心花园的礼拜天！

也听不见铃铛之声，

止步不前，像幻影、像教堂。

啊，假如我没说过这些话，

心底的痛苦就该将我狠狠鞭挞！

---

① 科特·玛尔占尼什维利（1872—1933）：即康斯坦丁·亚历山德洛维奇·玛尔占诺夫，杰出的苏联导演、格鲁吉亚苏维埃共和国人民艺术家。沙尔瓦·达吉安尼（1874—1958）：沙尔瓦·尼古拉耶维奇·达吉安尼，格鲁吉亚苏维埃作家、戏剧作家。乌尚吉·齐赫伊泽：格鲁吉亚戏剧演员。桑德罗·阿赫梅特利：杰出的格鲁吉亚戏剧家，科特·玛尔占尼什维利的学生。唐吉兄弟：列奥和康斯坦丁，第比利斯教堂的所有者。库拉·戈尔达涅利：是格鲁吉亚历史上著名的战士，A·策列杰里曾写长诗《战斗》献给他。卡拉僧叉利：街头商贩、散发者。科拉乌·纳吉拉泽（生于1894年）：格鲁吉亚诗人，“蓝角”诗社参与者之一。《快乐寡妇》：匈牙利作曲家Φ·列戈拉的轻歌剧。

我可以夸赞，甚至是在梦里
我都是一个地地道道的懒散之王；
如果再补充，我在酒里还看见
我亲生的诗、灵感的源泉，——
那么在我们格鲁吉亚，藉此
就被公认为最伟大的诗人！

现在，劳驾请看过来：
科特·玛尔占尼什维利，
沙尔瓦·达吉安尼，
乌尚吉·齐赫伊泽，
桑德罗·阿赫梅特利
在库拉·戈尔达涅利纪念日，
在唐吉兄弟教堂已全体就位。
而在诸位卡拉雀戈利那里，实话讲，
哪来的这种气质出现呢？
可怜的戈尔达涅尼站在角斗场里，
像一位破产的批发商人；
他的前任——就在他面前，
但是铁一般的力量——
回忆中荡然无存。

如同自杀者，大街上说着梦话
伽普林达什维利和纳吉拉泽，诗人们……
然后呢（因为天热头脑乱哄哄）
在《快乐的寡妇》那里我们小憩片刻。

这首诗里描述的
是一个已被废除的礼拜天。
紧接着——你知道时不我待——
我本来就不能游手好闲……
时代降临了，已经开始了
诗歌的电气化。

1923.7

## 梅丽塔[①]

（达达主义的情诗）

我的名字——吉茨安，——多么奇异，
浮想最多的竟然是受尽凌辱
如果要跟天鹅绒布上的吉茨安相比
在古老的几近碎片的画布上……
要知道，你预料不到，坦率讲，
你，吉茨安，另一个你原来是这样！

梅丽·舍尔瓦什泽画像悬挂，
从吉阿萨米泽杂志里撕下来的——
艺术家画它已好几年……
女士看着我的诗，带着微笑，
她有圣母一样的脸庞——

---

① 梅丽塔（达达主义的情诗）。吉茨安（1477—1576）：意大利伟大艺术家。梅丽·舍尔瓦什泽：曾经的宫廷侍从官，画家索灵曾为她画像。吉阿萨米泽杂志，桑德罗·冈切里的杂志：同指《兄弟》杂志。

自古以来教堂因此建成……
当你从高处看我的时候，梅丽——
从桑德罗·冈切里的杂志里
我撕下这幅肖像作品——
艺术家画它已好些年……

而你，梅丽塔，望着晴朗的
丘特切夫的天空——
罗马的天空。
在意大利，我觉得，未来主义者
现在都因你而备受赞赏……
只是第比利斯好像渐行渐远，
然而地震越来越缓慢地临近。

1923

## 第比利斯[1]

（颂诗）

戈尔卡萨尔用手杖敲击大地，
我的城市在苦难和痛苦中站立起来。
它把我的诗称为死者的呼喊，
无数受过洗礼的双手聚拢。

多想像传唱的传说那样，飞上
卡尔特里的高空、飞到白云深处，
远离死亡的诱惑，岁月仍蹉跎，

---

① 第比利斯（颂诗）。戈尔卡萨尔（戈尔伽斯兰）：瓦赫唐嘎沙皇一世（即：伏尔克列夫）的绰号。据传，他在公元五世纪建立了第比利斯。卡尔特里：东格鲁吉亚的一部分。好像第比利斯传说中的那只隼：这里指的是关于第比利斯建市诸多传说中的一个。沙皇一次打猎射伤的一只隼落在一个富含硫磺的热湖上（第比利斯意为“温暖的”）。一股股血从荒野上流入库拉河：这里指的是第比利斯历史上曾屡遭敌人侵略践踏。伊拉克利沙皇：即伊拉克利沙皇二世（1720—1798），杰出的国务活动家和军事家；1762 年，他把卡赫基亚和卡尔塔林两个公国合并，并推行了文化及格鲁吉亚与俄罗斯的友好政策。马拉波达：距离第比利斯不远的一个地名，1624 年曾打过一场格鲁吉亚和波斯入侵军队的战役。

好像第比利斯神话中的那只隼。

一股股血从荒野上流入库拉河
那里满是踩死的敌人和四溢的鲜血；
你那时的教堂圆屋顶滚落在地
从石脊上，像一颗颗死刑犯的人头。

萨阿卡泽之剑在敌人头上频频挥舞
随之给予致命的一击，
像一捆捆柴火，在染红的河上，
那是鞑靼人用木棍打死的孩子尸体。

随着伊拉克利沙皇的心永远而去的
是充满模糊真相的悲伤，
当卡尔特里上空如烟的尘雾变成粉红
是因为血海和马拉波达的朝霞。

诗人们没敢与我们叙说那些，
假如逐页翻阅受尽折磨的古都编年史，
甚至鲁斯塔维利也挪开目光
因为红里透黄的书页张张都浸透血。

假如谁的歌，像萨扬特-诺瓦的诗一样，
像你头顶舒展双翼的天鹅一样，
请明白，这些半死的词语
将由遭受蹂躏至死的鹰说出。

你——城市蒙难者，还有你永恒的花岗岩
于我，你早已成为我苦难的源头，——
你的歌唱者则像神话中的隼一样
把圣经中那棵烧不坏的灌木代代点燃……

就这样等着吧，当你孤军奋战
诗人就像隼一样落在你双脚之前。

1923

## 没有唱出的穆哈姆巴吉①

奥尔别里安尼从奥尔塔恰雷那边过来
带着渔获、乘着轻盈的木划子船，
晨雾中唢呐吹起来，
就好似在鞑靼人宿营地爬山坡
远处的管乐声声刺耳……
还有被唢呐吹奏者吹乱了头发的清晨
已坐上了装满李子的骡子大车，
一筐又一筐，泛着珍珠贝光彩的
是科卓尔斯基森林清晨的露珠。
萨扬特-诺瓦一大清早就用他的诗

① 穆哈姆巴吉：东方诗歌的一种诗体。很多高加索诗人常用，包括萨扬特-诺瓦。而在格鲁吉亚诗歌中这种诗体的诗歌带有宴饮歌的性质。奥尔别里安尼（1804—1883）：著名的浪漫主义诗人。奥尔塔恰雷：位于老第比利斯城郊的一个区，以果园出名；格里戈利·奥尔别里安尼非常喜欢在此进行娱乐宴请。科卓尔斯基森林：第比利斯附近一处风景如画的别墅区。卡巴希：第比利斯的一个区；那里曾经有一个跑马场，后改成了花园，并曾属于奥尔别里安尼公爵。卡施维基：位于第比利斯的罗斯塔维利大街的一座教堂、也是一座雕塑纪念馆。

像抖辫子一样把睡梦中的库拉河摇醒，——
那里，卡罗扯着嗓子大声唱他的歌：
“哪里有萨扬特-诺瓦的诗歌，
那里就雷声轰鸣和草木弯腰！”

我的第比利斯此刻再次醒来，
朦胧中山峦蜿蜒起伏。
一个个打着哈欠的峡谷，让山挺得更高
而心已被辽阔召唤。
朝霞穿过卡巴希映照着双峰
还有非同寻常的绯色积雪，
就像映在奥尔别里安尼
没来得及嫁出去姐妹们的嫣红脸颊。
霞光映射美丽的卡施维基教堂。
在这样的时刻，日出时分，
奥尔别里安尼滑向故乡的远方，
滑向早已等候的宴会“酒司令”
早已斟满红酒兽角杯的那个地方
人们在高声喧哗中举杯：
“喂，小伙子，勇敢地干了吧！”
我——吉茨安。让他们都知道我如何善饮……
可是我在自己的诗歌里强大不知多少倍：

我的歌中不仅雷声隆隆——

在浓密的墓地荒草里，我的歌

还能把萨扬特-诺瓦的棺材拆成碎片。

1925.5

## 致塔姆娜·策列杰丽①

从来我都不曾如此开心，
像今天这样。不知为何。
我不想让心被火灼烤，
不想我的艺术被冷漠。

穿过塔什斯卡利门户，飓风呼啸，
莫乌拉维的头盔闪着火光。
月亮弯成一把镰刀，刺破云雾，——
忧伤之月坠入冰冷的刀鞘。

---

① 致塔姆娜·策列杰丽。塔姆娜·策列杰丽：塔比泽献给她的诗还包括《在阿纳奴利》和写于1937年的《致塔姆娜·策列杰丽》。塔什斯卡利：波尔若米附近的一个地名。莫乌拉维：即指 莫乌拉维·格奥尔吉·萨阿卡泽，曾在塔什斯卡利大败克里木的鞑靼人。古利耶里：指玛米阿·古利耶里（1836—1891），格鲁吉亚诗人，多以古老的格鲁吉亚和塔玛拉女王为创作题材。墨吉-哈赫古堡（意即：来吧-看看）：西格鲁吉亚位于科维利拉河上游的一个古城堡，策列捷利的后裔曾拥有过这座古堡。

妥协吧，我已无力
从古老躯体的废墟挪开视线。
腰挎着宝剑，我站在路上，
可哪里都没发现一个异教徒。

古利耶里的诗好似那些呻吟：
“谁将颂赞塔玛琳娜的酒盅？”
我的一生——只一瞬，但这一瞬也被
美好的塔玛拉的同名人剁碎。

谁将赞美塔玛拉和另一个同名人
谁行将腐朽成灰，还要歌唱？
灿烂的卡尔特里在我头顶燃烧，
而我将跪倒在墨吉-哈赫古堡的城墙下……

1925.7
波尔若米

# 伊拉亚利 ①

致阿里·阿尔辛尼什维利

驱车走在基梅里亚

暮色苍茫的落日里。

---

① 伊拉亚利：K.戈姆苏长篇小说《饥饿》中杜撰的主人公名字。阿里·阿尔辛尼什维利：格鲁吉亚的批评家，塔比泽的朋友。巴赫齐萨拉伊：位于克里木的城市，由哈桑阿普杜尔-萨哈儿·吉列耶姆建于1519年宫殿最为著名。普希金曾在其长诗《巴赫齐萨拉伊的喷泉》中颂赞这个宫殿及其大理石喷泉。瓦扎：瓦扎·帕沙维拉，格鲁吉亚杰出诗人卢卡·拉吉卡什维利（1861—1915）的笔名；他出生在格鲁吉亚帕沙维拉山区，一生大部分时间都是在山区度过的。有一年他骑着马，把自己的诗稿放进胡尔锦（хурджун，地毯布制成的挂在马鞍两旁的布袋），沿着山脊一路下山骑到第比利斯城里。塔比泽除了给瓦扎献诗，还专门写了一篇介绍瓦扎及其创作的文章《瓦扎·帕沙维拉》。奥维吉：罗马诗人（前43年—前17年），曾被放逐黑海滨海城市托梅。流亡者诗人形象曾不止一次引起普希金的注意，他常把自己寄往南方的邮件与奥维吉的邮件相提并论。遇见还活着的罗恩格林：中世纪德国史诗中的主人公、天鹅骑士；活着的罗恩格林，指的是：1917年夏天K.Д.巴里曼托姆来第比利斯时与塔比泽的见面。瓦尔吉苏巴尼：第比利斯的一条街道名，现改名为“扎纳什阿”。跑得飞快的荷兰人：指“斯基塔利兹水手”，参见“彼得堡”一诗。第比利斯的布宜诺斯艾利斯、亚历山德罗：参见塔比泽的长诗《一九一八年》。萨巴涅耶娃：上世纪二十年代俄罗斯的著名歌星。大卫多夫的铃铛：指第比利斯“姆达茨明达山教堂”铃铛。西徐菲亚：公元前七世纪居住在黑海北部亚速海沿岸和克里木一代的部落国家。

噢，阿里，你的声音
让我重又欣喜地读起普希金……

这里是巴赫齐萨拉伊——
我的脸上满是喷泉的水星儿，
那古老喷泉的一股股泉水
无人妨碍它的哭泣。

子夜
西徐亚的
苍老的，我自问：
“少年，你跑到哪里去了
仿佛一个幽灵？

谁，到底是谁塞满了
我的心房
用如此沉重的哀伤。
封上封口，
不让我的灵感发育成熟？”

我，像瓦扎一样
用马褡裢驮着我的诗歌，

苦难中预料到
这种痛苦，
而那里，即使没有我
也已经混杂在了一起。

用奥维吉的影子
我发誓——
热切希望的是，
现在我对你意味更多
且比过去，更亲密。

梦想跟你一起走过
鲁斯塔维利的树阴，
而那些已被遗忘的诗行，
泪水洗刷后重又叮当作响。

很久以前我就记得：
我遇见还活着的罗恩格林；
像一棵白色的苹果树向着白色的桥
你化作仙鹤飞去。

像古代勇士，你的四周

摆满声音悦耳的古老贡品
我还记得：我们竟未发现，
晨曦已经降临。

想起第比利斯……
乳白色的清晨和瓦尔吉苏巴尼，
散落一地的词语，
诗歌的溪流，
伊拉亚利。

萨扬特-诺瓦的琴弦
在被歌声激活的小酒馆里。
噢，阿里！你是否珍爱
那爱情与忧伤的火焰？

大雷雨之年……
我们——跑得飞快的荷兰人
即使在狂风暴雨中。

心在哭泣，
萤火虫迎风飞起，
伊拉亚利。

第比利斯的布宜诺斯艾利斯……
心底的痛苦已到极限。
亚历山德罗……
马来人的缠头巾——就在他的窗口。

那些苦难的岁月
祭祷已完毕。
为您哭悼的
是萨巴涅耶娃最温柔的歌。

大卫多夫的铃铛
穿过那些岁月
依然为我传来叮当之声
我睡下。西徐菲亚又入我梦，
而我的梦将一直持续。

1925.8

阿娜帕

## 致谢尔盖·叶赛宁[①]

像一头未经训练的马驹，
又似恰戈达尔，曾经浴血战场。
我多么祈望天堂里
有我的歌陪伴你。

草原思念你，
一直思念到达利亚里峡谷。
活着的人一见面，
泪如泉涌，——无以复加。

难不成心之救赎不可信？

---

① 致谢尔盖·叶赛宁。谢尔盖·叶赛宁：1924年叶赛宁曾到过第比利斯。除了此首，谢尔盖·叶赛宁还写过《在高加索》和《给格鲁吉亚诗人们》等诗献给格鲁吉亚和它的诗人们。阿米兰：格鲁吉亚民间史诗中的人物。米洛：一种很香的物质。阿拉维尔德：Аллаверды，宴会上表示客气友好、提议干杯之意。雀布拉什维利：酒馆老板。
1925年12月28日拂晓，叶赛宁在彼得堡一家旅馆投缳自尽。T. 塔比泽这首悼诗写在叶赛宁去世后两个月。

难不成生命的意义未曾想?
你的逝去谁能安抚我们?!
我们的羞愧谁又替我们洗去?!

你的诗歌是撕裂的伤口、悲伤,
痛苦、心灵红肿不得安宁。
自缢——唉!无法救赎,
血与血只是合流一起而已……

喝醉了的保罗,清晨
在熏黑的锅里煮着自己的鸭舌帽。
严寒用凛冽的风抽打我们,
而死亡的枝条向大地低垂。

你深藏不宣的诺言在心里哭泣:
婚宴上与你相遇的机缘还记忆犹新。
红酒杯里瞬间你被放大、膨胀,
直到后来变成一团泡软带血的面包。

我相信我们的血缘,也确定记得:
你我两个都流着蒙古人的血。
精神灭亡了,但肉体紧随其后,

而恶魔马上就会俘获肉体。

那就是，我们像阿米兰一样承受磨难：
不幸的利爪刺进他的肋骨……
我们必须把毒药当成想要的米洛般干掉，——
你头一个说出“先干为敬”的阿拉维尔德。

深夜我们聚在雀布拉什维利的酒馆。
缅怀你，管风琴歇斯底里地呜咽。
不敢跟弟兄谈起痛苦往事，
还有那些结痂伤口的痛楚。

这无啻于沉重打击。
更为沉重的，是理想男孩，
英俊少年谢尔盖·叶赛宁，
这誓言你已不再能听见。

如果在天堂的门外边
我们这些人将会相互告慰的话，
那就是大家知道：诗人间
我们的叶赛宁既是朋友还是兄弟。

1926.2.28

## 塔尼特·塔比泽[①]

萨朗波，赤脚的、脆弱的，
你是个跟这些联系在一起的美人儿
像迦太基手里捧着的小鸽子
你走着、蜷缩着；羞怯、有点无精打采。

我想你的时候，思绪常常联想到
迦太基、塔尼特、还有戈尼巴尔。
他用自己的宝剑
了结了自己，据说是这样。

我会活多久呢，此点我并不知晓，
但我来自四月二号

---

① 塔尼特·塔比泽：塔比泽的女儿。萨朗波：法国作家福楼拜的小说《萨朗波》的主人公。戈尼巴尔（阿尼巴尔，前247—前183）：迦太基的军事统帅，为了不被敌人活捉，这位罗马人服毒自尽。四月二号：是T.塔比泽的生日。此诗写于T.塔比泽自己31岁生日这一天。

整个星期人们都在担忧，同时，
把我的出生与迦太基相提并论。

我在第比利斯，可那些树林，
小草、牧场，都从这里追逐，
春天的青蛙，呱呱聒噪，
还寄来乡村池塘的一个嫩枝。

你睡吧，任何细微的事情都不要怀疑，
屋檐下无论我如何令人担惊受怕，
思念和悲悯如何折磨着我
我看见和听到的一切，你都不要猜疑。

1926.4.2

## 西徐亚的哀歌

1

这里，奥维吉为罗马而痛苦，
并为儿孙们的悲惨命运而哭泣。
罗马和无法改变的时代
它们火焰般的诗歌有着自己的秉性。

普希金记得这里低垂的天空，
记得彼得大帝北方灰色的城。
被埋没的城，——它曾存在还是不曾存在，
抑或它昨天才刚刚倒塌？

这里，战火洗礼的亚历山大·马其顿斯基
很久以前就驱除过阿马宗人，
他不会为换取一条女士腰带
要用上狮子的铠甲和狮子般的英勇。

酗酒无度的西徐亚汗国
仿佛马匹折断脊骨。
拉基·伊斯拉玛尖叫着疾驰而去，
只想在多瑙河比别人沉陷更深。

多少部落消失，谁的种族
这里混杂了血统，又是谁的被踩进泥里。
他们的怒气已消。所有人的头顶上
苍老的基梅里亚的云飘过。

我该怎么办？我这颗
诗心是否还能飞得起来，朋友们？
不，诗人的天鹅之歌
若喉咙撕破将无法吟唱……

还有很多部落到处游牧，
旁吉河的河口已经干涸，
但诗人此刻能预感到什么呢——
诗歌之脉将永续长流。

这里，奥维吉为罗马而痛苦，

并为儿孙们的悲惨命运而哭泣。
罗马和无法改变的时代，
它们值得纪念的诗我仍将抓紧。

2

莫非我已作为某种人被驱逐出门？
自己只能主动抛弃祖国，——
眼下就在西徐亚国徘徊流连，
但外乡帮不到我。

我觉得基梅里亚眼前很亲切——
原生的草原，裸露的石头……
或者这就是普希金式的痛苦之诗——
我的悲伤之起因？

或者盲人调好班杜拉琴
并且为了巴扎尔绕过耶稣，
或者狗一时糊涂吠叫，
或者我应该任凭泪流？

童年是否记起，少年是否度过？……

班杜拉琴手让我的心惶惶不安：
他到底在哭些什么，可怜的盲人，
整个世界都将结束？

仿佛打从摇篮起，我就在等待
这样的夜晚，这样的恶劣天气，——
西徐亚的歌向着大海唱起来。
忐忑不定的心，不得安宁。

1926.9.3

阿娜帕

## 奥尔皮里

这二十年好像不曾拥有，
还是小时候的我躺在院子里，
也再梦见到童年忘不掉的天空
还是那么温暖我。

纳科腊拉黑黢黢的山矗立那里，
太阳盗走恰拉吉茨草原，
梦见塔玛拉的镂花裙子，——
十年里那个镂花的图案一直在长大。

除了鲁斯塔维列娃，谁将给予我如此荣光，——
而我依然幻想成为做好事不张扬的人，
我喜欢收集树下的阴影——
这温柔女性的甜蜜阴影。

在痛苦的高处，天空在融化

星星闪着冰川一样的光，
此刻诗句就像滑头之人钻出来，
而我依然怦然心动。

你的诗中叙述越简单，
心灵获得的快乐将越多，
五月里沉甸甸盛开的花装点的
苹果树，在姣好的夜晚我为之感动。

绯红的天空，兽角挤满的天空，
夜晚乘着风，——如此没有羁绊！

1926.9

## 我从切尔克斯村旁那边走来[①]

我从切尔克斯村旁那边走来
隘口愈来愈逼近。
海浪发狂般拍溅
那是苏霍伊杰列克的欢愉。

掠过的天空
被卡兹贝克山顶的冰峰推撞挤压，
那吼声传遍裂缝的整个断面，
还有那含泪千年的悬崖峭壁。

我知道，你为谁而痛苦。
驱赶着所有丁冬作响的脚步。
皮鞭抽打后突然隆起的肌肉。
就像山颈上生锈的套马索。

---

① 我从切尔克斯村旁那边走来。原诗无标题。
苏霍伊杰列克：村庄名。童僧：指 M. Ю. 莱蒙托夫的一首长诗《童僧》。

没有神灵和命运的隐喻眷顾。
于我而言，爱情将按功封赏。
我不是一只饶舌的喜鹊，
用以嘲笑你的惊讶。

你是一位女士，而哪一位
女士会不相信：戒没戒酒，一闻便知，
但即使我曾经拥抱过她——
现在我依然期待再次与她相拥。

我多想知道童僧的无畏从何而来，
那可怕的夜晚让豹子胆寒，
而为了你我将敞开心扉
并满含深情。

要么我僵硬地倒毙在山岗上，
在抵达你心之前。
要么我死在阿拉格维河，
而你对此无罪。

1926.9

## 恰戈塔尔[①]

不，我不是温顺的，亦不知恐惧。
让我发言，我就直抒胸臆。
我从心底就不像是一位僧人，
不会隐瞒古老的耻辱。

第比利斯我的朋友，依稀记得，
打谷场上大人们打谷、小孩子嬉戏的情景，
分担你的痛苦我很轻松，
即使已经受尽难以忍受的不幸。

就算鞭子已抽到半死，
这里我还要把话讲到底。

---

① 恰戈塔尔：钦吉斯哈桑的儿子。姆钦瓦利：冰川名，这里指格鲁吉亚语中的卡兹贝克的叫法。国王阿戈-麦迈德-汗：叙利亚国王，公元1795年9月11日率叙利亚部队入侵格鲁吉亚。科尔察尼：科尔察尼丘陵，位于第比利斯南部库拉河右岸。

过去，——不会被忘却，
月圆之时又重回梦里。

库拉河上我和亚历山大同行，
我和牧首在我们的山岩哭泣，
听得见巫婆跳舞时的嘟哝声，
也看得见迷蒙朝霞中的姆钦瓦利。

那就别再让狮子发出低沉的吼声，
别再让雄鹰高傲地鸣叫——
我像一头哞哞哀叫的老牛，
带着刺破的喉咙在屠宰场死去！

我将勇敢地迎战国王阿戈-麦迈德-汗，
决不会从科尔察尼斯基土地上转回。
即使不再发光，即使没有了呼吸
诗人的光荣，属于亲人祖国！

英雄的光荣至高无上、鲜艳夺目。
格鲁吉亚！英勇无畏地为了她
多少人抗争，万众一心。
用他们永生的白发荣光，

用他们的忘我精神，我向祖国发誓，
不是在诗歌里——唯有在生活中
我做自己的主人和上帝。

1926.11

## 在阿纳奴利[①]

给塔姆娜·策列杰丽

这里你不可能出现，但我不信
阿纳奴利记得你的样子。
这里，银色的阿拉格维河与“黑河”汇流，
就像人们要把我跟你连在一起。
我曾下意识称呼“你”。就像伏卢贝尔
思念塔玛拉。你是受庇护的，
如同莫吉-汗城堡，有古老的魔力，
又仿佛愁云，你温婉娇弱。
我的烦恼与你有关
比恶魔之翼更轻盈飘逸的你。即使
你用你的鹿蹄
踢打女友，为了驱散她们的忧郁。

---

① 阿纳奴利：一个小村庄、古堡；位于格鲁吉亚军事公路。米哈伊尔·亚历山德洛维奇·伏卢贝尔（1856—1910）：俄罗斯文学家；他为莱蒙托夫长诗《恶魔》所作的插图插画最为著名。

多么希望歌者也能带给她们快乐，
整个世界都将呈现在她们前面。
而时间会杀死我们所有的幻想，
连尘埃都带走。只有遗忘可期。
我用投掷的虹鳟鱼敲打石头。
鱼鳃都被砸出。扳机抬起。
我等待一颗子弹。心即是靶。
死亡已不可避免。时限将近。

人们成千上万在这里死去。阿纳奴利
你就是见证人。为何我
在这里把热情和暴风雪歌唱，
只因为我要把自己的死亡哄睡。

1926

## 彭特-艾甫克辛 ①

### 献给尼娜·玛卡什维利

彭特-艾甫克辛——还有比你更亲的吗!
怎样的琴弦才能弹出那个声音?

---

① 彭特-艾甫克辛：即黑海，“彭特-艾甫克辛”是从格鲁吉亚语俄语音译的。尼娜·玛卡什维利：尼·玛·塔比泽，T. 塔比泽的妻子。俄耳甫斯：俄耳甫斯是古希腊的诗人、歌唱家；凭着他的音乐天才，在神话英雄里建立了卓越的功绩；伊阿宋去科尔希达窃取金羊毛时，正是靠了俄耳甫斯的琴声，才制服了守护羊毛的巨龙。这首诗还有另一个俄文译本（Л. 奥泽罗夫译）附录如下：

今天读了欧里庇得斯的诗。
美狄亚却让我想起了你。
任何羞辱我都不觉得可怕
只要和你在一起：爱让心忠诚。

石灰砌的火炉，龙的颌骨，
金羊毛卷忽隐忽现……
我被心绪搅乱不得安宁，
这样的幸福使我无法自已。

几乎要说出口，但我又被推倒在地
被那些我都没说出口的雪崩。
古老的飓风摧枯拉朽般袭来，
我要歌唱你，俄耳甫斯。

（转下页）

美狄亚的生活就像是你，
我的心也被她点燃。

石灰砌的火炉，龙的颌骨，
丝绸拂动——如金色的羊毛……
疯狂地想你，我害的是相思病，
这样的幸福使我无法自已。

---

（接上页）

彭特-艾甫克辛——还有比你更亲切的吗！
怎样的琴弦才能弹出那个声音？
美狄亚的生活就像是你，
我的心也被她点燃。

结实的，就像萨尔吉斯·扎克力，
又仿佛黑海一样的温柔，
无法说出口的折磨到如今，
嗓子都干涩了，带着血丝。

是谁给了我这种情感，就像
从几十位诗人那里收集的感情？
为何把我从人群里隔开，
假如时代的精神已如此高涨？

1926.7.5
第比利斯

萨尔吉斯·扎克力：梅克赫吉大公、大庄园主。
嘎戈拉：黑海岸边阿布哈兹境内的城市。厄尔布鲁士：死火山，海拔5642米，位于高加索区，是欧洲、格鲁吉亚的最高峰。欧里庇得斯（前480年—前406年）：与埃斯库罗斯和索福克勒斯并称为希腊三大悲剧大师，他一生共创作了九十多部作品，保留至今的有十八部。

几乎要说出口，但我又被推倒在地
被那些我都没说出口的雪崩。
一个古代英雄的神话传说
我要把你写进歌里，新的俄耳甫斯。

结实的，就像萨尔吉斯·扎克力，
又仿佛黑海一样的温柔，
无法说出口的折磨到如今，
咽喉都已干涩，失败者。

长把猎刀。嘎戈拉像一只白色的天鹅，
穿过历史，不顾一切飞向厄尔布鲁士，
躲在云后的月亮，时暗时明，
好像大卫推着她走。

海之浪，轰隆隆越来越响，
仿佛寻求金羊毛勇士之歌，——长久为他们颂唱。
在八月之夜，在遥远的远方，
大地和天空又重新融在一起。

1926

嘎戈拉

## 犹太人之歌[①]

离巴比伦城堡
西翁山其实并不遥远。
风之沙漠一直在搬运
那一片雪松丛林的呼吸。

---

① 犹太人之歌。巴比伦：古代美索不达米亚王朝的最大城市，公元前十九至六世纪巴比伦王国首都。西翁山：耶路撒冷附近的一座山。卡夫卡锡奥尼：指大高加索山脊。巴比伦的河上他们坐在那里哭泣：公元前586年巴比伦国王纳伏霍多霍索尔发起对巴勒斯坦的战争并摧毁了耶路撒冷城。富裕阶层的居民就迁入巴比伦城。阿拉克斯：外高加索东部的一条河流，是库拉河的支流。阿多奈（圣经）：主耶和华的另一种称呼名。大卫圣诗：圣经中记载的写给大卫皇帝的唱诗。蓬捷弗里伊：圣经中记载的一名埃及高官。雅菲特：圣经记录，霍伊的三个儿子之一；而据载，格鲁吉亚人就来自雅菲特的儿子卡尔特洛斯。与圣经的人物形象一样，本诗中提到的名字也常见于古代格鲁吉亚文献《格鲁吉亚宣言》中：西多尼亚，阿维阿塔尔（阿比阿塔尔）的女儿。前者是姆茨赫塔市犹太教堂的首位神甫，并亲手为尼娜洗礼。斯维古-茨霍维利：姆茨赫塔的一座古老讲经大教堂。法庭曾宣判了别利斯：1913年，沙皇政府曾经对犹太人别利斯提起法律诉讼，指其在一场宗教仪式中杀害一位基督教男孩。别利斯案件主要是为转移劳动人民反对集权和日益兴起的革命运动的视线；在许多城市都举行了游行示威，以抗议沙皇的挑拨离间的大清洗政策。
拜伦（1788—1824）：英国诗人，曾参加希腊民族解放运动，并成为领导人之一。海因里希·海涅（1797—1856）：德国诗人、记者。

无情的卡夫卡锡奥尼山脊
死死守护着
人民世世代代的门户
它紧紧锁闭。
除了眼泪——还是眼泪。
人民的泪水——成倍地流。
巴比伦的河上
他们坐在那里哭泣，
仿佛他们面前
躺着一名逝者，——
库拉河回向的
只有阿拉克斯的呻吟和哭诉。
日出而起，
日落而息
但接着一片哭喊声又起：
噢，阿多奈！
所有积聚的痛苦，所有的企图，
所有雷霆般的咒骂
耶和华都一笔勾销
为了人民。
每一页
那本书上——《圣经》——

都浸着血，
但是《圣经》又
不断需要新的血。
即使你闭上眼，可眼泪还是会
流进梦里，
直到现在
犹太人之歌还在哭号，
拜伦把它写成了诗，
还有海因里希·海涅
也因为它噙满泪水。
谁的诗意少年时代
能够躲避这些声音？
快点吧，诗人们，
趁着还没有心碎之前。

又想起了我的童年。
我再次听到大卫圣诗婉转悠扬之声。
我又见到蓬捷弗里伊的夫人——
那位有着雅菲特血缘的妇女，
因为年轻貌美
为美好的约瑟夫去死。
我看见西多尼亚，斯维吉-茨霍维利

还有曾活在我们之中的阿比阿塔尔。
偏偏狗又吠叫起来
并向敞开的大门那边低头嗅过去。
路的尽头还听得见叫声。
丹尼尔——犹太人——招呼着买家。
有个小男孩走在他的前面——他叫伊萨克，
他搜肠刮肚，学着丹尼尔的口气。
“肥皂、发卡、调味香料、胭脂儿！
难道，人们，你们谁也不买点儿什么吗！
这里还有印花布！还有锦缎！还有印花布！”
一大群小孩子们叽叽喳喳
又跟在商贩的后面跑过去。
唉，衰老的、贫穷的老马！尾巴上的毛
都被拔光了。
它又是发誓、又是哭泣，可人们不相信眼泪。

每天上百次欺骗上帝。
有谁知道，上帝经历了什么，
又有过多少漂泊和磨难。
我曾含着泪跟母亲说——
不要跟这些穷苦人讨价还价，
在货摊上一块块摊开的

不是肥皂——而是他们的心。
只有过了很多年以后
我重又听到一个宿命的声音：
法庭曾宣判了别利斯。
大学生英雄般的心低沉地絮语，
但热爱真理的人们又能实现些什么？
城郊那里一场鏖战结束。
我才知道，“大清洗”这个致命的词意味什么……

1926

## 期望像祖先们那样高大伟岸[①]

期望像祖先们那样高大伟岸，
似苍穹、似群山之光晕，
仿佛冲破囚笼般突出峡谷，
一只雏隼直飞云霄。

我安静、腼腆又迷惘。
像一位客人，在哪里我都一样羞怯，
但我比任何诗人都忠诚于
格鲁吉亚的大地和河水。

丝绒般山茱萸树上
卡赫基亚的夕阳还在燃烧，
葡萄酒刚刚还没来得及发酵好
人们已蜂拥而至、挤满了葡萄园。

---

① 期望像祖先们那样高大伟岸，原诗无标题。

如果只是创造美景
我无法表达自己的赞美，
你们可以没有同情
我却难避众人脚下踩。

期望像祖先们那样高大伟岸，
似苍穹、似群山之光晕，
一旦它从黑暗的囚笼里冲出，
直飞云霄，一只雏隼。

1926

## 晨曦中

晨星在天空中飞旋，
须臾从母亲的眼里消失在晨曦中。
亲人们都盼着顽皮的孩子回家，
把所有苍穹之门都向天空敞开。

森林绵延，河流隐在云雾里，
白天勉强能与子夜的黑区分。
悬崖拔地而起，像巨人
蒙着乳白色的罩布。

猎人隐匿起来——等待着鹿。
晨曦的颤栗穿过身体。
但我的身旁不见你，你远隔天涯，——
你若在，这里的一切都将沸腾！

谁将特别引用这些诗句——

通常是你的诗人在这里沉吟漫步。
到现在他也常常如此游荡徘徊，
但假如没有你，一切都将失去意义。

1926

# 卡尔特里斯-茨霍芙列巴[①]

（长诗序言）

据说，百年此一遇
空中的风徐徐吹拂这一代人的舌头。
不是编年史的老者在编撰——
而是我的失眠燃尽了我。

每一个自称诗人的人
只有一次属于此种情况。
黑海沿岸仍在沉睡。微风吹拂
波光粼粼，船员摇摇晃晃。

“伊里奇”机帆船正靠泊索契港，

---

① 卡尔特里斯-茨霍芙列巴（长诗序言）。卡尔特里斯-茨霍芙列巴：格鲁吉亚语，意即“格鲁吉亚的生活”，是一本关于诸侯割据时代格鲁吉亚历史著作的合集。阿尔戈：即那艘载着夺取金羊毛勇士驶向科尔希达的船。艾芙科辛斯卡娅：格鲁吉亚语，即“科尔希达”。卡哈别里：中世纪格鲁吉亚著名的勇士。

仿佛阿尔戈重又复活，
南方夜晚的金色之井，
总会有早先传说中的妙不可言。

如此让我愉悦，仿佛已愉悦很久，
就像母亲抚摸着婴儿，
就像刺痛千年的海盐，
你如此广袤，发祥地艾芙科辛斯卡娅！

祖国！是否在你的摇篮里
我轻轻触及过吧，是否还能追寻往日，——
我是作为一个普通人，还是卡哈别里，
是否已把自己的根深深扎进这块土地？

不管成为何种人，但总归是遵循理想，
我将谱写出祖国苦难的诗。
生活于我是什么？就是找到山中那些
被雪崩淹没的、前人已走过的路！

如同奥维吉·纳卓所说的
他自己或者其他罗马人一样，
我的诗——即使其中真知灼见不多——

讲述的都是关于前人的道路和思想。

而这些时常被更换。就像病人
病愈后额头上的皱纹更换一样。
后辈子孙们到如今还在怀念
那些在遥远垭口消失的人们。

天穹之门在燃烧。
高高的码头上，锚已掷出，
我又梦见人们的白色之梦——
远处，厄尔普鲁士的雪隐隐若现。

1926

## 新姆茨赫特[①]

斯维吉·茨霍维利，沙皇的陵寝，
被青苔还有蜘蛛网打扮得漂漂亮亮。
如果皇家的拱门倒塌下来——
库拉河立刻就会堵塞，像水坝一样。

干瘦又衰老，烟雾弥漫中，
是扎瓦利来的童僧，疯狂的小僧侣。
只有阿拉格维河和库拉河

---

① 新姆茨赫特。姆茨赫特：格鲁吉亚的旧首都，现今的区中心。扎瓦利：靠近姆茨赫特，阿拉格维河和库拉河交汇处的一座古老的格鲁吉亚教堂；莱蒙托夫曾在其长诗《童僧》描写过。基特·弗拉维·维斯帕西安：公元69—79年罗马皇帝。伊卡尔：古希腊神话中在克里特德达尔岛上建造迷宫者的儿子；他在父亲建造的翅膀帮助下得以升空，但是粘接翅膀的蜂蜡在太阳照射下溶化后坠海而亡。戈尔达可沙尼：伊朗民间史诗《卡拉玛尼阿尼》中具有超能量的主人公。奥尔慕兹特：古代伊朗宗教中善良与光明之神；而古代格鲁吉亚时期，非常流行的阿尔玛兹崇拜就把奥尔慕兹特等同崇拜；在扎瓦利基督教堂拱门下还保存有古老多神教祭祀台残迹。拉多·苏西什维利：格鲁吉亚革命家、共产主义者。尼娜：圣女，公元九世纪她让格鲁吉亚转而依顺基督教。

相拥而泣，为那些穿峡转崖的日子。

那里，县警察局长带着法定的墨盖拉
预先已摆好庄重的占卜纸牌，
那里，带着一大帮闯入亚细亚的
步行和骑马的人，维斯帕西安
像鬣狗一样，一边走，一边盯着掳获品，
那里，奥维吉在库拉河上曾打过盹，——

那里，伊卡尔在城门上
用熔化双翼的碎钢块加固横梁。
那里，用长柄勺在大坝后饮水的
是眼里充满怒火的戈尔达可沙尼

那里，昨日连马蹄铁都不曾熔炼过
可怜的打铁匠，鼓风机才刚鼓好火——
《国际歌》大合唱唱响
仿佛汽车提速前进，大家欢呼雀跃。

那里，瞪着凶狠的眼睛，
摇晃着伊多尔·奥尔穆兹德的脑袋，——
苏西什维利，第比利斯工人阶级站了起来，

在世界曙光的红色宫殿里。

那里，飘散殆尽的历史灰烬
或被收集或被踩进百年的砂砾中，——
扎瓦利，像一座完全裸露的炮塔，
无法在灯火中变得高大。

陵寝里的尼娜和维斯帕西安，
死去的，被工人的姆茨赫特撕得粉碎，
风暴般旋转后，以额触地，
而诗人奔跑着，直到彻底离开。

生命不息，旗帜永飘扬。
接着带领他们的是无产阶级。

1926

## 伊色-纳扎罗沃伊①

岁月如流——难道我可以忘却?
脑海里旧梦重又浮现:
走着、读着《古里的起义》,
好像听得见铃铛般的叮当声。

莫非你会忘记痛苦的年代
射中胸膛的初恋时光?
痛苦撕扯你,
心里的忧郁望不到尽头。

像一个无辜的孩子,你昏昏欲睡——
还梦见一群疲惫不堪的诗人;
时间长久的爱情无法折断,

① 伊色-纳扎罗沃伊:即“古里的起义”,指的是Э.尼诺什维利的历史长篇小说《古里的起义》。

就在今天梦想重新复活……

梦想跟着保罗一起上路，
我也要带它一起出发……
通往上帝的路越来越近，
他没有怜悯——我也不必索求。

我真不知该把诗歌如何是好？
伊霞将芳心早已给了别人……
我真不知该如何面对古里的山——
昔日对它们的爱再次点燃。

1926

## 自古以来[1]

自古以来，一日之计
莫过于格鲁吉亚红葡萄酒一直愉悦众心，
那些酒罐急匆匆地倒着手传递，
仿佛要从德尔贝特赶到妮阔帕西娅。

滴入自己的血，跟圣餐仪式一样，
勇者在死亡的门洞前将它啜饮，
厮杀中他左突右砍，鞑靼人疲于应付，
他把一生托付给了军刀，还有战争。

那些倒毙在暴风雪里的十字军士兵

---

① 自古以来。德尔贝特：里海沿岸位于达吉斯坦的城市。妮阔帕西娅：又名阿娜阔比娅，黑海之滨即现在佩斯尔茨锡（新阿封）所在地，公元前希腊人很早就建立的一座城。中世纪曾是阿布哈兹统治者的官邸。尼科洛兹·巴拉塔什维利（1817—1845）：格鲁吉亚杰出的浪漫主义诗人。《希梅里昂》：第比利斯文学俱乐部的名称、诗人咖啡馆（位于鲁斯塔维利剧院的地下）。

甚至没有一个闺中少女为此痛苦。
谁记得他们？谁分得清他们是谁？
谁为他们祈福饮酒？我们哪怕曾试过……

阿拉格维河上唱起巴拉塔什维利的歌，
《希梅里昂》一直让我大醉到如今，
一只老鹰纵深腾跃，卷起
一阵风——比峡谷的风还要冷。

爱人和恋人的眼泪我该如何面对？
我不会尖叫着让旋风挖好墓穴。
就让我的骨头和脂肪燃烧吧
在新第比利斯的火葬场里。

兄弟，像一束流动着的美丽之光
在风中、在酷寒里，兽角杯依然沸腾，
格鲁吉亚，我们无法责怪诗人
因为他们自古以来就与酒相亲。

1927.1

## 背着手摇风琴的流浪乐师①

别雷餐厅里
流浪女乐师的琴声呜咽，
远处库拉河水
咆哮翻腾。
我的心
因爱忐忑。
我真想投库拉河
自沉。

听天由命吧，
欢宴无非为了忘却。
您从阿拉格维河带来了
虹鳟鱼！

---

① 背着手摇风琴的流浪乐师。穆哈姆巴吉：格鲁吉亚的一种可歌咏的诗体形式。塔姆里寇：格鲁吉亚语中 Тамара 的爱称。

我则将她放生
有首诗这样写道：
把诗当生意一样贩卖
我们还没有学会。

“尼娜，我的尼娜，
是不是该嫁人啦？”——
“要不我向你求婚啊，
如果需要的话。”
弹你的琴吧，我的流浪乐师，
忘掉忧伤！
对我来说穆哈姆巴吉——
就是快乐

连廊那里的舞者
手臂轻拂，屈腿而舞
爱情朝着库拉河
一路翻腾奔涌……
“起初天色昏暗，
随后却一片光亮。
塔姆里寇为爱
殉情！”

这不是真的，流浪乐师！
忘记爱情这个词吧！
应该叫她塔玛拉
甜甜地
但美人儿
却另有所爱：
拜倒石榴裙下的
从不缺少。

继续弹琴吧，流浪乐师，
在晨曦微露时弹奏！
她珍惜的只有我一个，
我毫不谦虚。
她为何愿意跟我，
难道因诗人都游手好闲？
格鲁吉亚的玫瑰花
都要播种。

既然你已深思熟虑
要格鲁吉亚人娱乐开心
你的心儿，很显然

也乐享其成。
知道吗，她会找到丈夫的
黑眼睛的尼娜，
不会希望塔姆里寇为爱殉情。

女人都明白一个道理
她们青春短暂
很快就发福成大妈
甚至老太婆。
我们一样会死去，流浪乐师，
生命是一场空，
我们怎么着也得值回真爱——
亲爱的朋友！

1927.2.16

## 巴里蒙特之晤[①]

我记得田野、记得麦浪的飒飒声，
空寥的蓝充溢着光，
像一朵飞来的绒毛，
你随风而行，跟耶稣一样。

“我曾去过俄罗斯。白嘴鸦在鸣叫。

---

① 巴里蒙特之晤。康斯坦丁·德米特里耶维奇·巴里蒙特（1867—1942）：俄罗斯象征主义诗人。“我曾去过俄罗斯。白嘴鸦在鸣叫。春天的笑容印照我的脸”，来自巴里蒙特《只和她在一起》（1916）中的首两句诗。巴里蒙特还写过一首《春天的气息扑面而来》。“瓦扎此时走到了墓地”：在《瓦扎·帕沙维拉》一文中塔比泽写道：“瓦扎在第比利斯去世是命里注定。临终之前，从军医院的窗口他依稀看见绿叶、大自然；他请求把他抬到树叶、青草之间。很显然，诗人想起了自己过去的生活。所以临终之际，他无比向往这些绿叶青草，觉得这些大自然的馈赠物身上隐藏着一股生命的力量。而他相信了生命的永不凋谢。”亚历山大·尼古拉耶维奇·斯克良宾（1871—1915）：俄罗斯杰出的作曲家、钢琴家，曾在狗市场附近的胡同居住过。尤尔吉斯·卡基米洛维奇·巴尔图沙伊基斯（1873—1931）：象征主义诗人。马克西米利安·亚历山德洛维奇·沃罗申（1877—1931）：俄罗斯诗人。乡伊里：格鲁吉亚一种民间诗歌体。
朔塔：格鲁吉亚最流行的男性名字。

春天的笑容映照我的脸。”
风在瘦削的肩头吹动
你的头发铡刀一样齐刷刷的一圈。

白嘴鸦因为难忍的痛苦而鸣叫
布满露珠的森林晨曦中摇曳颤动……
“我曾去过俄罗斯。白嘴鸦在鸣叫。”
白嘴鸦叫着：为什么，为什么……

我们一起走进房间。白嘴鸦还在哭。
白桦树无精打采……它为何忧伤？
我的泪水滚烫，
我又想起遥远的格鲁吉亚……

往日的时光一起灰飞烟灭。
我的心中始终鲜活如初的
是自那以后明亮艳丽的足迹
爱的，还有永志不忘幸福的。

瓦扎此时走到了墓地。
我含泪告诉你说，那一回，
他向护理员申请一把青草——

就像一头被死亡折磨的老鹿。

我似乎感到：寒冷的天空中
那时候立即看到的是两个太阳……
两者我都怀着一颗柔软之心，
我希望最后成为这样的一个人。

我再次穿过狗市场，
正好经过老教堂的篱笆院子。
揿门铃的手稍微迟疑了一下，
这里——我少年恣意纵情的天堂。

这里，我们老班主任戈卢什克曾住过的地方。
这里，关于斯克良宾的死曾进行辩论。
我带鲁斯塔维利到学校的系里。
满头大汗的我——随后额头留一片冰凉汗斑。

你读诗，——越来越明亮、辽阔。
窗外树枝另一种的诗意熠熠发光。
我紧紧拥抱着故乡泥土的根，
樱桃花盛开在我心底的冬天。

巴尔图沙伊基斯认真地听着，
沃罗申的头发狮子鬃般垂着。
冬天用神奇的披巾
为纱伊里沉思婉转的音调祝福。

今天我们阅读俄语版的朔塔诗歌……
我们等你沿着幸福的道路朝我们奔来
像兄弟一样，我们要再次把你称颂，
向你举起蓝色的兽角杯祈福安康。

1927.2

## 第比利斯之夜 ①

奄奄一息的夜，仿佛
已耗尽所有的气力，好似重击下的歌者。
抑或真的无力帮它
库拉河边只留下呜咽的塔利琴？

松木筏子上，一位老者在唱歌。
歌唱悠久古老的历史，
当他改变嗓音的时候，
那歌声好像又在期待着什么。

可我为何而活，又将活到什么时候？
就像沙伏纳巴达，又黑又裸。

---

① 第比利斯之夜。塔利琴：东方的一种弦乐器。沙伏纳巴达：格鲁吉亚语“黑色的毡斗篷”，第比利斯附近的一座死火山。伊卡洛斯乘着蜡制的翅膀起飞：指毫无意义的壮举。阿尔辛·卓尔吉阿什维利：格鲁吉亚革命家，1906 年 1 月 17 日杀死了第比利斯的总督戈梁诺夫。19 世纪三十年代阿尔辛领导了格鲁吉亚的农民起义；关于他的传说和歌曲流传无数。

人心啊，为何而难过哭泣，
那个点燃石灰炉子的人？

为何给我把饭菜铺好在木筏上，
还摆上把弟兄们喝得醉醺醺的美酒？
最好是能把那个炸弹抓到手里
那个卓尔吉阿什维利来不及扔出去的。

瞧，我活成了什么人并且到了何种地步。
就像沙伏纳巴达，又黑又裸。
不过跟您说实话，我更穷更可怜，
相比那个晒得黝黑的男孩子。

我将歌唱工业化勇士
而把旧世界像木头筏子一样摧毁。
伊卡尔乘着蜡制的翅膀起飞，
不是该同情翅膀，而是心未得到宽恕。

请让我说抱歉，假如心
仍充满春晖的泪水。
我自己都妒忌赤贫的人，因为
他会为阿尔辛而歌唱、而哭泣。

我乘上这座正在腐烂的筏子，
一座松木制的滨黎筏子，
但我还活着。我还在生长。
甚至存着侥幸：一切都将重新开始。

1927.3.15

## 祝酒辞[①]

### 致尼科·比洛斯玛尼

任何时候我们都已习惯
赞扬尼科·比洛斯玛尼为他宴请朋友，
在酒杯里寻找他的心意——
随后我们用整个世界向他行贿。

---

① 祝酒辞。导师在格鲁吉亚生活过。“真正的人民艺术家，尼科·比洛斯玛纳什维利将自己完全融入到人民中去，以至于我们这一代人很难了解他的独特生活全貌。他的日常生活如此神秘，也许注定不会留下一份普通的履历……不容怀疑，比洛斯玛尼是基斯京人。而作为卡赫基亚的这一部分在很多方面均非常杰出。这里没有农奴制法。卡赫基亚人通常都属于性格坚毅的人，而基斯京人在这一方面更突出。自古以来这个王国就称为‘水牛国’。大自然对于强悍的子孙们从不吝惜赋予他们辽阔的草原和田野。这个国度遍地葡萄园、盛产小麦；甚至高山都抹了黄油。土地肥沃、富饶。在这个基斯京人，尼科·比洛斯玛尼的绘画中，他的那种卡赫基亚人的血性和出身门第看得清清楚楚。硕大的高颈葡萄酒壶，完整的马拉尼地下酒窖、没完没了的婚礼和宗教节日；还有令人目眩的面包、红酒静物画，一起涌进他的绘画作品，好像他童年回忆的果实……在第比利斯临近火车站区几乎每家商铺和地下商店曾经都塞满他的画……从而导致许多餐馆都关闭了，再加上在工人区那边禁酒令的实行，餐馆酒肆几乎就完全消失殆尽。（如今）尼科·比洛斯玛尼只有很小一部分画作得以完好保存。剩下的部分收藏在民族画院和私人收藏那里；其余则要么被毁要么从第比利斯被运到了省里……”（T. 塔比泽。尼科·比洛斯玛纳什维利。——《格鲁吉亚文学报》，1958，No.2，第127—130页）

他为我们的日常生活感谢上天神赐：
皮筏子和公羊都不是亚麻布织成的。
酒宴的理由用不了多久就能找到——
任何一次高兴的见面都用得上。

生活的踪迹，无论怎样去写，
过十年，不会超过，就被遗忘，
而那时可怜的我们唯心存怀念
并且衷心向尼科致敬。

烛台上一对蜡烛开始流泪，
小饭馆里午餐快铺好桌……
生前他穿过炉火走过去，
其他人随他鱼贯而入。

导师在格鲁吉亚生活过……他不知道幸福！
只有他能够如此横空出世。
兄弟们，让我们为了健康举起杯，——
而这只举杯的右手将为此扬名。

1927.3.20

## 不是我在写诗，而是诗在书写我的故事 ①

不是我在写诗，而是诗在书写我的故事
同时我的一生也在陪伴它们。
诗是什么？用雪垒起来的、会死去的——行将就木的，
而这一切仍将活生生地被抛弃。这就是诗。

我出生在花飞如瀑的四月。
雨绵绵，长满青苔的苹果树闪着光。
仿佛眼泪，仿佛无尽的花瓣雨燃烧似火。
仿佛是我流下的眼泪——它们照亮了我。

眼泪预示着我将死去。而那又是谁的视线
偶然寻着密匝的针脚降临，
并且背着我为我祈祷善言，

① 原诗无标题。奥尔皮里：利奥河岸边位于科尔希泽的一个居民区，1895 年 4 月 2 日 T. 塔比泽就出生在附近一个叫舒阿姆塔的村庄。

那只能是一位诗人——诗人如此肯定：

是的，就好比我们中那位曾遭遇不幸的小个子
从奥尔皮里岸边走出来的大人物。
像储存面包、肥油一样，他写下许多诗篇，
就像旅行出发时他随身携带的粮草给养。

他爱得死去活来的
是格鲁吉亚语的美妙和每一个格鲁吉亚的白天
他坚信这两样是一生最美好的东西
幸运的是，通向它们的路在他心里已筑起

不是我在写诗，而是诗在书写我的故事
同时我的一生也在陪伴它们。
诗是什么？用雪垒起来的、会死去的——行将就木的，
而这一切仍将活生生地被抛弃。这就是诗。

1927.4

## 在卡赫基亚[①]

1

倾听一下阿拉占山谷的呼唤，
和古老的声音吧，远方的客人。
尝试下再把科瓦列里的红葡萄酒一饮而尽，
让宴席上的心温暖沸腾。

请把所有人都带来：这里歌手已盼望许久，
为他们开的席已缠好柔软的藤蔓，
在施里达，德达斯·列瓦纳要给您唱一曲

① 在卡赫基亚。科瓦列里：格鲁吉亚的村庄，位于库拉河支流阿拉占尼河谷，格鲁吉亚杰出诗人和社会活动家伊利亚·恰夫恰瓦泽（1837—1907）的家乡。施里达：卡赫基亚的一个农庄。德达斯·列瓦纳：卡赫基亚民歌歌唱家。阿尔塔尼：格鲁吉亚的村庄。卡拉腊什维利：塔比泽妻子的一位亲戚，他歌唱得很好。姆拉瓦尔扎米尔：即“很多夏天”之意；格鲁吉亚的祝酒歌，有很多不同的唱本。茨南达利：卡赫基亚的一个山村，在特拉维附近；曾用诗人亚历山大·恰夫恰瓦泽名字命名，如今是一座葡萄酒国营农场（苏维埃合作社）。

或在阿尔塔尼——则是卡拉腊什维利献艺。

尽管山村里雷暴滚滚
“姆拉瓦尔扎米尔”——陌生又熟悉，
就算听得见茨南达利的冰雹，——
心在这里还不是一样装得下歌声？

酒席的歌让全桌人几乎窒息。
当姐夫的要称职啊，
抬起头，别总是难为情的样子，
为最亲爱的卡赫基亚的健康干一杯！

2

我知道，你瞄着七位兄弟……但他们
跑哪里去了呢？——集体抹油开溜了。
这一回只逮住我们的爷爷喝了一杯，——
围桌的一圈人就地都喝得耷拉脑袋。

就让七个诗人像箭头一样去吧，
七首歌——好像没怎么就唱过去了。
就让瓦扎·帕莎维拉移坐上前，

恰夫恰瓦泽的歌立刻萦绕不绝。

卡赫基亚的英雄们，这里——是另一种……
我们该到哪里汲取力量再竞赛？
举起大碗的酒吧，亲爱的朋友们，
为生下那些英雄们的她干一杯。

问候的歌声像滑坡一样悠长，
当你经过卡赫基亚山谷的时候……

1927.5

## 古尼帕 ①

我穿过达吉斯坦，像穆里德派信徒，
并不当自己是一位异教徒。
让列兹金人的刀与我对话吧，
再交出我已被刺穿的心脏。

云上、雪里，是亘古不变的洁白
连绵的山——仿佛浸满鲜血的断头台。
那里类似雷暴的轰鸣声隐约听到，
就好像恐惧中的矿石飞驰。

---

① 古尼帕：古老的安瓦尔村庄，夏米尔（1798—1871）最后的后盾。夏米尔：俄罗斯神父，高加索山地领袖，民族英雄；他领导了达吉斯坦和车臣山民反对俄罗斯沙皇主义的殖民政治的斗争。1859 年，俄罗斯军队占领了古尼帕，夏米尔被俘。穆里德派信徒：穆斯林宗教领袖伊玛目的信徒、追随者。天堂才为他们敞开：根据穆斯林教义，参加“圣战”的穆斯林都会为他们准备好“天堂”。格鲁吉亚人跟俄罗斯人一起参加了这场战争。上世纪三十年代，T. 塔比泽曾准备撰写长篇小说《夏米尔伊玛目》和为鲁斯塔维利剧院创作夏米尔的戏剧剧本。

再高处，那里有密密麻麻的鹰巢
人类的家园，贫穷的村镇。
如今我的胡言乱语中带着羞愧，
因为父辈们犯下的罪孽。

是大地安抚了横七竖八倒下的众生，——
哪是格鲁吉亚人，哪是列兹金人？——没有答案，
只有成为夏米尔的勇敢出色骑手
天堂才为他们敞开，那命中注定的光明之地。

我们兄弟姐妹们的骨头正腐烂殆尽。
那时候整夜的阴雨将哭号——
这是他们孤魂苦闷的声音，
这是他们无信远征的歌唱。

我没有射出火枪的霰弹，
也没用轻柔爱意的眼神掠过马刀。
生命之光、兄弟和睦相处最珍贵，
永不为流血的战争颂扬！

1927.7.17

## 欢　娱[①]

就像随身携带上路的行囊
我携带着格鲁吉亚村庄的理想。
我把甘蔗汁送到格鲁吉亚的嘴里
自己成为被压干的甘蔗渣。

我恨不能从胸中把心掏出来，
为了幸福传遍每个角落。
为了减去你忧伤的时刻，——
一切经由我自由安排。

故乡的群山齐声合唱，——
我愿意现在就去赴死 ——
届时我都不会有一点点责备

① 欢娱：H. 乌沙科娃翻译的 T. 塔比泽著作俄文版（M.，1936）出版时无标题（《难道我不会梦到格鲁吉亚的全部……》）。

为故土留下。

我并不期望成为一位伟大诗人，
即使所有的子弹都射向我，
我也将在天上
为你祝福。

1927.8
科布列基

## 加里波第红帽[①]

当我还是个嘴上没毛的男孩时，
我的心跳仿佛小燕子般扑腾，
心怦怦跳，脉搏却细似呢喃，——
命运眷顾没让我去上战场。
一九一八年，四月，
土耳其人攫取巴图米城。
没有武器，战争将老去，
带着耻辱我们愈发显得愁眉不展。
但期望复仇之血已沸腾，
直到世界末日那不幸的一刻。
老老少少都巴望像样地
将土耳其人打翻跪地。
我们的士兵缄默如墙。

① 加里波第红帽。加里波第红帽及土耳其人攫取了巴图米城：均参见《四月二日》一诗附注。

潮湿的风起劲儿地乱吹。
只有一颗英雄主义的心空汹涌，
就像一座无法抵达的城堡。
……青春恣意的岁月
死去了，消失了，一片沉寂。
新的苦难压在心里，
就好像丧礼上点燃的蜡烛——云杉。
假如心没被摔碎百瓣，
那就请再次接受那个春季熟悉的考验。
把你与职责永远绑在一起
是加里波第的红帽之火！

1927.9.10

## 太阳升起，又闪耀[①]

太阳用第一缕阳光
在刚睡醒的群山坡面打上印记，
时而照亮、时而隐藏的
是留宿一夜的云中之月。

向上，杰列克河波光粼粼，风呼啸，
往下，传来阿拉格维河的阵阵涛声。
太阳用看不见的丁字镐
敲碎了冰川的一小块冰。

卡兹贝克的风从山顶吹来，
吹拂它晨曦的紫色鬓角。
那个人应感到羞愧，假如面对此景

---

① 在C. 斯帕斯基翻译的T. 塔比泽作品俄文版（M.，1936）中，此首诗题目译为《黎明破晓》。希米卡乌利：赫夫苏尔人（格鲁吉亚人的一支），瓦扎·帕莎维拉长诗《伊拉克利之梦》的主人公。

他还会惧怕死亡。

我站在下面，麻木僵硬，
已完全认不出自己，
就好像瓦扎·帕莎维拉亲自
把希米卡乌利的暑热吹进我的胸膛。

1927.12

## 索甘卢戈[①]

这个严寒之夜，库拉河寂寥又安静，
只有抵达梅杰希废墟下才波涛汹涌。从木筏工人那里
很显然，是天使们将松木劈柴偷走。
月亮处子一样躺在云毯之上。
一路从索甘卢戈驱赶突厥驴。水果商
空载的平板大车一路吱呀作响。
谁还会责怪我，假如沿着同样的路，
跟随着你，伟大的现代人，我步履蹒跚？
今天我拥有什么？明天我又该得到什么？
我了无牵挂、一穷二白，仿佛沙夫纳巴德的暮年。
半夜的路上我只想一点：

---

① 索甘卢戈：库拉河左岸位于第比利斯东南部的一个地名。梅杰希：过去是格鲁吉亚沙皇的城堡和宫殿，后来成为监狱。位于第比利斯库拉河的左岸高地。科尔察尼丘陵：库拉河右岸位于第比利斯南部的一个地名；1795 年 9 月 11 日伊拉克利亚二世率领一小批部队与波斯国王阿戈-默哈麦德-汗的部队进行了一场残酷的战役；后者为报复格鲁吉亚与俄罗斯结盟。纳利卡拉：第比利斯一个古老的城堡，四周全是高耸的陡岸峭壁。

离马拉波达近的那条小路，还是挨着科尔察尼丘
　陵的大道，
结果却是被列兹金人成群结队任其抢劫，
猛然看见纳利卡拉立在那里，像一具被射透的棺材。
这个严寒之夜，库拉河寂寥又安静，
只有抵达梅杰希废墟下才波涛汹涌。
　　　　　　　　　　　　从木筏工人那里
很显然，是天使们将松木劈柴偷走。
月亮处子一样躺在云毯之上。

1927

## 在戈姆波雷①

致C. 山希阿什维利和格·列奥尼泽

乌德扎尔玛渐渐雾化飘散，直至消失。但
它的反光依然顽强地保住了一大片。
噢，哪怕能够保存到我们见棺材板之时
你们，这些爱情诗！
这样的夜晚依稀听见瓦赫唐戈的钟声
从昏暗的高处传来。我看得出：它们在犹豫，
直到如今仍哭泣不止，枯望天际边，

---

① 戈姆波雷：卡赫基亚的山村，大部分被森林覆盖的一条山脊，并把伊奥利河峡谷和阿拉占谷地分开。乌德扎尔玛：卡赫基亚的一处城堡，公元五世纪由格鲁吉亚沙皇瓦赫唐戈一世·戈尔咖斯兰建造。这样的夜晚依稀听见瓦赫唐戈的钟声：瓦赫唐戈一世是很多诗歌传说故事的主角；有一首民歌这样描述："瓦赫唐戈皇帝对上帝感产生了兴趣，因为他听到了天上的钟声。"萨尔塔恰雷：卡赫基亚的村庄，那里迁居了很多德国移民。塔利：东方弦乐器。萨科：歌手，唱歌时喜欢塔利琴伴奏。《苏利克》（心、心灵之意）：诗人A. 策列杰里（1840—1915）最流行的诗歌，已谱成了一首民歌。苏拉密弗（苏拉密塔）：克罗蒙沙皇的情人（据《圣经》）。桥是由毛发织成 [illegible] 天堂之光为我们闪耀：根据古老的格鲁吉亚传说，进入天堂时要经过一座毛发桥。

阿舒戈，高加索的民间诗人、歌手。（译者注）

瓦扎·帕莎维拉的圣诞树和帚石南。
在萨尔塔恰雷，萨科弹着塔利琴，
而策列杰里为我们低声浅唱《苏利克》。
无奈何，我们心爱的人也在远方，
因为失去和离别我们才拥有了爱着的人。
是的，最善于表达的当属阿舒戈！
诗人那里现在一定还有其他的说法。
但暂时重病让他无法表演，
我们聊天的调子变得愈发沉重。
尼娜，还有苏拉密弗，还有梅丽塔……
纯洁
迷人的卡赫基亚。哪怕快死去
还是喜欢自己的，老虎是女人做的。或
桥是由毛发织成——天堂之光为我们闪耀？
卡赫基亚之夜比母乳
还甜。伊奥利河水悠悠。
戈姆波雷的天空月亮乍现。戈尔咖斯兰
手持利剑将催它快行。

1928. 元月

## 感伤之旅

五月，当然，处处都美好，
但哪个地方又能跟巴图姆媲美？
巴图姆的五月！只有到那里你才知道，
春天之美漫无边际。

风轻。日宁。
海面如镜。这是曾经的海吗？
海水缠着蓝色的腰带，
所有的大门向天空洞开。

白色的百合花墙就在那里，
棕榈树之冠轻轻摇晃。
像一大群天鹅飞过，
玫瑰花盛开在我的眼前。

你在哪里？我独自一人。干窘。

美妙的五月在花间嬉戏。
你隐藏起来，避开醉人的花。
五月——这个美好国度的伊甸园。

假如这个国度没有女人，
不容许女人步入天堂之门！……
你一定会离开。我独自一人。苦不堪。
快乐的五月在花间嬉戏。

1928.5.1

巴图姆

## 如果你是我的兄弟，就为我再干了这一杯吧[①]

如果你是我的兄弟，就为我再干了这一杯吧。
而我会扑通一声跪在你面前。
你好啊，你好，喔，生活最甜蜜，
我永远属于你并将永世不和你分离。

谁赋予穆赫兰的琼浆那样的色彩？
谁给阿拉格维河谷涂上一片翠绿？
金色的河流是否也有尽头，
何处不曾在麦穗的太阳下徜徉？

假如一位外乡人死去，什么可送别他——
群山或者梦境，这是给大力士的？
而对于我，如何用自己的方式回答
这些急匆匆的客人似醒又睡。

① 如果你是我的兄弟，就为我再干了这一杯吧。原诗无标题。

葡萄园的收获在哪里，你知道吗?
谁种下那么多的葡萄藤枝条?
我宁愿不是名门望族，
也好过做这无法抗拒的祖国的孩子。

有祖国，才能有安身之所，我这个
祖国的脖子上拖着无言锁链的奴隶。
你好啊，你好，喔，生活最甜蜜，
我永远属于你并将永世不和你分离。

1928.6

## 为陌生人祈祷[1]

这首诗你将无法读到，关于它
你也不会听闻。那时我曾说过：
“你只会记得第比利斯的夜色，
只有它留存永久，不会枯萎”。

我曾遍体鳞伤。那又奈何？
第比利斯也还记得老虎的造访。
难道不被刺痛你就可以摘下玫瑰？
谁又将诠释你残酷的含义？

最初我想把你当成法季玛。
自己则伪称那位阿芙唐吉尔。

① 为陌生人祈祷。第比利斯还记得老虎的光临：1924 年，两位猎人在离开第比利斯不远的地方被一只老虎袭击身亡。法季玛、阿芙唐吉尔：参见《法季玛·哈通》一诗注解。奥克洛甘内（“金色的庄稼地”之意）：位于第比利斯高地沿着芒戈里大道的村庄；从那里开始沿途风景极美。

戴着皮手套，要保全面子，
你好像用的是短剑，将我刺杀。

为何我要讲述这个故事？
鹿不会赞美林中草地
还有那里的青草。但若还有什么别的
可把你颂扬——请记上奥克洛甘内一笔。

1928.10

## 乡村之夜

看院子的一窝狗崽儿朝天上的满月吠叫
而它则面朝大地——从狗崽窝钻入黄鼠群中。
水盆里的星星，就像一粒粒铅块晃眼睛，
又把看院子狗崽儿的夜搅得一片狼藉。

看院子的一窝狗崽儿朝一轮月牙儿狂吠，
而我没睡着，辗转反侧也难以入眠。
多希望是另一种谎言作为借口，——
把我近在咫尺的安宁重新找回。

日子越来越近，满月愈来愈低。
山势越发雄峻，而山的楔子愈来愈清晰可辨。
城市和乡村的界线越发明显。
从山上俯瞰第比利斯，它在低谷一览无余。

噢，我的城市，我是你秘密的猜测者

也是你的守护人，无论清晨，还是夜晚
那群吠叫不停的看家狗里最小的是我，
并且用高山之诗赞美你的宁静。

我小心照看着你的门户奥克洛甘内。
而你知道，伺候你使我如此幸福，
以至于我的心急切地想把你放声歌唱，
就像小狗们咧着大嘴满心欢喜地狂吠。

1928.11

奥克洛甘内

## 不必惊讶

不必惊讶，——吉茨安不是哑巴
也没假装长久地沉默，
他只是还没来得及环顾四周
那最初真正的——理想的圈套。

我的理想曾经从剑鞘中拔出
纸制之剑，在“达达”的旗帜下。
尽管迷途者曾备受煎熬、繁苦，
而忏悔如同真理一样，——如此简单。

我仿佛看见迦勒底死刑犯之路，——
它的上空，天空在云层和眼泪里晃动。
我柔软的心，渐渐冰冷，
它在逃避黑暗中的簌簌声。

但真理最终还是找到了我——

申请者和客人的胆怯不会产生真理；
夸夸其谈无法熄灭真理之火，
小小掌心无法涂描真理的深邃。

我沐浴在真理的拂面春风，
亲吻新生活茁壮的嫩芽。
而那些用血写就的老诗歌，
我要从学生黑板上擦去。

1928

## 奥克洛甘内[①]

假如你真是一个诗人，而非马虎大意之人，
请到奥克洛甘内的密林深处待一天试试。
哪怕双手快要烂掉，又疼又痒，
也请克制住自己不要写诗。

是谁把升起的太阳，像炮弹一样，
填满黎明之火？
类似情形你会说什么，什么故事
又会被自吹自擂的饶舌者杜撰？

如果你可以，为了别冻得浑身发抖，
请看好鲜酿的马拉波达酒。
仿佛科洛戈勒城堡，独立苍穹。
你方能几个世纪的耸立，也不用写诗。

---

① 奥克洛甘内。科洛戈勒（雀洛戈勒）：第比利斯郊区靠近科德若勒村一处中世纪监狱遗址，位于死火山的山顶。乌德卓：位于同一区域的一座山，山顶有一处古老教堂的废墟。马措尼人：售卖高加索酸奶、马措尼的商贩。

稍碰一下——你比芦苇秆儿并不坚硬多少
而她——好比隆隆的雷声，
所有的决斗，分次嘀嗒读秒
依然如百年之前傲然伫立。

如果你并非吹牛之人，如果
几百年当中我们的好日子可以乘三倍，
请等待真心，并请等到它，
但跟别人一样，请别急着写诗。

那时候，如果你并非草包一个，
请展示出自己真正的拿手好戏
并炮制出如此这般的诡秘，
就像昨晚来自乌德卓的夜莺。

如果书中的英勇并不存在，
如果眼泪的真诚无法点燃，——
世上所有的人，都将被子孙后代遗忘
反而这些马措尼人令我们更喜欢。

1929.7

奥克洛甘内

## 亚腊里 ①

命运派你来的，亚腊里，
诚然，缪斯因此也眷顾我们——
格鲁吉亚阳光普照的大地诗人
我们忠诚的兄弟桑德罗·山希阿什维利。

你看，一圈朋友紧紧围拢，
那些铃声般清脆话语深谙我心，
你的勇敢无畏令我们折服。
愉悦充满我们的心。

噢，唱吧，喝浓烈的酒吧，
把碗里的酒斟得再满一些。

---

① 亚腊里：格鲁吉亚诗人，源于山希阿什维利氏族，诗人格·奥尔别里安尼的朋友；曾陪伴格鲁吉亚王子们赴彼得堡。桑德罗·山希阿什维利（1888—1979）：格鲁吉亚当代诗人、戏剧家。托卢姆巴什：宴席的组织者、“酒司令”。伊默里纳人：居住在格鲁吉亚西部的居民。

我们年轻，老天赋予我们欢庆，
现在就该为了我们的成就干杯。

“尼诺，到这里来，倒酒
还有塔利琴、塔玛利。
倒好酒
托卢姆巴什兴致高昂。
愉快的托卢姆巴什，
给我们做个示范吧。
喝起烈酒来吧，
不要输给伊默里纳人”。

我们年轻，而你也不老。
从摇篮时开始，懵懂的我们，
就被你未曾传诵的天赋所着迷，——
令沉迷于诗歌音律的我们所神往。

你把我们这个时代提升到新的高度
在普通词语里你找到异乎寻常的魔力。
揭开星辰的面纱，你是诗人中的迅鹿……
既如此，怎能不为了你的健康干杯！

当你的血液燃起爱之火
它使得心灵周而复始地旋转，
你仿佛用爱的小刀拉伤我们，
并让你自己和我们都被不朽征服。

盛宴并非只为毫无意义的娱乐歌唱，
喔，亚腊里，你与梦想交好。
对于我们，只有你心的火焰
才能点燃金色的太阳。

1929.9.28

## 奥克洛甘内的秋日[①]

在一首普通的诗歌里我多想加入
那些刺痛我心的东西
森林里落尽的叶子，
秋天被撕碎的爱抚。

从奥克洛甘内谁不曾眺望过第比利斯，
不知道它为何会这样宁静。
蒙古人由这里开始就羡慕它，

---

① 奥克洛甘内的秋日。芒格里斯：当时一个位于第比利斯南部的一个村庄。腊瓦士：一种特殊烘烤的格鲁吉亚面包。比洛斯玛尼：即尼科·比洛斯玛纳什维利，1918年去世。参见《祝酒辞》一诗。弗朗索瓦·拉伯雷（约1495—1553）：法国伟大作家，十九世纪人文主义学者，长篇小说《卡刚都亚和庞大固埃》（即《巨人传》）的作者。伊奥安·巴托尼什维利（1768—1839）：格鲁吉亚沙皇王储，《卡尔玛科巴》（即：《教堂寻旅》）一书作者。该书将一系列科学艺术的基础知识与格鲁吉亚人民十八至十九世纪之交的风土人情、日常生活、历史与文化广阔画面的描绘结合在一起。其百科全书性容易让人想起拉伯雷那部著名的长篇小说。塔比泽在一篇撰写的论文中把《卡尔玛科巴》这部著作称为“封建格鲁吉亚最伟大的史诗”。

诗人在它那里让自己的目光得到抚慰。

整个卡兹贝克从这里一览无余，
不断有云朵从一大团云中分离掉队。
意想不到的冰在我心底奔涌，
而雪从我的肩头滑落。

走进房间的是一只毛茸茸的
邻居家名叫“卒兹利亚”的母狗，
领着多达五只小狗崽儿，
它干瘦的肋骨突出、皱着眉头。

榛子树上最后的榛果
那只快活的乌鸦在寻找，
伤心无比的驽马巴望着，
恨不能裸露的山岩都是干草。

从芒格里斯走下来一群牲口，
它们的痛楚呻吟充斥大路上，
腊瓦士的香味袭来
是比洛斯玛尼家的烤面包房开工了。

在学校的操场上孩子们的，
鼓声震天，
天空多么明亮，
但比不过孩子们单纯的眼睛。

学员们经过一天的机动拉练，
脸晒得铁一般黝黑，
一会儿传来嘈杂而有力的歌声，
一会儿又指名道姓大骂蒋介石。

我坐下来又开始读拉伯雷，
庞大固埃巨人在奥克洛甘内。
而吹够了风的我，
仿佛与格鲁吉亚的拉伯雷——伊奥安在一起——

我将再次遇见，——百年不遇啊，
旅者醒来，像刚生下来一样，
他成了流浪的卡里卡——
所有的旅途都在前面等着他。

谁说过：格鲁吉亚的面包是苦的？
这不是真的。

既无拐杖、亦无行囊的我

将一个人穿过我生活过的地方。

1929.10

奥克洛甘内

# 满　心[1]

（组诗）

## 这让我很吃惊——诗歌

这让我很吃惊——诗歌
在新诗人那里如此孱弱；
如果凭良心说，它们的
语言成色也如此苍白。

我看诗歌已心存担忧……
我产生这样想法的理由包括：
极尽可能地泛滥

① 满心。Б. 勃里克的翻译版本中，组诗中的第一、第二首是合成一首《至诗人》出版的（参见《新世界》，1935 年 No. 5，第 100 页），最后一首诗标题为《满心》——《文学报》，1935 年 2 月 14 日。
“这让我很吃惊——诗歌”、“朋友们，古老的帕尔纳斯山光秃秃” 和 “很久很久以前”，原三首诗均无标题。

肌肉发达的语言。

倘若诗人的土壤瘠薄，
他就严厉批评别人
饥渴难耐地，等待着——
却没等到潺潺流淌的
抒情诗的溪流。

他所有的错误，相信我，——
我会公开明白地说，——
他找寻时间的主人，
可恼怒地环顾四周，
又挑剔地走向另一边……

经年累月的传统之网
束缚住了诗人们，陈规旧俗，
他们害怕转向
语言的讴歌
那生活中新长出来的。

## 朋友们，古老的帕尔纳斯山光秃秃[①]

朋友们，古老的帕尔纳斯山光秃秃。
而今天有几千座这样的高原。
当你为我们的时代、为我们自己
不再歌唱——
那时——站在高山上——
你将让自己的心灵枯竭殆尽，
泉水之源流干，那泉水仿佛
你眼里充盈的泪水……

请告诉我，谁会需要你的悲伤，
还有你的诗歌发出的哀号？
诗——这呼唤一出现
它立刻就被击倒。
如同恰夫恰瓦泽描写的那样真实：
“为那早已遗忘的时光哭泣有何益处，
既然无情的时间之掌已将它击垮？

① 《朋友们，古老的帕尔纳斯山光秃秃》诗中引用的И. 恰夫恰瓦泽的诗句，取自其《献给格鲁吉亚母亲》一诗（В. 兹维雅金泽娃译）。

因为世俗的不幸而忧伤于事有补吗？
我们还是该去另寻其他的救星。
我们还是该放眼未来的日子，
铸就格鲁吉亚人民新的生活。”
那时巨人戈利亚将用力摇醒众人……

我们亲自选择未来
为我们自己。

就这样，为我们自己，兄弟们，我们的歌。
已经一去不复返，当人民
看重云雾中夸夸其谈那样的时代，——
如今已改奉滚滚向前的车轮为上。
河流被一条条运河连接。
每一个瞬间今天都会被记住。
以往自己所有的罪孽、疏漏
由它而去吧，最好能彻底解脱！
你必须让自己尊重自己——
人们不会相信甜蜜的空话……

他应该感到羞愧，如果诗人一味地
晾晒自己的诗歌，年复一年，

谁还会吝惜真诚的褒奖
假如他为了我们的同胞，
忠诚地和无畏地
为了自己的人民抛头颅洒热血。
诗人是可耻的，如果他因为害怕
发现变节者时，转身离去
他不会为朋友而歌唱，
也不会把人民流过的血和汗写进歌里。

## 收音机传来献给播种的诗[①]

不单只给首都的花园
寄去我兄弟般的问候；
那里诗歌并非新鲜事物，
除了我那里早都不缺诗人。

我的眼前依然
是我的国土和它的田野，
那里高高的天线
跳着无线电射线的舞蹈。

---

① 收音机传来献给播种的诗：此诗在很多出版的由 Б. 勃里克翻译的版本中被冠名为《收获》。兹南达利、邦扎、瓦尼、艾赫迈德：格鲁吉亚村庄名。

我的第一首诗，还有呼吸，
还有热情的词语
献给你们，集体农庄的社员们，
还要献给你们劳动人民之花，

谁曾把残酷的百年记忆
遗漏，如果他饱受欺辱，
谁又在瑟瑟发抖，在阴暗的
用芦苇棚搭盖的栖身处。

倘若村里没有暴徒，
乡村也看不到敲诈勒索，
饱受痛苦折磨的人民
就将成为充满快乐思想的人。

我热爱播种
还有你们的田野劳动，
祈望你们所有的人再不缺少
玉米和腊瓦士面包。

就好像幸福的小鸟儿，

在窗台上引吭高歌：
最好的麦穗要用来装扮
丰收的金色节日！

我也要放声地自由歌唱
把苦难从你们身边赶走：
美好的维德罗
祝愿你们风调雨顺！

不管昨日如何一无所有，——
就让今天——富庶无忧。
我要向古里亚那片耕种好的田地鞠躬行礼
带着卡赫基亚的榨油机！

兹南达利、邦扎、瓦尼
还有绿油油的艾赫迈德村——
到处是笑声和欢愉，
所有的人们都在同声歌唱。

那里，秋天的风在耳际
把新的传奇故事喃喃低语，
那里，牧羊姑娘在唱歌

而吹号的是牧羊的少年，

那里，落日余晖
在田野上升起紫烟，
那里，人们的注意力都给了
充满最富灵感与激情的诗人们……

闪耀发光吧，像金穗一样，
那诗一样的词语，
轰隆隆作响的多声部
属于年轻的共产主义！

## 四月春播[①]

少年时光入梦来，
当四月的苹果树花开
当乡村开颜，当
犁刀划开大地
沿着垦荒的湿软田沟。

---

① 四月春播：在 Б. 勃力克翻译出版的系列作品中此首诗标题为“写给同乡的信”。拉巴：格鲁吉亚农村给家畜取的最传统的名字。阿别乌利：用来拴系牛轭的绳子。戈维列沙皮：民间迷信的一种龙图腾。

我的邻居！我记得你……
苦难曾让你遍体鳞伤，
但你对生活依然初衷不改
甚至胜过爱你自己，——
你悲悯人生，同乡人！

苹果花瓣凋落的时候，
风绕着树干钻来钻去，
那贫穷的化身
在你隐忍的深思熟虑之后
仍将病弱的拉巴老牛赶到田里。

但还能做些什么呢？年复一年
一样的贫困、同样的悲苦，
心操劳得冒起了烟，
生活像那座工厂一样忧郁，
那里只有白色的石灰在烧。

但不是所有的人都有牛去放牧。
别人的田地、外地的农夫。
就像所有的穷苦人一样，

你为了得到一袋面粉
必须在王公贵族的地里当雇工。

昏聩的制度已永远被摧毁，
当一棵小树苗都不属于你的时候，
当在翻过的地里
在你看来，却像一座潮湿的坟地
那一条条犁沟。

现在你给我写信，
你读书，皱拧眉头……
格鲁吉亚的乡村
毁坏了古老的牛轭
还砸烂了阿别乌利绳。

少年，充盈的时代，
显赫的食客已溜走，
春天的篝火旁，
树根和树皮在那里腐烂，
巫师不和恶魔共舞。

高原上，朝霞将万物浸染，

头顶绿冠的山毛榉一片鲜红，——
那里，铁牛一般的拖拉机
嘶吼着、轰隆隆响，不可驯服，
就像传说中的戈维列沙皮神龙。

哪里的人们孤独无助，
它就能在那里轻松应对，
它不断将共鸣传至心底
且牛力百倍
跟你们家拉巴老牛相比的话。

不要缩回脖子，我的朋友，
不要害怕工业化的雷暴！
铁犁犁到哪里——
吼声就吼到那里；而穿过草地
还需要一座座横跨大桥架起。

守住这些犁沟吧，
高加索的新型农民！
有了它将告别贫穷。
共产主义的星光
有了它将更加熠熠生辉。

## 当燕子筑巢之时[①]

蓝色的天空下，
红旗徐徐飘扬，
迎着火红的太阳，
全体少先队员们，
唱着歌，阔步前行
沿着五月大道；

乡村学校的中学生们，
他们新的大道
伸向美好的远方，
他们勇敢的少年时代——
他们是可靠的接班人
像钢铁堡垒；

黎明前
工厂的轰隆声，

---

① 当燕子筑巢之时。恩古利：西格鲁吉亚的一条河流。罗米西、拉沙（拉沙利）：古老的多神教寺庙，格鲁吉亚山民信徒会带着祭祀品去敬奉。

手推车的声音、读书声，
发烫的手掌，
劳动中掀起的尖镐
一切都热火朝天；

到处是鲜艳的
百花盛开般的屋顶，
扬帆起航的快艇
在蓝色的利奥河上，
无论水上还是地下——
无论海洋还是矿井；

新的运河
在萨姆高利沙漠开凿，
那些沙子，
能把抽干水后的
梅戈列沼泽填满，
就像痊愈的伤口那样；

所有放木排工人
恩古利河上游的，
还有他们的雪松木筏，

土坯夯筑的农舍
而散发着森林的味道
是那些新建成的房屋；

堆满粮食的粮栈米铺，
红酒和小麦，
举着酒杯的朋友，
还有蚕茧
吐着的蚕丝
像光线般闪亮；

峡谷的涓涓溪流，
穆赫兰山谷，
肥胖的面包——
信徒们敬奉的祭祀品
罗米西和拉沙寺庙，
古老的传说；

沿着悬崖峭壁铺设的
斯瓦涅茨基山路——
新的公路网络，
斯瓦涅铁锹

还有尖镐，
蜜蜂的蜂房；

细细的树苗
是茨南达利柳树的，
高山泉水，
阿德扎里亚的山巅上
雪已融化
而冰从未驯服；

阳光下显得有些呆萌的
是赫夫苏尔人的奶牛
还有壮硕的牯牛，
种满烟叶的田园
而巴图姆的那些棕榈树
在风平浪静的岸上摇曳；

申拉科斯草原，
它缀满露珠的青草
晨雾弥漫，
寡妇和家务活
姓“奥塔罗夫”的，还有

比洛斯玛尼手中的画笔；

仿佛煮沸的浪花
春天那处处的花朵，
阴影和光线——
多想为所有的人歌唱荣耀，
那发自内心的热曲
已给诗人灌输。

燕子筑巢
正是这个时候，
没有比这
更美妙的日子，我也不知，
如何选择和唱诵
那些欢欣鼓舞的颂歌
假如没有上帝的青睐！

## 塔帕拉瓦尼的传说[①]

“从塔帕拉瓦尼来的单身青年

---

① 塔帕拉瓦尼的传说。塔帕拉瓦尼：格鲁吉亚南部的一个湖泊，位于阿哈尔卡拉科斯基区。阿斯宾扎：格鲁吉亚南部一座城市。

爱上了阿斯宾扎的一位少女。
白雾茫茫中她点燃一个火把，
以防他黑暗中迷失方向。

“他想游过波涛汹涌的大河游向她，
青年的心充满幸福。
他左手擎着一个磨盘石，
右手当桨，划过去力量足够。

“幽暗中火把烧得通红，
这给青年增添了力量。
但突然出现的一阵妖风
吹灭了姑娘手中的火把。

“那个不幸的少年就这样溺亡，
沉到河底，从此无影无踪，
食兽尸的鸟，哀其尸骸无寻，
随后，据传，在葬礼上哀鸣不止……”

我曾经听到过这个历史故事
从塔帕拉瓦尼湖水那里。
只是少年并未失踪不回，

像先前人们传说的那样！

他的遭遇又回到了我们身边！
瞧，黑眼睛的少年正泅水而来：
一个肩上是他的涡轮机，
而另一边——高大的铁牛。

一束特别的光亮升起，
并且对他百依百顺，
因为那个塔帕拉瓦尼的少年——
就是为光明而复活的格鲁吉亚！

## 很久很久以前①

很久很久以前。
伊维利亚的足迹
消失在一层浓雾中，——
但是直到今天那些年代的恐惧

---

① 很久很久以前：伊维利亚，格鲁吉亚的另一个名称。国王麦赫迈德：参见《四月二十三日》一诗后注。梅拉尼：神话中的飞马；1842 年尼科洛兹·巴拉塔什维利写下了《梅拉尼》这首诗。《昔日剑指向哪里，公民秩序之手就会出现在哪里》：引自巴拉塔什维利的《伊拉克利亚沙皇之墓》的诗句（鲍·帕斯捷尔纳克译）。

依旧与国王麦赫迈德的名字相随。
奴隶们只求免于战火兵燹，
沙米尔在风中飞驰，
于是，情景出现了，
就像一头怪兽，在别人的国家
俄国沙皇煞有介事地端坐其上。
恐怖曾弥漫整个国家。
人群里
巴拉塔什维利一声召唤——梅拉尼！
还记得吗，这首骄傲的诗篇
呼唤人们所向无敌地投入战场。
先驱者、预言家、祭司、诗人
他们看见另一条道路，
不一样的曙光。
格鲁吉亚亲生的命运已被赋予明了
在这些快要消失的诗篇里，非常简洁：
昔日剑指向哪里，
公民秩序之手就会出现在哪里。
我们获得重生。
就让诗人们
全身心地宣告——剑
入鞘。

值得努力地大干一场——
我们的祖国将变成一座大花园……
比这个目标
更美好的，格鲁吉亚现在没有了。
我们将用劳动打开未来之门！

1929

## 穆赫兰山谷[①]

在穆赫兰，祖母绿层林尽染
燕子归巢，
虹鳟鱼挤破池塘的篱笆游了出去，
所有的溪流从两岸汇入阿拉格维河。

---

① 穆赫兰山谷。大卫·古拉米什维利（1705—1792）：格鲁吉亚著名诗人。T. 塔比泽在《大卫·古拉米什维利和瓦扎·帕沙维拉》一文中写道："古拉米什维利的命运使我们很容易想到因为自己的祖国意大利支离破碎而伤悲的但丁·阿利盖利的命运。大卫·古拉米什维利曾是封建格鲁吉亚衰落的见证人；他以极不寻常的承受力经历了卡尔特利的贫穷落后……我们知道，还在少年时大卫·古拉米什维利就被列兹金人掳去拉米斯-卡恩地区，度过了非常艰辛的奴役生活。其所经受的折磨苦难就好像是圣诗作者大卫强烈的控诉，他的圣诗里始终回响着在安纳托利亚和斯坦布尔市场上被贩卖的千千万万格鲁吉亚奴隶无比悲惨的呻吟……"

山谷里，雪崩的声音响彻云霄，
远方在雪雾里迷失，
杰列克河水啊，还没有我的眼泪多，
曾几何时它们一路欢畅流淌。

跟古拉米什维利一样，我亦生在高加索的石头房
少年时像列兹金人一样当过骑手，也曾被俘，
一辈子我都记得自己故乡的地界，
任何地方任何事情都无法把它取代。

对于我，纸墨笔能有何用？
山谷的景致无与伦比——
语言的预感、长诗的前奏，
它们不过是书写的好工具。

一旦它们降临，仿佛被脖子上的刀划过
在山里，在命运与诗歌交汇的十字路口，
在悬崖峭壁像手臂般伸展的地方，
梅拉尼河一闪而过，消遁无影。

而就在那里，像一只同样被放飞的矛隼，
我的诗在穆赫兰山谷上空飞翔

我的先贤们的天空永存
我的先知们的故土永固。

1931

## 自古以来，自由不可剥夺[①]

自古以来，自由不可剥夺
高山之巅和奔流不息的河流那里，
阿拉格维河和杰列克河的河水是自由的，
达利亚里山和巍峨的卡兹贝克山是自由的。

天上的云朵无边无际，
高山上的鹰毋须憧憬自由，
白雾不需指令在隘口翻卷，
闪电不需指令从云幕翻滚。

人们不记得是什么法令

① 自古以来，自由不可剥夺。埃利斯塔弗：古代格鲁吉亚半独立封建统治的爵位封号。施奥拉·古都沙乌利：十九世纪中叶格鲁吉亚山地民的氏族领袖。阿齐霍吉：格鲁吉亚的村庄。穆特列赫立：格鲁吉亚革命家。自古以来，自由不可剥夺。原诗无标题（译者注）。

锻造出了最初的那些铁，
但现在他们又编成歌谣和故事
为那些帮助他们挣脱奴役的英雄。

歌中唱到，猛烈的暴风雪
如何废除埃利斯塔弗的殖民、王公的压迫，
还有施奥拉·古都沙乌利的枷锁
这些人们都记忆犹新并用歌声传递。

“施奥拉，施奥拉，多少年
你霸占埃利斯塔弗的殖民宝座。
霸占阿齐霍吉土地，榨干人们的血泪
我们仍然无法满足你这贪得无厌的人……”

亲手挣脱锁链，矢志奋斗
故乡的土地得来是不易的幸福。
我们怀念穆特列赫立和无数勇敢的人们，
如今他们已作为英雄载入史册。

自由在雪线之巅熠熠生辉
如河上汹涌翻滚的波涛，
她无处不在，她跟我们在一起，

人们只为她而活。

让自由不再成为昔日的埃利斯塔弗
不再为饱受污辱的土地遭受痛苦
他们为之流血换来的债权必须极大地偿还，
让大地哺育人们，把债务踩进泥土。

1932.8

新阿丰

# 亚美尼亚（组诗）[①]

## 石头说[②]

好像古老的神话复活，
独眼龙把山崖峭壁毁坏殆尽，
毁灭后它还要把它们撒落各处，

---

① 亚美尼亚（组诗）。1929年6月16日，在写给A.别雷的信中，T.塔比泽讲述了自己首次访问亚美尼亚的那次旅行："这一周我们都在亚美尼亚度过，是全体格鲁吉亚作家代表团成员都去了，接待非常好。给我留下很深印象的是经过德利占和塞万湖前往埃里温市的卡拉克利萨大道；特别是塞万湖以她宁静的壮美和湛蓝的湖水让我难忘。现在我又想起了您，想起您去年遗憾错失如此美景。阿拉拉特、然后还有艾奇米阿金和气势宏伟的兹瓦尔特诺茨遗址也让我叹为观止。而亚美尼亚的自然环境和古老的文化与格鲁吉亚如此相近，甚至历史命运的共同点都可以随时感受到。我进而觉得这两个国家是孪生兄弟，但我又不得不痛苦承认我只是首次来到这里，特别是在您介绍之后我才认识到这一点。我们还有幸结识了马尔基罗斯·萨里扬……"同一时期，T.塔比泽除了系列诗歌之外还完成了关于亚美尼亚的随笔集《格鲁吉亚作家在亚美尼亚》(包括《从第比利斯到卡拉克利萨》《戈科恰-塞万湖》《阿拉拉特》《埃里温》和《两个节日》等等)。

② 石头说。巴格达：伊拉克首都，由曼苏尔哈里发建于公元762年。在东方国家之间一百多年里发挥了重要的政治和经济作用。西拉子：伊拉克南部法尔锡斯坦省的主要城市。

整个峡谷都弥漫着恐惧。

布尔什维克的丁字镐
敲击岩石，
曾经许多世纪被厌恶的劳动，
已变成荣誉的事业。

城市，如你的巴格达，
如今并非为哈利法们建造，
自由的人
高兴地将世纪的包袱扔掉。

假如你是朋友——你跟我们走，
如果是敌人——赶紧离开，
对于黑暗之鬼蜮
人民严酷的法庭已准备好。

国徽上的斧头和镰刀，——
可不仅仅是艺术品，
那是在与自然作斗争中
争取新和平的产物。

山崖峭壁在抬升，
石头，也像波涛一样生长，
荣耀给予那些征服如此高度
并写成诗篇的人。

我自己也是与此相伴成长，
也曾为它痛彻心扉，
取而代之西拉子玫瑰的，
是我成为了一名石头的歌唱者。

在这些山坡上，我已把
获得自由的石头之歌逐一晾晒！

## 沙赫塞-瓦赫塞[①]

碧空如洗，像煮过了头的蓝色染料
博龙-塞万湖，婴儿一般清澈见底，

---

① 沙赫塞-瓦赫塞。1936年勃·布里克翻译出版时，此诗标题为《序曲》。沙赫塞-瓦赫塞：即阿舒拉节，古老的穆斯林宗教节日，以其残忍和野蛮血腥闻名。基里戈美什：公元前三千年初期苏美尔人的“乌鲁卡”城（南部美索波塔米亚）的半神话统治者。稍晚期又出现了关于基里戈美什传奇伟业的系列神话故事，并把他描述成为半神英雄。至今仍保存着关于基里戈美什的巴比伦长诗影印本。这首长诗最大的文学价值在于提出了关于生命的意义和人的死亡不可逆转的问题。

就像投石器里投出来的石头：
群山安排好沙赫塞-瓦赫塞。

沙尘愈来愈浓，遮住了脸庞，
就像丘尔邦包巾裹住团团乌云，
山越升越高，仿佛伊斯兰高高的教堂，
就好像它们走近《古兰经》一般。

就算突然爆发滑坡，世界被急速抬升，
天降瓢泼大雨，世界包围在《圣经》中的大洪水中，
楔形文字仍将铭刻诗篇，
而基里戈美什仍将拯救一切。

## 阿夫托多尔沙漠公路①

没有多余的脂肪悬崖也能熬过去，
它也不需要绫罗绸缎，

---

① 阿夫托多尔沙漠公路。勃·布里克翻译出版时标题为《在阿拉拉塔高原上》，见《新世界》杂志 1935 年，No. 8，第 46 页。兹瓦尔特诺茨：亚美尼亚公元七世纪的大教堂、宫殿和城堡遗址，距离埃里温市不远。列宁纳坎：亚美尼亚苏维埃共和国的城市，1926 年因强烈的地震被毁后冉重建。詹格祖尔：亚美尼亚南部的山区。阿拉戈兹（阿拉葛茨）：亚美尼亚山名。阿拉拉特（马西斯）：位于亚美尼亚边界的一座死火山。阿姆哈南戈多（格语）：同志们（称谓格）。色丹：法国东北（转下页）

兹瓦尔特诺茨的城墙就这样倒下，
列宁纳坎的城墙也这样坍塌。

詹格祖尔也曾经受火的考验，
但这些都无法摧毁和威吓
被热火朝天的节奏刷新的生活，
无论地震还是山崩，——
布尔什维克纪年
已经战胜了这个时代。

---

（接上页）部的城市。1870 年该地区的一场战争中法军遭受挫败。达什纳克分子：被无产阶级革命镇压的亚美尼亚资产阶级民粹党“达什纳可促久”党党员。亚细亚人刻下的楔形文字：指的是王湖地区发现的洞穴楔形文字题词。叶吉舍·恰连茨（1897—1937）：亚美尼亚作家。马尔基罗斯·萨里扬（生于 1880 年）：亚美尼亚著名的艺术家。1929 年 T. 塔比泽访问亚美尼亚期间与他结识。阿贝吉克·伊萨羌（1875—1957）：亚美尼亚杰出苏维埃诗人、外号“阿拉伯中世纪”诗人、长诗《阿布尔·阿拉·玛阿力》作者。1931 年 T. 塔比泽将此长诗翻译成格鲁吉亚语版本的前言中写道：“阿贝吉克·伊萨羌是一位非常优秀的亚美尼亚诗人……他的作品表现了革命前亚美尼亚人民在生活的桥墩掌握在亚美尼亚资产阶级手里时所遭受的那种无可救药、无路可走和无望绝望。亚美尼亚资产阶级推行的冒险主义政策已经威胁到民族的自身生存了……《阿布尔·阿拉·玛阿力》犹如一支驮运队力图将人们带离那个只有谎言、虚伪的没有指望的世界。从这个意义上讲，《阿布尔·阿拉·玛阿力》是一个杰作，体现了革命前的气质，成为资产阶级社会的尖锐性格样本……在把长诗翻译成格鲁吉亚语时我用的是非常好的由瓦列里·勃留索夫翻译的俄语版本……而据我所知，《阿布尔·阿拉·玛阿力》这首长诗已有十一种不同语言的译本，即使如此，将它翻译成格鲁吉亚语也是十分必要的”。

我多么同情你，无罪的人，
像一只风中冻僵的苍头燕。
而在山谷里轰然倒塌的，
那孤独的悬崖绝壁，如沙漠之舟。

仿佛魔鬼已把石头擦洗干净
再把悬崖岩壁逐个切开，
藏匿起来，并用地狱之门把它紧闭，——
好吧。我只盯着阿拉戈兹山的绿茵。

看到了吧，当岩石崩塌的时候
阿拉拉特的雪依然牢不可破地矗立。
你相信，只有在这里才会听到
永恒的诺言，亘古不变直到如今。

我已游过时间的洪流，
也看见新的诺亚方舟如何在建造。
谁曾对我说过：方舟业已过去，
而它的歌无人可以领唱。

莫非在那些鸽子里
没有一只野鸽——昔日献贡品的人。

快唱起来吧，阿姆哈南戈多，
假如你不知道诗意的色丹城！

还有基里戈美什，而圣经就在旁边，
这里有宏伟的五年规划经验，
我知道，尖锐的批评会“嗯哼”冒出来：
兄弟，你还是只会走老路！

难道我已忘记达什纳克分子
背叛了祖国，这些背誓者，
我还能怎么办，因为我还看见
亚细亚人刻下的楔形文字。

结果是，在异乡我受到款待，
我找到的都不是外人，奇怪不奇怪，
并且我还听到恰连茨的史诗，
也被萨里扬所迷住。

在格鲁吉亚的伊萨羌诗歌里
贝都因人向我哭诵阿布尔·阿拉·玛阿力，
而广袤的沙漠公路，
还有阿拉拉特火山，永远眯缝地看着我们，

占嘎野牛在嚎叫，而诗人们
自此将永续睦邻兄弟的情义。

## 诗人的愿望得以实现[①]

致奥瓦涅斯·图玛尼

即使你此刻完全没有想起过去，
它瞬间也会复活，
你也已经看见，峡谷那里
巨大的阴影迎面走来。

---

① 诗人的愿望得以实现。1936年勃·布里克翻译的版本出版时的标题为《奥瓦涅斯·图玛尼》。奥瓦涅斯·图玛尼（1869—1923）：亚美尼亚古典文学家。此诗也可以看成是T.塔比泽对奥瓦涅斯·图玛尼的《致格鲁吉亚诗人》一诗的独特回答（参加本书附录的塔比泽写的个人简介）。兄弟之间相煎何急。这里指的是1917—1918年由格鲁吉亚和亚美尼亚民粹分子策动的一场冲突，奥瓦涅斯·图玛尼反对这次冲突。“他的每一次演讲、每一次讲话，都能让人感受到他的那种避免类似可恶事件的强烈愿望，”——T.塔比泽在1923年的《奥瓦涅斯·图玛尼》一文中写道。——“他的真诚得到了格鲁吉亚所有人的信任……奥瓦涅斯·图玛尼是亚美尼亚一个大写的爱国者，但这个爱国主义丝毫没有损害他像热爱自己的人民一样地热爱格鲁吉亚人民……众所周知，他的大儿子在与土耳其的战争中牺牲后，奥·图玛尼又把自己的女儿全部送去战场当护士。而当格亚军事流血冲突发生时，他给自己的其他孩子们（当时他们在格鲁吉亚首都埃里温）寄信。信中指令他们不得参加这场肮脏的战争。否则，图玛尼将用父亲的诅咒惩罚他们。这无疑是一种更大的爱。”阿努什：奥瓦涅斯·图玛尼一首长诗中的女主人公。洛利：亚美尼亚的一个地名。

我看得见你的白胡须，奥瓦涅斯，
你在胭脂色的傍晚复活
宽广深邃的心跳，还有回声
如塞万湖波里微笑的反光。

世纪的纷争已如愿消弭，
兄弟之间相煎何急，
而昨天还是居无定所的游牧人，——
今天他已是一国之主。

高加索各民族生活在共同的屋檐下，
尽管他们唱的歌曲各有千秋，
在我国，和平的劳动最重要，
你的阿努什也将不再哭泣。

我们像亲兄弟走到一起，每个人都希望
传诵诗人的齐心协力
而你属于首批创作者中的一个，
希望你继续谱写新篇。

你汲取蜂猴蜜的香甜
写进你的不可替代的诗里，

谁因你而复明，而又不再认同
你，让他再次失明。

你是一面友谊的旗帜，不夸大其辞，
在祖国的天穹之下堂堂做人，
今天你仿佛为了我们再活过一次，
尽管对于我们你从来就不曾离开。

时间的铁锈无法腐蚀断
我们真心的、新的友谊之链，
你这隐匿的亚美尼亚主人，这里
请一定接受我们兄弟般的话语。

## 祝酒词①

在这里，格里戈尔·奥尔别里安尼

---

① 祝酒词。格里戈尔·奥尔别里安尼：参见《没有唱出的穆哈姆巴吉》一诗的附注。《埃里温墙附近的欢宴》——副标题（准确地说——《埃里温战役后的欢宴》）格里戈尔·奥尔别里安尼的为纪念俄罗斯军队战胜亚美尼亚的波斯人而写的《祝酒词》。诗歌的第二节，即为此诗的引文。萨尔达尔：土耳其高官称谓；有时，埃利瓦省的土耳其长官也被称为萨尔达尔。阿拉克斯：东外高加索的河流，也是库拉河右岸的一条支流。卡拉别季尔：一次世界大战中对外高加索前线的波斯军队统帅的称呼。伊拉克里–塔帕（《伊拉克利亚山》），离埃里温不远的一座山，此命名为纪念格鲁吉亚沙皇伊拉克利亚二世。卡尔斯：土耳其阿尔梅尼亚的一座城堡，1877 年曾被俄罗斯军队占领。

曾经发表过古老岁月的祝酒词，
或是《埃里温墙附近的欢宴》，
在自己一方获得战役胜利的时候。

“彼地，在激战正酣的时候，
傍晚寂静的黄昏安卧，
而在营地驻岛，狂饮的
胜利后的士兵坐在那里”。

埃里温城堡沦陷了，
土耳其人的萨尔达尔已逃之夭夭，
战争之火熊熊燃烧，
烈焰在黑色的废墟上战栗。

陡峭的岩壁下
到处都是沾满血污的难民尸体，
暴雨冲刷他们，而急匆匆的风
又用带尖的岩屑将他们掩埋。

在阿拉克斯狂暴的嘈杂声中
孤儿的哭丧向阿拉克斯匐倒，
失去理智的父亲咒骂着，

世上又多了孤苦伶仃的孩子。

深山老林里，严冬吞噬他们，
山谷里的敌人要结果他们性命，
循迹而来的狼群在吼叫
扑向还剩最后一口气的活人。

而在熟悉的峡谷里，那个洞穴
好像给动物的穴巢。道路
人们仍把它称为家园，
并以此躲避凶残的敌人。

农村宁静的破坏者，
教唆犯、专横跋扈的大暴君，
此人的名字叫卡拉别季尔，
因其残暴无度被人称为“巴夏”。

土耳其人不仅只在这里杀人放火，
他们哪里用得上到后山搜寻，
我们自己人都曾自相残杀，
有时是兄弟给自己兄弟刨坟。

是谁让血流成河，
诚然是上天有人决定的，
此人说出现就出现了，
这个人就是列宁。

如今库尔德人与亚美尼亚人和平相处，
头上罩着囚里克的格鲁吉亚人看不见敌人，
而关于世仇宿恨，如昔日的耻辱，
少先队员已准备好为你讲述。

少先队员们急切短促的鼓声，
在田野上回荡，还有牧羊人的号角，
埃里温雷暴之上的，世纪之梦，
那伊拉克里–塔帕山之上的，深不可测。

不，像先辈一样，我们不会带着卡尔斯，
新时代的人将得到他们新的“封赏”，
但是他们未来的日子里同样载入史册的
是那些成千上万的英雄事业。

瞧，阶级的冲突已显现，
一代又一代人开始纷争，

我们和他们在一起，戴着面具
黑暗中的探索将只能是在棺材里。

这就是那个奥尔别里安尼
他致过祝酒词的那个地方，
或者叫做“埃里温墙边的欢宴”，
那里他曾与自己的军队宴饮。

我们也在埃里温不远的地方，
萨尔达尔花园也用宴饮款待我们，
在新的祝酒词中花园得以复活，
但比所有祝酒词都更具新意的——是你的！

我们是高加索的诗人！——不走下坡
我们进山的时候，唯有向上，
那里是社会主义的基础，
人民建设它是如此自信。

谁不曾目睹分裂的国家，
哪里的峡谷不是堆满尸体，
哪里的林中草地和山谷，
不是满目荒芜，无人劳动？

这个墓地——没有回复的呼喊，
沙漠里无数的路碑横卧，
是的，朋友，这是我们的职责——此点
要一代一代地给他们讲述清楚。

这里没有祝酒词中那些自豪的词语，
这里只有眼泪和战栗！而此后——
谁比我们更光鲜、更温顺或更严厉，
更好过我们，谁就向世人讲述这些！

就让美妙的芦笛声
一直为人民吹响到底，
在我们的身后，同志们，这歌声
已将希望搬进心里！

## 阿拉戈兹的旅行①

通往阿拉戈兹的路——一点儿都不长，

---

① 阿拉戈兹的旅行。阿戈泽瓦：格鲁吉亚语对阿拉戈兹山的称呼。瓦诺·萨拉吉什维利（1879—1924）：著名歌唱家，格鲁吉亚人民演员。别尔杜查：格鲁吉亚语对德别达-查河的称呼。

尽管这是我首次深入该地。
我们都清楚：格鲁吉亚人没有任何爱好
要去向往遥远的疆土。

但当我突然在格鲁吉亚人的四轮大车上
听到像鸽子咕咕声一样的歌曲时，
感觉峡谷里的它们毫不怕人，
所有的鸽子都加入了赛歌。

“我要到阿戈泽瓦山上去采盐，
运回一大块盐巴，
首先要吻母亲，
然后我再吻儿子和妻子。”

我感到：仿佛天空被劈碎了
心被箭头直接射中。
我感到：我听到一个声音，
那个声音像无数个瓦诺·萨拉吉什维利。

像水晶般透明的盐巴，还有妻子的美貌
刺激我的喉咙　　眼泪即刻迸发，
整个心灵洗得干干净净，像暴雨灌满

春天的别尔杜查河的两岸。

脸色铁青的莫乌拉维们站在那里
一直延伸到巴比伦山脉，
从晨曦到夕阳
芦笛在吹——歌声交织在一起。

我诧异，扛着牛轭的我
正迁徙来到欢唱的阿拉戈兹
并且没有什么担子我不能
扛上肩膀，只要我想。

1932

## 一个又一个雪崩

雷暴用雷暴之鞭抽打悬崖之巅，
使悬崖裸露现形，并照亮悬崖，
而暴雨般的悬崖，银白色的悬崖又仿佛
夏米尔的须髯，耀眼洁白。

这世上哪里还有人
面对走投无路时还能苟且活下去。
我是活下来中的唯一使徒——
在英雄逝去不回的那一刻。

我像黑琴鸡一样笨，却不想当一只愁眉苦脸的
　猛禽，——
不，决不，也不会乞求。
我愿是那个扯下赫夫苏尔人锁甲的铁圈……
我自己就能宣告荣耀的战事。

我是骑手座下那匹磨破了皮的栗色马，
我所有的关节都被鞭挞过。
但我又是无畏的，敢于直面雪崩，——
如此您将据此封地犒赏我的英武。

何苦我们要浪费湖水那么多的墨汁，
精致的水晶也只需普通的画笔，
倘若心底的怒火能够迅即燃起，
倘若骨骼的战栗还能偶尔掠过。

一个又一个雪崩，泥石流复泥石流，
从陡岩到峭壁——无路可走，无迹可寻。
上苍疲惫地屈服于我，
为此我即便死去亦不足惜。

1932

## 小时候在奥尔皮里我因高烧卧床不起[①]

小时候在奥尔皮里我因高烧卧床不起，
母亲坐在床边哼念着咒语
如果我能够获救不死，
她允诺要奖赏寒热病魔。

我被所有的孩子嫉妒。周围嘈杂忙碌。
母亲仍在念经，不肯放弃。
大清早我们的邻居和亲戚们
就带来给麻疹和风疹的礼物。

这就是他们带来的东西，我发誓：
欧洲红樱桃、大樱桃、苹果和糖果。
他们还用生姜编成姜秆
希望能让我躲过劫难。

① 小时候在奥尔皮里我因高烧卧床不起。原诗无标题。

头上缠满毛巾，
我仿佛在月季和百合花雨中游泳；
这是什么——被子的花边
还是下凡天使的翅膀？

湿地的风，能散播疾病，
桃子水煮好，风慢慢减弱。
他们想用丰富的贡品博得麻疹的欢心
只求病魔能放过我。

我用刀戳心，一点没有迟疑，
就为了听到那个低低的声音，
战栗重新抓住了我
妈妈小声的温柔的念咒声还在继续。

别着急，读者，请稍等——
患病的那些日子里，我的心
因为疼痛蜷缩在胸口，
只有诗才能回应我心。

仅仅无法忍受并非一个借口，

如果干巴巴的话还只是听着难受，
我这个蠢材是怎样地无端劳烦老妈受苦啊，
并且还紧咬着她干瘪的乳头。

1933

## 奥尔皮里的四月[①]

奥尔皮里炎热的四月天
（水面上的花瓣是榅桲和桃花）
被光线弄得晕头转向，到处都是
树木恨不能砍掉嫩枝，要飞起来一样。

还有小鸟的叫声也为乡村储备
它们的筑巢合唱使人如此深信不疑，
仿佛歌唱毋需规定时限，
临近的五月将在它们羽毛里铃响。

心已飞到开荒种地那里，
翻耕后，接着灌溉也准备妥当，
我一刻都不曾怀疑，

① 奥尔皮里的四月。“恰利拉米”：格鲁吉亚民歌。拉米：产自中国的一种特殊荨麻，用来加工成结实的布料。

田野也在关注报纸上的春播进展。

只有机器的轰鸣声一直持续不断
从奥尔皮里腹地到恰拉吉吉：
就觉得，即使峭壁垮塌——它
照样肩挑，并泰然处之。

极目处，远山逶迤，
冰雪在阿扎尔山脊上苦苦思索，
它希望雪崩崩塌下来
凶猛的洪水横流四溢。

我不知道，先前那首
叫“恰利拉米”的歌是什么含义，
直到今天我才开始重新认识，
整个科尔希达都是茶叶和拉米。

1933

## 诗人悲哀地哭着、唱着[1]

诗人悲哀地哭着、唱着，
可岁月之带还在无望地伸展，
此点跟所有的中学生们至今都在反复强调的
就是背着大学书包的伊·恰夫恰瓦泽。

巴拉塔什维利也曾这样哭泣
为了自我和纠缠不休世界的悲哀，
也为索菲亚，列昂尼泽勇敢的夫人
抛洒热泪，她比首相更加高贵不可攀。

---

① 诗人悲哀地哭着、唱着。尼科洛兹·巴拉塔什维利在其长诗《格鲁吉亚的命运》中描写了伊拉克利亚二世所罗门·列昂尼泽首相和他的妻子索非亚的故事。他们均反对沙皇将格鲁吉亚纳入俄罗斯的保护之下。雅戈尔·卡扎林什维利（1935 年逝世）：著名的人民山地诗人、杰出登山家、登山导游。桑德罗·卡兹别基（1848—1893）：格鲁吉亚著名散文家，创作过格鲁吉亚高山居民生活的作品；他被安葬在格鲁吉亚军事公路旁的卡兹别基村。穆赫兰：穆赫兰山谷。
诗人悲哀地哭着、唱着，原文无标题。

直到今天，杰列克河流域、达利亚里山地
格·奥尔别里安尼马靴踩的痕迹依稀能辨，
河流还是那条河流、涛声如旧，
这样的哭泣，仿佛永恒的使命。

瓦扎·帕沙维拉让我大惑不解，深夜
似一匹黑马，阿拉格维的波涛险恶，
瓦扎希望能帮助诗人们
就将大把诗歌像甩鱼卵一样甩到河里。

攀登卡兹贝克山危险重重，
雅戈尔，我们的朋友，也不是总能成功。
谁能化解冰川融化造成的壅塞？
这里只有时间啃噬桑·卡兹别基的棺材。

虹鳟鱼挣脱鱼钩，
燕子绕着燕巢扑棱着翅膀飞旋，
醉人的穆赫兰几乎让青草无法呼吸，
两条阿拉格维河在轰隆声中汇流。

穿堂风和冰河的涡旋风里
群山在似兄弟般的峡谷间隐现：

哪怕杰列科河水因为雷暴再上涨一倍——
跟我们流过的眼泪相比它也永不嫌多。

1933

## 兽角杯上的题词

据说，居然有人相信：
吉茨安不能饮酒。
这就是说，*In vino veritas*[①]——
这虚伪的深度。

死一次——这
不能叫死亡。
最后的一天神秘莫测，
它——似贡品又如神赐。

不止一次我因为爱——
死过十次。
在自己贪婪的心上
放上这把锋利的短剑吧。

---

① 拉丁文，“酒中真理”之意。

我终于知道，酒中自有真理。
这是一饮而尽才告诉我的道理。
最后的那位质朴真诚的人
就只剩下您的吉茨安。

1934.11

## 一边跑进敞开的大门，一边哭号[①]

一边跑进敞开的大门，一边哭号
是阿布杜沙基里那头受伤的扁角鹿。
真是个麻烦——就像帮助别人一样？
身上有多少处伤啊——不管往哪里看。

因为锋利的刃伤，巴什-阿丘克的马
狂怒地飞跳起来；马腿失去知觉。
即使胸中能容得下一千颗心，——
一千次你都第一个舍弃它们。

天空的云无法追赶，——
就像四处游荡的船帆。
船帆下面走过来恰夫恰瓦泽的姊妹，

---

① 一边跑进敞开的大门，一边哭号。阿布杜沙基里（阿布杜沙希里）、巴什-阿丘克：A. 策列杰里中篇小说《巴什-阿丘克》中的主人公。
一边跑进敞开的大门，一边哭号。原诗无标题。

她俩是茨楠达利的两朵玫瑰——双胞胎。

国王狡猾地俘获了她们的心，
在茨楠达利山上锋利的牙齿已磨好。
只能偷窃吗？——对于国王那意味着什么
一条遥远的路，——他可不是吝啬鬼。

而这些都不过是古老故事的情节，——
当瓦齐纳泽·纳特拉着维利科
跳起了舞蹈；舞蹈中他们的头顶
本已变弱的月亮手鼓声又从高处响起。

天空和大地的诞生
理想、还有永不熄灭的篝火。
就像无数个纳特·瓦齐纳泽，远处
绵绵的卡赫基亚山脉还站在那里。

1935

## 祖　国 ①

你百看不厌的群山和山谷
自古以来就被公认为天堂乐土。
你看——葡萄园闪闪发亮。
你看——你一眼望不到尽头。

---

① 祖国。帕列奥斯托米湖：位于西格鲁吉亚靠近波基。苏维埃统治时期，这里曾进行了大规模的围沼泽填地运动。基波克拉特：参见 T. 塔比泽自传。瓦胡什基（约 1696—1772）：格鲁吉亚著名学者，格鲁吉亚历史地理系列著作的作者；他随自己的父亲——格鲁吉亚沙皇瓦赫唐戈六世——于 1724 年移居俄罗斯。穆金瓦利：卡兹贝克河。齐阿乌利：位于卡赫基亚的大森林。恩古利：西格鲁吉亚的河流。施拉克：卡赫基亚的伊奥皮与阿拉占尼河谷草原。乌实巴：上斯瓦涅吉亚一座很难抵达的山，很多神话传说与它有关。乌士古尔：上斯瓦涅吉亚的山顶及一个海拔 2250 米的高山村。被贩卖为奴：格鲁吉亚人民最可怕的灾难就是农民曾经在历史上被任意地贩卖为奴。前亚细亚市场上挤满了奴隶，它们中多数都来自格鲁吉亚西部地区。《利列奥》：斯万人祭祀太阳而唱的民间合唱歌曲。斯万涅基亚：西格鲁吉亚山区。卢卡伊亚：A. И. 苏慕巴托娃-尤日娜戏剧《改变》中的女主人公。两位特伊目拉扎：这里指的是格鲁吉亚两位沙皇、著名的诗人特伊目拉扎一世（1589—1663）和《果实的颂歌》一书作者、特伊目拉扎二世（1700—1762），T. 塔比泽不止一次提到过他的这部作品。萨尔基斯·特莫戈维利：格鲁吉亚十二世纪作家，散文体中篇小说《维斯拉米阿尼》的作者；该书题材取自由古尔甘尼写的波斯爱情长诗《维斯和拉明》。阿尔齐尔（阿尔齐尔二世，1647—1713）：格鲁吉亚沙皇、诗人。在其国务活动中，积极支持俄罗斯的统治方针；1699 年移民俄罗斯。萨巴-苏尔汗·奥尔别尼阿尼（1658—1725）：杰出的格鲁吉亚作家、学者、词典学家，《虚构的智慧》一书作者，书中他描绘了封建格鲁吉亚十七世纪如诗如画的写实主义社会生活场景。

夜晚——仿佛淡蓝色的鹿奶。
白天被山茱萸果实镶了一层金边。
远处切尔克斯姑娘们不知在哪里束的腰身。
大片的耕地正甜蜜地长着肥膘。

我们的字母表、故乡出产的果实
旧约的羊皮纸上有太多赞美记载。
如此赞美和高兴，我们奔走相告
并温柔地抚摸每一片树叶、每一个树枝。
那里有戈慕波尔大道的云雾，
那里有尖叶草和桧球果灌木丛，
有那一个个花蕊、一束束凤仙花，
还有帕莎维拉的眼泪闪着光。

没有峭壁会找不到一处凸出的边缘，
哪怕只有一拃宽也会发出它初次的光亮。
开挖运河哪里不都需要一番艰苦卓绝，
春播生产哪里不都是一片热火朝天。
没有一个闲着的人，办公室里，
大会战中，还有工地和篝火音乐晚会上。
靠近波基的帕列奥斯托米湖
那些古老的泥泞沼泽被消灭得一干二净。

编年史的编纂者们哪一个不曾说谎——
譬如季坡克拉特、沙皇王子瓦胡什基。
不管当时他们曾经多么荣耀辉煌！
这样的故事谁曾偷听到过？
利奥河的泥泞那里什么也听不见
也无暇顾及谜一般的卡赫基亚，
如今它干枯地横卧在我们面前，
而寒热疟子病毒已从那里铲除。

人们围坝造田，让柑橘生长
让桔子园自由呼吸
抱窝鸡咕咕叫，潮湿不再。
天空在蓝色的冲蚀洞中漂浮游荡。
你们好啊，我的邻居朋友！他们多得数不过来——
格鲁吉亚新的新生儿们，
诚实的劳动者和对尊严除了忠诚之外，
其他的词一概不知的人。

向着厄尔布鲁士山，请抬头仰望，
你把脸还需要转向穆金瓦利山顶的——
云里，你并不知道登山之艰难，

登山靴抓地抓得很紧，登山者在攀登。
每一次呼吸，都需付出很大体力，
好像被自生的一种既黏又软的藤条缠绕，
你知道列宁的心多么强大，
你知道人民的意志不可动摇。

祖国！齐阿乌利的扎杰布里亚森林，
恩古利的水，遥远的什拉科斯，
卡赫基亚的心——泡在银色的安逸里，
在茨南达里国营农场的玫瑰丛里！
乌实巴和乌士古尔山后面的回声，
强大的斯万人头顶冰川的蓝色
它们用一片嘈杂的轰隆声回应我的歌，
被招呼的一家老小围坐桌前。

我已愈不惑之年。假如再接着
追逐新的、痛苦的四十年到老——
墓地也不能让诗人停下——
青春还是那样幼稚无须。
祖国的命运——一如母亲的命运，
她重又向心而至，呼唤我。
即使没有打火石，不努力也不受苦，

心也会歌唱，像点亮的火把。

还记得那个古老的传说，我的美人？
即使她比高加索年老一倍，——
你听着呀！我要给你讲一个
远古的传说中最黑色的故事。
你的两个孩子被抛弃在暴风雨中，
他们被缆绳紧紧地捆绑在桅杆上
而在斯坦布尔，预言家大胡子，
只习惯用土耳其的誓言发誓。

很多走过的路都与马穆鲁克人有关，
亚内恰尔士兵把自己的歌唱了很久。
他们总是每每梦见祖国，
地图上她在哪儿呢？谁也不知道。
弯弯的大曲剑徒然地磨得锃亮，
阿拉伯马的响鼻冲他们打得无趣。
他们被卖身为奴，饥饿、贫苦，
永不能摆脱龙之毒穴。

假如我们早已经忘记他们，而你好在
还记得他们的眼泪、血，还有苦难！

祖国，是否你该在占卜书上
重新预卜那些痛苦的日子？
难道我们以前有过和平的生活——
真理、劳动和自由的追随者？
哪怕可以从世界的苦难中抽掉一天，
去浏览一下我们的古代史书吧。

曾经的巴比伦，迦勒底人征服过。
未来你的路既不清晰又不闪亮。
播种季节等来的却是错过涂抹圣油的人们。
你的气味如游荡的风一样飘散。
土地已更换主人。病房里
也可能被换上热病患者的枕头。
如果你披着的不是裹尸布，而是
结婚时的婚纱裙，你向我们哭泣什么？

我已愈不惑之年。假如再接着
追逐新的、痛苦的四十年到老——
墓地也不能让诗人停下——
青春还是那样幼稚无须。
我已愈不惑之年。多希望能再撑住
另一个四十年，带着写诗的手艺。

祈愿照亮整个国家的除了闪光的幸福
还有保卫她的卫士的荣耀。

这些话几乎脱口而出地说出来。
唱歌等不到沉渣沉淀，
只为了抒发仿佛山地的滑坡般的情感
还有强烈如一见钟情的情感。
在宪法日，为突击队员的光荣
——火的旗帜，我歌唱。
我不会扮演伟大的诗人，
中学的尖子生比我更好。

白天用山茱萸的金色果实装点。
夜晚——像是淡蓝色的鹿奶。
当感情既强烈又朝气蓬勃的时候，
一代人的心灵就将羽化重生。
你会中断自己的歌唱吗，
把它掖在怀里和再也不唱起它，
如果一大帮人乱哄哄地合唱——
那就成了斯瓦涅吉亚山地放牧歌“利列奥”。

我不记得传说中的那些女英雄们，

柯洁瓦娜、梅德雅和尼娜，
而写歌赞美她们的伟大诗人中有加冕的
皇家的、如今安卧长眠的。
听着，卢卡伊亚！我们要用传奇故事
把我们周围的面貌焕然一新——
我们的女突击队员带着鲜红的束带，
仿佛飞到云中的女跳伞员。

古代的僧人、识字的隐居者，
两位特伊目拉扎、特莫戈维利、阿尔齐尔——
远古时期起就投身和致力于打磨好
我们格鲁吉亚锋利语言的那些人，
萨巴-苏尔汗和古拉米什维利
还有七世纪的鲁斯塔维利——
所有这些我叫出名字的人，行行好
帮帮我锻造好这首歌吧。

现在我还要呼唤忠实的见证人。
我并不羞愧在这样的年代，
谛听时代的雷暴之音，
参加节日的我却只带了一只可怜的风笛。

1935

## 噢，当穆金瓦利醒来的时候[①]

噢，当穆金瓦利醒来的时候
响雷它正好返回到这里，
穆金瓦利在永恒的忠诚里赌咒
向着缓缓下陷的冰海。

可是，在你头顶已闲得太久，
骤起的倾盆大雨，下得冒泡还带着响儿。
你——是朋友？不，更多。是兄弟？不，更多。
不知道，你对于我到底是何方神仙。

对着两条阿拉戈维河——白河、黑河——
阿拉格维河就像我的眼泪在流淌。
而暂时尚未命名的世界，
它静静地等待上帝之瞥。

1935？

① 噢，当穆金瓦利醒来的时候。穆金瓦利：卡兹贝克河的格鲁吉亚语称呼。原诗无标题。

## 诗之诞生[①]

1

天空大地之间有一座大桥飞跨
那是厄尔普鲁士大桥。
群山从四周的山麓开始移开
就在梵天打败阿米兰之时。

高高的白杨树亭亭玉立，
你将它比作切尔卡斯少女。
找到萨尔玛茨克公爵很难，
公爵的栗色马想挣脱也不易。

---

① 诗之诞生。俄文出版的 T. 塔比泽作品中，此诗的两部分是分列独立的两首诗：第一首名为《语言之诞生》；第二首名为《诗之诞生》。但还有的书中，第二首无标题。
艾甫克辛-彭特：即黑海。

山茱萸的天空，山茱萸的山，
艾甫克辛-彭特浸满紫红。
仿佛巨大的石笔在升高——
古老的厄尔普鲁士，你遮蔽了地平线。

巨浪在巨人周围怒吼，
雪崩正悄悄接近诗歌之喉。
太阳冉冉升起并引燃了雪崩。
你还在忧伤什么，我的心儿？

天空大地之间有一座大桥飞跨
那是厄尔普鲁士大桥。
群山从四周的山麓开始移开
就在梵天打败阿米兰之时。

诗人之心——永恒的厄尔普鲁士——
在等待美妙的风开始吹。
诗歌一旦像鸽子一样冒出来太多——
那就表明世界末的大洪水已经结束。

1936.6.2

## 2

我知道：词语不是用来随随便便说的，——
也不是只拿它们押韵了事。
当它们一行一行地整齐排好——
心就跳得合拍又有节奏韵律。

还有一个未道出的真理
心灵的苦痛，莫如孤独。
但——我是谁，又是什么？神秘的弓子……
谁又能行句间预见到风暴。

不，亲爱的，爱都不会诞生
无论使用暴力，还是奉上谄媚之果。
词语只能虚弱地碎落一地，
当它们的激情尚未被激活。

瞧，这样一种情况也会出现
颠来颠去你颠到了别人之手，——
当他们的勇气模压成型之后
你的诗歌也将不失勇敢。

但诗歌——就是诗歌，姑且一窑烧成
它毋须经过爱情和信仰的考验，——
当你写下一首诗的时候，
人们就会用风笛把它吹响。

而我还是奇怪：失眠的美人……
与诗歌相连的一切都在战栗。
现在它又要穿过大雨启动爆发，
转瞬又来一场山崩。

世界，带着它理性的智慧，
正在陷落，就像蝗虫堆掉进了庄稼地里。
但世界上它将变得又暗又瞎，
仿佛刚好比蜡烛芯多那么一点儿亮。

1936

## 多洛列斯妹妹，巴思科兄弟[①]

歌声沉寂下来，小夜曲亦已平息，
听不到我的伊涅吉里亚。
戈列纳达已被火光和旗帜包围
那里被妇女和儿童的血染红。
卡门的笑已无法让托列多愉悦——
热情的、狂热的城市，它猝然倒地。
还有那些被打死的孩子们……黎明前
母亲们的嚎啕痛哭四面传来。
顿河的霍泽刀正在磨亮，巴思科如此寒冷，
跟敌人，我们准备好以牙还牙。

---

① 多洛列斯妹妹，巴思科兄弟。多洛列斯·伊巴鲁利（帕肖娜尼亚）：西班牙和国际工人及民主运动的杰出活动家，西班牙共产党总书记。1895年她出生于巴思吉人——彼列涅半岛最古老的原住民——部落的一个高地山民家庭。有观点认为，无论巴思科先民，还是格鲁吉亚人，均属于五六千年前生活在前亚细亚（包括高加索、科别克达特、小亚细亚、亚美尼亚和伊朗高地）的赫梯-伊比利亚部落人。戈列纳达、托列多：西班牙城市。阿斯图里亚：西班牙北部的一个区。

街垒那里，万众同心的呼喊声
透过扫射的枪声传到我们的耳际：
“谁因为害怕而哆嗦，谁就是耻辱，是怯懦者，
谁出卖祖国，必须叫他灭亡！”
自由已经在地图上指明，
举国上下呼吁援助。
仿佛雷电，从苍穹而来，
祖国号召人民要报仇雪恨——
如果说帕肖娜尼亚像一头暴怒的母老虎，
全世界都不会感到惊异。

拼杀到底，为胜利而战！
这就是她的召唤。而作为对她的回应，
阿斯图里亚起义了，托列多也站起来了，
只为了将生命奉献给自己的共和国。
这里每一位旗手，每一位士兵——
像遍体鳞伤的雄狮一样。他那里复仇之火在燃烧。
竖起毛发，整个城市都弥漫硝烟。
而马德里的各个方向都被守护着。
不惧滚滚的雷声，
伊巴鲁利也在战上的队伍中迈步前行。

我听说，曾经也到访过西班牙
苦行修士耶和华，
为了寻找格鲁吉亚同道中人
寻找在那些遥远的国家中的伊别利亚。
可怜的顿-基霍塔，先驱者，
他沿路寻找第二故乡。
历经磨难的人民的悲伤
追赶他……可他能找到什么呢?
不单是两个国家——一个自己的祖国
而另一个倒在泥土里，痛苦至极。

如今，西班牙——雷霆革命的女儿——
就是我们的祖国！她呼唤我们。
你看，我们的兄弟正在那里战斗。
在那里为我们而战，为我们而死。
愤怒的多洛列斯的喊声
是党的理论给予它如此大的力量，
对于工人阶级来说，这个雷声
比炮弹雨声更加令人信服和强烈。
雷声里——有革命，还有无与伦比的旗帜。
多洛列斯妹妹，巴思科兄弟……融化的
是阿斯图里亚山，而阳光充满着血。

但英勇地战斗，整个国家亦愈发精神振奋，
而这些——才是胜利的可靠前奏。

1936.9.25

## 阿拉维尔德之节[①]

致纳塔·瓦齐娜泽

硕大的双轮大车铺着毛毯。
连水牛现在也会被自己的影子吓倒。
能喝掉一整个盛满卡赫基亚葡萄酒的酒囊
就只有高山村庄来的瓦扎的英雄们。

热恋中的高加索侧着身
把自己的手掌伸向阿拉维尔德的圣物，
教堂只是一边闪着光一边看着我们，
就像一只被囚在这个山谷的白鸽。

---

① 阿拉维尔德之节。每年的9月26日，卡赫基亚建于十世纪古老的阿拉维尔德教堂按照古老的传统，都要举行一个所谓的教堂节，现在已经变成了一个大众的收获节日。纳塔·瓦齐娜泽（1904—1953）：格鲁吉亚电影演员。明吉亚：瓦沙·帕莎维拉长诗《蛇食》的主人公，被赋予了超人的智慧、洞察大自然秘密的远见卓识。吉斯京人（吉斯德人）：格鲁吉亚对印古什人的称呼。列万（德达斯·列万纳）：卡赫基亚民间歌唱家。榉木树：石树，其材质非常坚硬。沙什维（格鲁吉亚语）：鸫（科）。卡卡吉（格鲁吉亚语）：松鸡。

向着阿拉扎尼，晨曦终于破晓而出，
但它在雾蒙蒙的海上无法漫游很久。
“不要变暗，噢，我的白天光芒笼罩，
一旦熄灭，请不要再照亮我们！”

在彼岸，一到达山谷
迷人的羊群躺下就再不肯走，
仿佛巫师-梵天为明吉亚
把一张桌子铺到交战的战场。

表演结束，吉斯京的杂技演员
站在篝火旁，凝神在沉默的兴奋中，
人们挤来挤去，四处嘈杂的歌声
合着手风琴声和穆哈姆巴扎的旋律。

为何人们不为我们唱一唱白色的大雁
白色的野猪迄今也没被记起？
所有的人都欣赏新人列万，
他的歌能让快乐的情绪加倍。

这里，祭祀的公牛被系在柱子上，

它多想把榉木桩连根拔起，
此刻它多么可怜：它咒骂着自己的命运，
宴席和古老的墓地真吓坏了它。

年迈的灶神维斯塔，还有疯癫的修士
在这里都可以如此哭诉，
主宰的上帝恐怕也会发疯，
假如至高无上的它也遭遇此事。

这里的人民就应该拥有那么多的葡萄红酒，
一如阿拉扎尼河能装满多少河水，
而人民可以享用多少肉和黄米——
世上无人愿意去计算！

让卡赫基亚母亲富饶丰盈，
而你的乳房充满甘甜的乳汁！
让阳光重新照耀在天空上，
而夜晚像水牛一样单独地起床。

河岸边人们在炉火上烤着羊肉串，
烟熏得快乐的脸庞眼泪汪汪。
老鹿给小鹿喂嚼青草，

卡赫基亚人给卡赫基亚人送饮红酒。

这里包括比洛斯玛尼自己，还有他的画
还有宴席上的客人，已统统塞满双轮大驾。
瓦扎对他的高超技艺赞赏有加，
而野山羊的一排羊角像一行沙伊利的诗赶着大车。

还有“鸫鸟、松鸡”，还有萨扬特-诺瓦，
还有贝西基的歌——只为心灵的荡漾，
快乐的激情将在人群中重新激活，
一旦葡萄园的香气袭来。

1936.9

## 科尔希达期待新俄耳甫斯[①]

古老、潮湿的沼泽之上
垂柳低眉。
而我还是相信，坚韧，
酷爱自由的人民，
仍将把未来的幸福歌唱。
我曾亲眼目睹科尔希达的幸福。

伊阿宋的船还没有停靠岸，
美狄亚在熟睡中，一动不动。
唉，童年的梦说明不了什么，
但是儿时的印象
在整个地平线上都画满了

---

① 科尔希达期待新俄耳甫斯。托马斯·玛茵·里德（1818—1883）：英国作家；他的作品充满着浪漫刺激的旅行和离奇惊险的故事。纳杰拉：A. 策列杰里同名长诗的女主人公。艾杰里：格鲁吉亚民间传说《阿别萨洛姆和艾杰里》中的主人公。

特洛伊人和希腊人厮杀的场景。

仿佛幼儿之心在燃烧，
仿佛每一本书都为了幸福，
仿佛年老的流浪者玛茵·里德
焕发出斗士之勇，
又如利奥河汹涌的
海一样咸湿的浪花！

诗人没有如此智慧，
尽管人们觉得他是智慧之人。
我依然是那个顽皮的孩童
大清早就跑出去垂钓，
少年火红般的激情
还在我的卷发闪着金光。

我觉得比绫罗绸缎更亮的
是亚麻衬衫上的补丁，
樱桃李的酸就是甜，
而夜里，唱歌的极乐鸟
它唱得激烈又甜蜜，
这一切如此娇柔，如此摇曳！

那些勇士们的容貌，
被蒙古外寇俘虏的
每到夜里都会站到门前，
按照想好的顺序排在一起，
而每一个慷慨的春季
太阳都在泛滥的河水之上升起。

萤火虫在灌木丛中跳舞。
在古老的琼古里琴的旋律下
纳杰拉在朗读诗歌，
而在晴朗的晨曦之底
山顶的冰川变得鲜红。

一阵寒颤掠过皮肤：
你像一位不速之客
突然来到熙熙攘攘的人群中。可谁
又会与你不期而遇？
慢腾腾地走啊走，结果，
你还是惊扰了那个鬼机灵！

你没发现一见钟情的情人，

爱上一位像艾杰里一样的姑娘，
又因为美好的彼此信赖
你的眼睛被眼泪模糊，
再不会悔悟。

即使你的眼泪无药可救，
你还是抽噎大哭。
温柔哼唱的风笛，
跟你诉说爱情。
你把手伸向她，——这，
也许，诗人就因此诞生。

我们无法知晓是否已醒悟
我们感到幸福只是因为，
我们这一代人的少年时代
正赶上祖国的繁荣。

我们感恩我们的年轻
我们弯腰向她鞠躬
为了这个神话般的晨曦，
为了人们给了的骄傲称号。

不是在做梦，而是活生生的现实
利奥河的山谷生机勃勃。
花繁叶茂和容光焕发
科尔希达呼唤俄耳甫斯。

1936.12

## 破碎的、开始融化的[①]

破碎的、开始融化的，
一块接一块的浮冰愈来愈薄，
卡兹贝克的山顶发誓，
一定要让雪崩返回到地面。
该知道——难道这些还嫌太少？——
在许多塔玛拉中只有一个塔玛拉。
扁角鹿是扁角鹿，鼷鹿归鼷鹿
它们都垫上了产乳的青草。
只有杰列克河在盛怒之前
回到自己孤独的河床上浸灰脱毛。
我——狩猎人——暗中发现一头扁角鹿，
我打死了它。我——被害者——也已冻僵。
而女人已按时走上山顶
她有一双冰冷的眼睛。

1936

① 破碎的、开始融化的。原诗无标题（译者注）。

## 热爱自己的故乡，还有祖国[①]

热爱自己的故乡，还有祖国
只可能就是那个可能失去它们的人。
生活中经历过磨难的诗人，
曾几何时才能写出苦涩如斯的诗。

成长过程中，对祖国忠诚的，
只有那些帮人民擦干眼泪的人。
其余的——一律是空想和虚构，
生活之道我们均如此总结。

我们祈望年轻的诗人们，
你们将在火热年代中成熟起来：
为自己的故乡、苏维埃国家增添光彩吧，
为故土讴歌，为劳动的祖国颂扬。

1936

① 热爱自己的故乡，还有祖国。原诗无标题。

## 两条阿拉格维河[1]

这是山洪淹没了山谷，
闪电照亮了山顶。
备受折磨的风声，还有山中的暴雨，
巴赫就在那样的音乐中醒来。
这里一切皆有可能，自戕——
这里并非是诗人空口辞令的辩论：
暴风雨中他听到了摇篮曲，
死亡也给予他希望。
这是毫无出路的死亡之剑
魔鬼手挽着虚幻的塔玛拉之手。
这是勇敢的童僧在踉跄前行，
他被雪豹之血溅污、沾满。
丧礼的渡鸦肆无忌惮地扑下来

---

① 两条阿拉格维河。在一系列俄文出版的 T. 塔比泽诗集中此诗标题为《在阿拉格维峡谷里》。

飞到阿拉戈维的峡谷，它兴奋地蹲在那里。
这是两条阿拉格维河，一对相亲相爱的姊妹，——
白色的与黑色的阿拉格维河，——就像白天
　与黑夜，
它们就这样并排流过，只为了能一猛子
直接扎进库拉河的怀里，再瘫倒……

1936

## 巴戈达吉的天空[①]

致弗拉基米尔·马雅可夫斯基

我
  欠着债
          百老汇大街彩灯的，
你们的
      巴戈达吉的天空，
红军的，
      日本樱桃的——
所有，
      那些
          未来得及写下的。
（弗·马雅可夫基斯。《与财务稽核员关于诗歌的谈话》）

---

① 巴戈达吉的天空。巴戈达吉：格鲁吉亚西部的一个村子，B. 弗拉基米尔·马雅可夫斯基的家乡。萨伊尔梅：格鲁吉亚西部的森林，距离巴戈达吉不远。索罗门沙皇；索罗门沙皇 1751 年登基帝国皇位，同年就领导了争取西格鲁吉亚合并与摆脱土耳其统治的解放斗争。阿里汉诺夫：元帅、平乱古里亚人革命运动（1905）讨伐远征军领导人。

许多都没有完成——我亲眼所见。
我们的欠债是一样的，而且必须偿还。
日夜都让我思念的
是你的巴戈达吉的蓝天。

粗犷的歌向着我们的心灵吹，
红绸在肩头向斗牛轻轻晃动。
谁可完全拥有它的力量?
谁能完全了解它忍耐的程度?

少年时代起，心像小鸟一样飞扬，
柔软之舌已变成匕首，——
这些蠢汉是无法理解的
即使有几千盏彩灯照射。

仿佛站在冰川最坚硬的外壳上，
穿过几个世纪，从投石器飞出的石头。
如果你说不出新意，
它就会用力地将门反锁。

是的，然而到最后，到了最终

死亡固执地要跟生活对话——
谈谈东京的樱桃树枝
谈谈萨伊尔梅田野上是什么在奔跑，
一束巨大的光正好射下来，
寒冷、还有忐忑、还有战栗。

许多都没有完成——我亲眼所见。
我们的欠债是一样的，而且必须偿还。
日夜都让我思念的
是你的巴戈达吉的蓝天。

再一次想让你记起
静静巴戈达吉的摇篮曲。
时下是四月。而云上的四月
会将苹果树的心带走。

是母亲一口一口地哺育婴儿
他们才能像花儿一样竞相绽放。黑暗中
到处都散落着苹果树。满满当当。
听——萨伊尔梅的鹿正在嘶鸣。

像一棵巴戈达吉密林中高大的橡树

最好你在四月的一个清晨出现。
再次等得到公共马车的铃声
而你还是那个背书包走出校门的中学生。

还是和你，斜着的课桌上，
我用赤裸的双腿并排搁上去。
索罗门沙皇的绞架——
就好像窗外五百年的悬铃木：

它直插云霄，并钻入雷暴之中
夜里，用那坚不可摧的树干。
利奥河滚动悬崖的碎石。
而我们像鱼一样艰难地游走其间。

全心全意地期盼着我们
鸟儿啼啭中春意愈来愈浓。
……新马赛人的歌再次传来
像暴风雨一样狂怒和威严。

在疯狂的高加索马鞭呦哨声中
又见到阿里汉诺夫用力砍杀。
……一次次地集会！一次次地罢工！

死亡和咒语都为敌人预备！

……许多、许多本应该都想起。
诗的彩虹落到森林后边。
用三层彩虹之舌
巴戈达吉的蓝天要诉说这一切。

格鲁吉亚少年们也已长大成人，
看见了吗，你的接班人多么强大！
他们是为战斗而来，不会哆嗦害怕，
假如敌人胆敢冲我们闯来！

你不赊欠我们。巴戈达吉人将非常高兴，
假如你威严的里拉竖琴上
什么时候能拧紧一根
用格鲁吉亚语歌唱的琴弦。

……静静地巴戈达吉又传来了
这里最正宗的摇篮曲。
时下是四月。而云上的四月
会将苹果树的心带走。

是母亲一口一口地用乳汁哺育
婴儿才能像花儿一样竞相绽放。黑暗中
苹果树四处散落……听，多么嘹亮
萨伊尔梅的鹿正在嘶鸣！

1936

## 德里曼[①]

人们带上红玫瑰花篮来到这座监狱。
是为了特别转达
人民对受迫害者的爱
和隐匿其中的对压迫者的仇恨。
天刚蒙蒙亮，孩子们就整齐聚集在监狱，
每个人的胸前都别着椭圆形的番号，
每个番号牌上德里曼都能看到自己的肖像，
鲜红的红领巾则像是——一面面红旗。

海涅的诗集曾在这里被放火焚烧，
但火焰让他更加永垂不朽，
他的带着尖喙的诗行冉冉上升

---

① 德里曼。在 Б. 勃利克译介（《新世界》，1937，No. 1，第 111—112 页）出版时标题为《恩斯特 · 德里曼》。恩斯特 · 德里曼（1886—1944）：杰出的德国及国际工人运动活动家，德国共产党中央委员会书记。纳粹独裁在德国掌权后，德里曼成为了希特勒的首批牺牲品之一。1933 年 3 月 3 日被捕，1944 年 8 月 18 日在布辛瓦里特集中营被处决。

灰烬中如涅槃的凤凰一飞冲天。
仿佛柏林街道黑色的雪，
一堆堆炉火的灰渣。
驼背的欧洲烟雾弥漫
它又再次患上战争病，
阿吉拉率领文明之师，
他们的道路将无比艰辛，
燃烧的坟地里诗集也在冒烟。

我们的孩子们为德里曼带来了
扎满鲜花的花篮。
接受吧，囚徒，晨曦中的问候里
耀眼的、无须言语的坦荡的爱，
还有我鲜花盛开的高山之春。
你听见了吧，到处汩汩响起的，
是银铃般的冰锥子融化的咕嘟声，——
每一个冰凌——都好像一个春天的奶头——
四月挤干了太阳的每一滴乳汁。
而夜里，月亮从屋顶滑进寂静中
再从庭院到树木之间漫游沉浮，
仔细听，也许你能能听见，
树上的嫩芽花蕾胀破的声音。

稍晚一些，苹果花悄无声息地落尽，——
它的花瓣儿落在所有的院子里，
到处都是一团团素白。

幸福从某些时候开始
携着东风，向所有人飞来。
而快乐幸福的旗手——春天
虔诚地带来春天的馈赠
去到你所在的地方……我想，春天
还将走到你的莱茵河岸边。

就算他们烧掉海涅的诗。我们不会失去它们。
即使将所有的英雄都赶上马车投进监狱——
火窑中瓷制的诗歌将变得更加坚硬，
监狱中英雄的力量将增强两倍。
莱茵河上隆隆的炮声
淹没了罗蕾莱的歌声，
可你知道，条顿骑士的嗓子太脆弱——
活扣套着的嗓子极易麻木……
我们要把对你的爱转化成春天——
而你已找不到雨量充沛的春汛，——
你看，你的窗前

今天聚集了多少人。

你的人民今天仍无自由。

这里所有人跟你在一起，你也一样，

而地下的红旗

不会被撕烂，它只是暂时降下。

纵然红旗降落，纵然

西方世界的诗人们带着犹大的狡诈

用自己的笔与海涅的诗歌讨价还价。

1936

## 致亚历山大·普希金[①]

太阳光在格鲁吉亚的山冈上嬉戏。
阿拉格维河咆哮依旧。
在陡峭的小路上，万仞峭壁之间，
思念你——有如山崩地裂。

我们懂得幸福。我们都记得那个瞬间，
当我们拥有恋人，
唱不完的歌，直唱到笛子筋疲力尽，
唱到茨纳达里的玫瑰花发呆。

---

① 致亚历山大·普希金。在 T. 塔比泽的系列俄文出版中标题为《为普希金和鲁斯塔维利而作》。1937 年全国都已在准备为 A. C. 普希金诞辰 100 年，T. 塔比泽除了这一首诗外还撰写了关于普希金、关于普希金诗歌对于格鲁吉亚诗歌影响的纪念文章。而在莫斯科大剧院隆重举行的座谈会上，T. 塔比泽还代表格鲁吉亚普希金研究会做了发言（参见《真理报》，1937 年 2 月 11 日）。该诗的前两行，就是普希金那首《在格鲁吉亚的山冈上……》开头的迂喻法转换。万卡列姆：位于北极圈外楚科奇半岛上的岬角。

一个世纪过去了，十个世纪还将过去，
但在你的面前，时间亦显无力，
响亮的光荣之路寻迹而至
一直延伸到厄尔普鲁士、万卡列姆。

幻灭的高加索！它鲜活的美景
在我们的年代你也许不会认得，
这些幸福山川的心灵决不会，
任凭人类自由的施暴者们分裂。

你再不会听到那首忧伤的歌，——
她的美人将它唱完。
持续不断的劳动号子响彻天空，
年轻的生活已沸腾。

穿过我的祖国，从这一头到那一头，
只要光明能抵达的地方，
人们到处搜罗滚烫的子弹
只为消灭宪兵杀人犯。

像一名古老的赫夫苏尔人，我站在锅边
盛满头一碗，再让

冒着热气的快乐一股股流淌。
端着热碗的我还将致欢迎辞
向优秀的前辈们、向苏维埃的时代表达敬意，
还有普希金和鲁斯达维利。

两位天才熔合成一个强大的合金体，
两位伟大人民的长子，
自由奔放的、雄伟的歌调一定会响起，
它像自由一样不可收买。

仿佛英才荟萃，他们两位一起燃烧熔炼
在我们幸福的国度里。
我们为纪念普希金和鲁斯塔维利而干杯
并把酒杯碰得脆响。

1937.1.20

## 弗·马雅可夫斯基的母亲和妹妹[①]

“我该跟柳达和奥莉娅说些什么呢？
孩子，又该怎样摆脱痛苦？
眼泪止不住地流……”

那位稍微有点驼背的女人在哭泣，
她是所有诗人的母亲。
兄弟们，让我们搀扶着悲痛中的可怜人，——
这也将升华我们自己。

我还记得在不算太久前的童年
在这里，库塔伊西发生革命的那一天。
他表现得多么勇敢，
藉此

① 弗·马雅可夫斯基的母亲和妹妹。俄文出版中标题为《致马雅可夫斯基的母亲》。

我们群山的高度永不磨损。

时代面前他没有亏欠，
他的每一个步伐、每一个动作
都为了争取做一个真正的人，
并带回超越时代的诗人称号。

布列斯尼亚河躺在黑色的雪堆里，
暴风雪在晚归的路人头顶嚎叫。
他的心底响起了一首歌，
他曾在高加索的雷暴中听到过轰鸣。

他还记得闪烁的萤火虫光，
湛蓝的天空里蒸汽一样的云，
杰列克河的浪花，丁冬的手鼓声
在遥远的俄罗斯他把这一切都一一想起。

巴戈达吉的土地、她青草的簌簌声
母亲和妹妹用泪水洒满，——
这里他头一次明白了幸福，
这里他懂得了光荣的俄罗斯。

巴戈达吉将人工浇铸
一尊青铜男孩雕像，就像他小时候的模样，——
我这样跟忧郁的母亲说，
是为让客人们不再忧伤。

1937.4.2

德尔边特

## 达吉斯坦的春天①

我回到了格鲁吉亚。我的面前
达吉斯坦的山依然一片火红，
这个国家我从不觉得陌生，
因为正是山将我抚育成人。

天空中那一条金边如此高远，
山谷里——一个个开阔的牧场，
如装满阿拉克酒的大木桶，白云静立
在骑士点燃的火堆之上。

倘若我现在能出现在穆赫拉尼，
我就能遇见那个绝望的波洛伏齐人，

---

① 达吉斯坦的春天。阿拉卡：即伏特加。吉佩恰吉：波洛伏齐人（史）。苏勒芒：即苏勒芒·斯塔里斯基（1869—1937），达吉斯坦人民诗人。两位谢尔戈：C. M. 基洛夫和谢尔戈·奥尔卓尼吉泽。帕沙维，赫夫苏尔人：生活在高加索中部的格鲁吉亚民族。阿鲁达·科杰拉乌里：瓦扎·帕沙维拉同名长诗中的主人公。

我将让他忠于祖国，不用害怕，——
我们心底是同一个祖国在呼唤。

在清澈的里海
我能看清每一粒鱼卵，
看得见杰列克河，这里
草原的黏土也没能让河水变混。

带着四月大团大团的云朵
我离德尔边特城愈来愈近，
桃花开了，花香四溢的花朵
落满苏勒芒的胡须。

但人民并没有忘记苦难的日子——
这里每双手都流过无数鲜血，
高山冲下来的滑坡、山洪，
总是让被俘的古拉米什维利伤心落泪。

那是每个格鲁吉亚人都觉得光荣的事业
就是战斗到死，永不屈服，
静静的山谷里一代代人备受煎熬，
穆拉德信徒的马刀沾满乌黑的血。

如今我们不会跟异教徒搏斗厮杀，
世代的敌视已消弭殆尽，
幸福之光现在洒遍高加索，
达吉斯坦的阳光在山谷闪耀。

那些日子里两位谢尔戈亲如战友
人民爱戴他们，
无论谢尔戈，还是基洛夫，还是他们俩
已结成生死与共的盟誓兄弟。

戴黑色毡斗篷的赫夫苏尔人救了谢尔戈的命。
人们围住英雄嘘寒问暖，
你们听一听我朗诵的一首诗吧，
既然我不得不面向大山唱它一曲。

你们啊，帕沙维人、图申人，赫夫苏尔人，还有你，
阿鲁达·科杰拉乌里的兄弟，——
世界已经降临到你们的山脊，
为了复仇你们怎能皱眉。

我们将同声合唱，像同一个国家的孩子，

与古老的不成文法规决裂，
因为自由的阳光下我们是平等的，
所有的人——赫夫苏尔、吉斯京人和列兹金人。

问候你，公社社员兄弟，多少年了，
山地兄弟们友好拥抱在一起；
我们还要向谢尔戈强大的心灵致以问候，
无边的疆土上，他的精神在翱翔。

奥尔卓尼吉泽被迎送到了克里姆林宫，
此刻，全城人都在欢迎奥尔卓尼吉泽；
这真是个传奇小子，绿茵大地上
他知道——山民们将在这里安居乐业。

他知道，他将勇敢献出生命
为了祖国和城市繁荣昌盛，
然而他不相信，此刻谢尔戈的心
能在科罗尼宫安抚平息。

仪仗队肃穆站立在那个宫殿，
人群波浪形、熙熙攘攘拾级而上，
而这里哀痛的群山，像一顶顶毡房，

也在仪仗队里列队肃立。

走进他们的队列，我停下来，流着泪，
痛苦几乎要将心磨平，
像立在悬崖边缘的一棵树，
树枝上新芽已经开始打苞。

我少年的护身符就隐藏在这里，
胀破的芽蕾并不觉得惊异，——
山脊在我的面前巨人般耸立，
整个高加索——像一座活火山。

生活本身不缺少诗歌，而对于我
她是永不熄灭的创作之火，
幸甚，我等到了这一天，
共同的穹隆在我们头顶闪闪发光。

不论是格鲁吉亚、还是达吉斯坦的高山——
这里的村庄、草场和辽阔的原野都属于我们！

1937.4

德尔边特

## 多么单纯

多么单纯，就像在穆赫拉尼山谷
每一棵小草都在赞美四月，
多么单纯，就像拂晓
虹鳟鱼在阿拉格维河游动、舞蹈；

多么单纯，燕子飞旋
在去年自己的鸟巢周围，
多么单纯，山民们
把盛满晨星的箩筐当枕头；

多么单纯，沿着陡坡峭壁
牧羊人世世代代赶着羊群放牧，
就像云雾环绕在卡兹贝克山巅，
就像杰列克河上的光线闪烁一下又消遁；

多么单纯而又不由自主，

就像庄稼人在农田里唱的歌，
用格鲁吉亚语言，发自内心地，
我现在就要为我们的祖国讴歌。

1937.9.15

## 瓦扎·帕沙维拉在穆塔茨明达[①]

高山没想过要跟穆罕默德争论，
集会上谁会首先离开的问题，
穆塔茨明达也没让诗人感觉到拥挤，
要知道帕沙维拉的血也在这里流过。
他并未请求穆塔茨明达首先收留：
他只想知道这里的云雾如何沉浮。

腐朽的骨头突然复活，
与其在墓地里腐烂，不如让他能够走回家。
他本可以像明吉亚一样，从高处跃起，
向今日的第比利斯屈膝跪拜。
但恰尔格里是诗人的故乡，

---

① 瓦扎·帕沙维拉在穆塔茨明达。1935 年瓦扎·帕沙维拉逝世 20 周年纪念日，他的骨灰从基杜别老公墓移至位于穆塔茨明达的格鲁吉亚作家和社会活动家的伟人祠安葬。格鲁吉亚伟大诗人伊利亚·恰夫恰瓦泽和阿卡基·策列杰里均安葬在这里。明吉亚：瓦扎·帕沙维拉长诗《蛇食》的主人公。恰尔格里：瓦扎·帕沙维拉的家乡。

第比利斯之箭让他幡然醒悟。

他猛然发现，并从棺材里坐起身来：
那是墓地里的伊利亚和阿卡基，——
他们荣誉的荫庇在此并排安息……
于是他在他们面前也屈膝下拜……
虽然我们没有亲眼看见他的鞠躬，
阿拉格维河每谈起他都噙满泪水。

1937.9.23

## 致母亲

曾几何时我像极了安提纳斯，
可慢慢地又跟尼禄一样发福。
从小经历过的痛苦和幻想已加倍
让我显得成熟练达。

奥尔皮里的沼泽泡大了我，
就像母亲哺育的乳汁。
只想当一名世界上最好的少年——
而这里两天就让你变成老头。

白鹭在浅水里捕鱼，
野狼撕咬过小牛犊。
我总是跟人们说“谢谢”，
而它总让我们得以复活。

我不会流下热泪，为了那

四处觅食飞来飞去的大蝙蝠，
不记得这些滑翔的“飞鼠”
那我就保存它们的骨灰。

妈妈，可能你又在等待，
等待我的归来，你彻夜不眠；
还是那个发呆发愣的站姿，
就像从前河岸上的芦苇丛。

利奥河的水啊，一动不动
风也不撩拨芦苇，
像一条平底的小木船
心儿沿着河流艰难划行。

大清早你就已和好面——
再为过世的父亲祈祷安息。
离开那个久居的地方吧，
远离疟疾和泥潭之地！

你整个人都深陷在黑色的忧愁里。
我该拿什么才能为你分忧？
吟诗作赋多么地羞愧，

每当看到母亲如此忧伤。

心儿如此脆弱，
而我们无力相助。
雨还在下，蟾蜍却开心，
因为雨整夜、整夜地下。

我向父亲的长巾，
还有故乡发誓，
不必懊丧，
我要让你重新振作起来。

我深深地爱你，无穷无尽
我们的家园，这才是主题。
假如我们已丧失这种感觉——
不如活着就躺进棺材。

1937

## 科尔希达[①]

弹指三年过去——格鲁吉亚人民
抵达并开启了通往科尔希达之门，
取代令人沮丧的科尔希达沼泽的
是果实累累的金色果园丝带在闪光——
它的长度无法测量，它的宽广望不到边。
山谷里柑橘园闪烁金光，
仿佛大海掀起波浪
天地合二为一。
谁栽下的这些果苗？
谁曾穿行过这些果林？
谁又将胡须般的枝蔓缠绕
再让葡萄藤爬满架杆？

① 科尔希达。《果实的赞美》：参见《祖国》一诗中第二节。费霍阿：亚热带柑橘的一个品种，格雷帕福禄特，亚热带柑橘的另一个品种。佛罗里达：北美东南部的一个半岛，植被为热带、亚热带植物。萨卡尔特维洛：即“格鲁吉亚”。

那不是黑海上涌来的云海——
而是山谷里的茶园成片地绵延。
一旦科尔希达挣脱锁链，
你才会知道，她的财富多么让人垂涎欲滴！
高加索山民、梅格列尔基、阿布哈兹和所有人，
现在他们都在环舞圈里合拢在一起，
他们的精神面容从未如此振奋，
他们的劳动成果真实地在人民中颂扬。
去读读往日行家里手的秘籍吧，
撬开大部头典籍的陈年旧冰，
你就会明白，在什么样的《果实的赞美》中
你才能找得到费霍阿、还有这些格雷帕福禄特！
海浪像枝形烛台般泛着亮光，
你不去望海，而是把山谷眺望，
那里金黄鹂鸟依稀可辨，——
其实那不是黄鹂，而是金橘！

一个巨大无比的毯子已经摊开，
就好像在佛罗里达一样，
人民异常兴奋的目光仿佛预见到了
恢复活力的科尔希达到处是葱郁的果园。
人们用花篮装着、用裙摆兜着

还有合叶草编的篮子来装——丰收的果实……
没什么好惊讶的，因为劳动所得
是农民们的，自己酿的酒最甜！
他们的逸闻趣事传到了西伯利亚，
而农产品则穿过原始森林运抵到东方。
浇灌橙子、柑橘和榅桲吧
劳动的家庭都需要未雨绸缪。
男女老少——都是战士
共同缔造前所未有的伟业，
只为了用自己光荣的劳动
为自己的祖国和爱——萨卡尔特维洛，加冕。

1937

## 致塔姆娜·策列杰丽

若是不幸的人——给什么才能幸福呢?
平生我都在自己的墓地之上,
在撕碎的灵感那里哭号。
不,不会忘记这个可恶的春天。

为何要问,何时大难临头!
冷酷的沉寂中,回答又有何用!
命运从来不是什么救世主,
而今它让悲伤的潮水涌来。

就算无人谈论你的《摩迪-纳赫》。
悲哀中我看到并且相信:
如果芦苇在芦苇丛里水土不服
心心相印也难上加难。

在这个地狱般酷热天气里到来的人们,

他们将看到大爆炸，还有残酷时代之火升腾。
我不要别的快乐，
只要雕刻好的芦笛吹响。

羞愧的只是，我未来得及
那些年跟你细诉衷肠，
还好在诗人的繁忙琐事之余
我俩都不曾忘记有腿疾的萨朗波。

1937

## 克里姆林宫的奥尔皮里共青团员

不止我一个人，能够自己明白这一点，
整个科尔希达都在我心中歌唱，和我一起。
广阔的道路呼唤诗人，
从家乡的草棚寒舍里走出来。

一个又一个村庄、一栋又一栋房子
我一路走——奥尔皮里一片生机盎然。
快乐的人们，因为金色太阳般的生活，
是我们自己点燃。

我幸福的同乡人
他们着急拿起笔：
用朴素真挚的诗篇
表达对帕里阿斯托姆湖崇高的爱慕。

这里成千上万的人心潮起伏，

这封共同的信件写好的时候。
我完全遵照他们要求完成——
天空自己就向我敞开大门。

童年起我们就相信并期待幸福：
它也不会从我们身旁溜走……
很小时候心一直在为它歌唱——
而此刻我终于看到鲜花盛开的花园！

亲眼看到伟大的规划得以实现，
我们陶醉在这花园深处。
彻底告别忧郁的冬夜，
呼吸永恒春天的气息。

…………

科尔希达重又在胜利的荣耀中站立。
谁能计算清楚其中有多少古老的金子？
寒门出来的诗人，
将向全体人民一一禀呈。

……劳动母亲将迎接英雄，
她刚从牧场放牧回来……
太阳照在他们两个人的眼里，
还有他们胸前的两枚勋章。

拥抱心爱的儿子，母亲何等幸福！
儿子，苏维埃代表，从克里姆林宫荣归！
幸福的泪水打湿奖章，
再洒落到果实累累的田野里。

朋友们、同族人和邻居们
都请到专为他举行的宴会入席，
同盟者、共同取得胜利的同道兄弟，——
共青团让他们都鼓足干劲！

梦想成真。假如举着黑色旗帜的
海盗勇士们驾船抵达——
像高加索阿里帕高耸的山脊一样
新科尔希达的男丁们将一起奋起抵抗。

列宁的幸福子孙们将齐声歌唱

为火热年代我们的功勋，
而那些阴郁老歌的陈词滥调
将会被欢快的新曲永久替换。

1937

# 未标注日期的诗歌及节选

## 缠绵的情诗

致 M. M.（玛尔特·玛恰别利）

你浑身铮亮，仿佛玛恰别利的马刀。
你比绞刑架还高！你的目光——好像
圣母玛丽亚从白色的摇篮
降临卡尔特里时一样，缓慢、闪闪发亮。
我一梦见里阿赫瓦河……就辗转不眠……
勉强刚入睡：喊杀声不断、阿塔别克急驰而去！
河上漂浮着战死的鞑靼人尸体。阿斯宾扎
从那以后始终发呆地望着库拉河水……
格鲁吉亚的酒窖里红葡萄酒又开始发酵，
侠客骑士接踵而来，推杯换盏。
我们的太阳永世流芳！没有一个格鲁吉亚人，
临终之前他会忘记这一点。
我也不愿成为一名羞怯的、天真的匠人——
哪怕这匠人能画出壁画中一张皇后的圣像，——
但应该羞愧地忘掉，当周围已是刀光剑影

你却舞动着鹅毛笔画个没完。
心啊！在卡尔特里，你是最后的女皇！
清醒些吧——至少不要吝惜
把皇冠剪碎。让其他诗人们
因为我的夸张而黯然失色吧。

## 俯视着人的命运[①]

俯视人的命运
唯有高高的阿拉维尔德大教堂，
仿佛编年史书逐一展开——
我的眼睛只看到格鲁吉亚的苦难。

钟楼和空中雕像般修道士的身影，
还有令人担忧的叮当声，人们在哭泣。
科瓦列里越来越逼近——列兹金部队在山上，
他们将穿越阿拉占山。

生死攸关之时打败卡赫金人。
巴赫特里奥尼映照在一片血色火海，——

① 俯视着人的命运。阿拉维尔德大教堂：参见《阿拉维尔德的节日》一诗。十二世纪中叶在巴赫特里奥尼城堡，发生过入侵格鲁吉亚的阿巴萨沙赫（沙哈巴兹）波斯军队与格鲁吉亚沙皇特伊穆拉扎一世军队之间的一场战役。格鲁吉亚沙皇的母亲克德万太后在波斯被折磨而死。
俯视着人的命运。原诗无标题。

好像沙哈巴兹忘记带上贡品
又快马加鞭骑马折返！

婴儿的哭泣没有停息，死亡等着他们，
打谷场上孩子们被毒打……
大人们藏在齐阿乌里的橡树林
为躲避骤然而至的嗜血之徒。

痛苦中特伊穆拉扎久久凝望
憔悴莫辨的母后的遗体。
仿佛他现在已无法将自己的心锁住——
只有悲愤一词能从他嘴里脱口而出。

他仍接见了老成持重的俄罗斯使臣。
忍受如此巨大的国难之苦，
格鲁吉亚承受着不幸，但苦难——
也成了这位老人心中的希望之火。

沙皇俯身书前，信仰在燃烧……
像智者尼扎米和哈伊亚姆一样！
眼泪久久都擦不干，诗人在哭泣
只为祖国破碎的山河。

## 四轮马车到了[①]

四轮马车到了
信件、报纸就到了，
马匹徐徐慢行，唾沫星子都喷到马鬃上，
一路上的水洼和排水沟被它们一一丈量。

三俄里之外就能听见，
马车夫高声叫喊：
——看报啦，《茨诺比斯–普尔策里》，看知识报啦……
快点，娃儿们，赶紧搬下去码好！

我等待的正是此刻。
脑袋往一块儿——凑紧一点——
毛巾扎紧。
越过篱笆！也越过了水渠！

---

① 四轮马车到了。《茨诺比斯–普尔策里》，即《消息报》。原诗无标题。

一捆报纸往后扔过去——飞过了水洼。

人们已经安静下来。
报纸变得潮湿、不那么脆碎
我捋了下报纸，自豪地向人们
宣读关于战争的报道——
日俄战争。

父亲的视力不好。
可他为全村人读报，
甚至就算他完完全全曾是个健康的人，——
也没有比这更好的事情了，假如儿子
也能这样为父亲读报。

乡亲们看着他的嘴型，
脑袋都挤成一堆，
相比新闻更让他们惊讶的是：
小孩子，你怎么会这样聪明……

## 给格拉科吉昂堂兄[①]

我们兄弟俩，几乎双胞胎一样，
那里，在奥尔皮里。我们俩一起长大。
那里埋葬了我们的父亲，
他们也许早已腐烂。
那里我们的房子并排而立。
我们都曾得过寒热疟疾
利奥河边的四月里，
我们共饮一河之水。

你陶醉于东正教的修道院，而我
也乐于此道，
一起听过癞蛤蟆嘶哑的鼓噪
或者黏稠烂泥巴的呼哧呼哧声。

---

① 给格拉科吉昂堂兄。此诗献给著名的格鲁吉亚诗人格拉科吉昂·塔比泽（1893—1958），吉茨安·塔比泽的堂兄。恰兰达利：驮马队赶牲口的人。

公共驿车来了，嘎吱嘎吱地响，
恰兰达利徘徊、哭号，
赤足的歌者，在乡间的土路上
只留下他充满忧伤的歌。

我的歌声只是那个泥塘里
听不见的回声，往日业已沉陷。
那里偶尔听得见狼嚎，
又仿佛教堂的钟声呻吟呜咽。
我们的母亲累弯了腰，还等着我们，
老太太们张罗筹办着酬客宴
只是周围邻居们还念念不忘咒骂的是
他们再也无法走到父亲们的跟前。

## 沙漠里的武装起义

（长诗节选）

1

沙漠里的武装起义在这里可不是，
劳伦斯轻易就能煽动起来的那种，
当资本主义敲响堡垒之门
乌龟妄想爬进针尖的耳朵里。

因为费萨尔突然出现在旁边
并和萨乌尔的酋长们在尘暴中现身——
那目的只可能为了饮鸩止渴
或者套上洗净的绞索自尽。

古兰经没有夜莺的忧伤，
亦无假情假意的消极旁观。这里只有，
残暴的、突然揭竿而起的部落，
打火石必将燎燃内战之火。

我多希望，效仿诗歌一样，
武装起义能扑灭邪恶，
永恒的农奴制、受压迫的桎梏
能像愤怒炸弹的引信一样被点燃。

每一个字母里、每一个词语里，即使
花园都被戴着鲜艳饰穗的亚内恰尔士兵占领，
即使脖颈被刽子手越勒越紧
绳子上也会留下他们邪恶的痕迹。

这里，拷打不会被忘记，残暴有目共睹——
流过的泪必须让暴君用眼泪来还……
而共产国际将贴着胸口温暖
擎起鲜艳红旗的东方！

天上的电闪雷鸣交织
胜利的闪电正照亮高空……
如此古老的传奇正在实现，
终有一天 Lux orientis① 我将看见。

---

① 拉丁语，即“东方之光”。

1932

## 2

像一匹马，
苦力拉着自己沉重的货物……
可是马都会互相关照，
当它们套在一起拉车的时候。
在中国叫作苦力，
在这里称呼贝都因人。
他们的形象就是贫穷……
他们行走着——
像一峰骆驼跟着一峰骆驼……
被炎热折磨得死去活来的沙漠，
只有一个思想，
一个信念
满血复活，像一场大雨过后：
“这一时刻到了！”
唯有一轮红日
为人们疗伤：
他如此亲近，盼望已久的自由之日！
这就是《资本论》为何而写的理由……

3

这是哈姆雷特
说着独白——
他没放下
手中的书。
而法乌斯塔
谁曾料到
难道没有这些经典古书，
科学的智慧就无从谈起？
但在那些书中
那些闲谈，
其中只有杂乱和模糊的
讨论过程，
那里只有一个想法
与另一个想法的争论
消除的渴望
却不提供。
如此，夏天的鹰
干渴难耐，
喙埋在沙里——

口渴愈来愈厉害……
而书本里——
谁会去考虑这一切——
破天荒的书只有一本！
列宁读过那本书，
智慧、宏伟，
在秘密集会上
在很久以前
在那所房子里，
主人把狗毛剪短之后……
多标致，那本书里
思想阐述得井然有序。
没有一行
其中是多余的，——
如此才能塑造，
全体失去地位的，
成文的
为劳动人民的
共产党的
万古流芳的《共产党宣言》。

4

在豪华的驮运队大篷里
坐着一位冷酷的经纪人。
任何一个贫穷、落后的地区
这种人满眼都是。

他对自己的宝贝如数家珍——
它们都是所到之处抢劫而来……
这里有金有银，
绸缎、珍珠，还有各种器皿。
部队里多得数不清的还有
沉甸甸的金马掌——
怎样的手艺才能打出它们啊？
又都是些什么人才用到与它们？
这是奴隶的劳动，
这是奴隶的汗水
不毛之地的沙漠已吸干……
关于这一切双轮马车在唱
《资本论》的字字句句在说。

## 想起了童年和奥尔皮里的草原[①]

想起了童年和奥尔皮里的草原，
麦秸搭建的屋顶、化雪天……
我是世界上最狂妄的男孩——
最好一个手指头都不要碰我！

惊奇的是：人迹罕至的密林深处
美人给了我一座伟业塔……
我跟随萨阿卡泽去远征，
跨着战马，剿杀波斯人……

① 想起了童年和奥尔皮里的草原。原诗无标题。

## 茨南达利[①]

空中的云彩像船帆一样翻卷，风的纠缠，
天上的蓝颜料被它们搬来搬去，犹如摆渡船。
恰夫恰瓦泽姐妹俩刚刚路过，手捧着玫瑰——
茨南达利美丽的花朵永不凋谢……
达吉斯坦的群山多么蔚蓝，高耸入云，——
葡萄园里刚长成的满园枝蔓同样青翠如蓝。

① 茨南达利（现已改为葡萄酒国营农场）：过去属于恰夫恰瓦泽公爵私产。恰夫恰瓦泽姐妹俩：指的是诗人亚历山大·恰夫恰瓦泽的女儿，尼娜·亚历山德洛夫娜·格里波耶多娃和叶卡捷琳娜。而叶卡捷琳娜是达吉阿尼的梅戈列里公爵夫人。

## 我们的太阳熊熊燃烧[①]

我们的太阳熊熊燃烧——
一种摧古拉朽的力量将一切点燃。
死亡的、黄昏的、冰冷的星球孤零零地升起
在我无名的墓穴之上……

① 我们的太阳熊熊燃烧。原诗无标题。

# 长 诗

## 利奥港[①]

1

我曾在吉波科拉特那里读到
（最好我不曾读过他）：
“被法吉斯血洗的可恶的国度
因为又旱又涝，一切都显得死气沉沉。
那里，没有一天不被雨水鞭打，
那里人们在幽暗的密林深处
盖起简陋的吊脚楼，
用松木凿成梭子和小划船，

① 利奥港。长诗开头的几行可以看成是希腊学者吉波科拉特（前约460—前377年）的著作《关于空气、水和地方志》第22章的一种自由诗体的转述。最初的几个五年计划里，利奥河流域完成了很多航运疏浚、改造科尔希达低洼地的工程。而在流入黑海的恩古利河沿岸则建成了锯木厂和造纸厂。对于家乡社会主义的改造题材，T. 塔比泽写了一系列的随笔：《利奥河上的航行》、《滨海疗养胜地阿纳科里娅》、《特克瓦尔切里》、《从利奥到恩古利》等等。三桡战船：古代希腊人和罗马人的一种三桅帆船。塔拉斯·斯普林科维利：苏联船长。

运送自己的生活必需品
在几个世纪形成的内涝片区周围。
人们就从草场死水塘那里饮水。
在散发腐烂气味的沼泽里，在死气沉沉的阴影里
每个瓜园叶子光秃秃、没有一个果实。
周围所见之处浓雾笼罩。
人们满脸浮肿，仿佛饮下曼陀罗花，
而他们本该生来匀称、健硕。
他们的皮肤蜡黄，目光呆滞
因为顽固已久的疟疾和黄疸”。

2

一家老小，
街坊邻居，
同仁同志，
我从远方
兄弟般欢迎你们。
跟你们在一起
到哪里都不会变老，
我深深地俯下身

向我们的童年致敬。
太少、太少为你们
干活分忧，
尽管今天用诗
来讨你们欢喜。
让炉灶之火点燃，
我的出生地，
又给了我
最好的奖赏。
你们会理解
我真诚的话语，
而这封信
勉强承载。
你们将听到
由衷的欢欣，
即使是诗歌
表达也并非太轻松。

3

梦想实现。远方的

轮船驶进奥尔皮里——
每个村庄
每座房屋都一一经过。

过去，利奥河曾让我们一贫如洗，
洪水后又带给我们丰收，
这里疟疾猖獗肆虐，
寒热交加，无定无常。

这里只会用一种圣水
医治所有那些骨瘦如柴的人
在农村唯一可产的
就只有砌坟墓的石头。

多少母亲的送别曲，
又有多少泪水悄悄流过
但从不间断
祈祷上帝的保佑

一大堆打满补丁的被子，
慢慢才能焐出热气。
那些只穿着可恶的破衣烂衫的人

即使再勇敢的人也变样。

你看，用一片甘蓝菜叶盖着
已烧得滚烫的额头，
生病的孩子说着胡话，人们忧伤地看着。
染上伤寒，他们孱弱无比。

谁给他们治疗过，又有谁
用善良的爱抚为他们分忧？
没有，他们在黏糊糊的泥泞中死去，
嘴里的面包被夺走。

十月革命的劲风终吹来——
人们挺直脊梁。
未来的日子一片光明，
人民从门后走出来朝幸福奔去。

往日的幻影消融无痕。
我们的光荣越来越近。
岸边的帆船已升起帆，
只不过已不是伊阿宋在掌舵。

4

新时代不需要
无论伊阿宋，还是美狄亚。
今天另一个奇迹正孕育，
忠诚的心在主宰。

从前是什么让我们贫穷落后，
那样的时代已永远被埋葬。
因为传奇已经向我们停靠，
但不是神话中那艘三桡战船。

金子我们不会给，
金羊毛我们也不觊觎，
至爱的土地我们拥有，
我们高唱国歌迎接新的庆典。

想要得到金子的人希望要落空了——
因为自古劳动最有价值，
因为劳动比金子更贵重
它是一个人最闪光的品质。

对待真理我们如此总结评价，
她正引领着我们，
一直到最后的胜利，
在列宁的旗帜下。

5

如果我喘不过气来
并不再出声，半途而废，
另一位诗人必将成长起来，——
而我只是那年轻双唇吹响的芦笛。

6

一片又一片桑蚕，
锯木厂的声音悠长，
新的建筑工地一个接一个，
列队跨过利奥河。

拦水坝在我们头顶横卧，
拱形的大桥飞架。

我们脚踩的泥泞大路，
火车等着飞驰而过。

那些疟疾肆虐的地方
曾经无药可救，毫无办法，
如今，照亮那幽暗密林的
是季候性车站明亮的路灯。

我们踏平了神龙的印迹，
我们驱散了阴霾，
电动机的汽缸
在赤褐色的水上领唱。

羞愧的是，我没能发现
已停靠妥当的轮船，
没能迎接塔拉斯·斯普林科维利
在我的寒舍门前，

没发现我的诗里缺乏艺术性，
和没有赋予高雅的风格，
但我心里只有一种强烈愿望，
拥抱你，船长！

奥尔皮里的夙愿终得以实现
童年遥远年代的理想，
越来越清晰的画面还有
朝我们飞驰而来的、那些轻盈的大船。

1928.5

## 选自长诗《一九一八年》[①]

《布宜诺斯艾利斯》，亚历山德罗和卡斯提拉

戈里区的报务员亚历山大·塔基什维利
移居阿根廷，并在那里生活了16年。
1917年他返回格鲁吉亚，并在第比利斯
开了一家食品店取名《布宜诺斯艾利斯》。
按照西班牙语发音，他的名字也改成了
亚历山德罗。亚历山德罗是希望多少
能帮助减轻彼时饥饿的第比利斯城。

第比利斯的深夜。
冬天。

① 选自长诗《一九一八年》。在俄罗斯推翻了君主专制后，格鲁吉亚出现了工人和士兵代表苏维埃，但其中大多数代表都属于孟什维克和社会革命党派。1917年3月9日，在第比利斯成立了外高加索委员会——资产阶级的临时政府机构。1917年11月15日反苏维埃联盟在外高加索又成立了一个新的权力机构——外高加索委员部。1918年2月反革命的民族资产阶级召集外高加索议会开会。布尔什维克组织转入地下活动。1918年5月外高加索联邦分裂成三个国家；5月26日格鲁吉亚成（转下页）

1918 年。

湿漉漉的雪在下。

冰冷。

风发疯一般。

除了我们，别人都很暖和……

而街上寒冷又漆黑。

盆地里的第比利斯，

仿佛一个跌落山里的鸟窝。

---

（接上页）立了以诺伊·若尔丹尼尔为首的政府。而格鲁吉亚劳动人民则努力与苏维埃俄罗斯联合。在孟什维克执政期间格鲁吉亚国内发生多次武装起义，但直到 1921 年 2 月 25 日苏维埃政权才在格鲁吉亚取得胜利。1918 年 3 月土耳其军队发动进攻，侵占了卡尔斯市、阿尔达甘和巴图姆。由于格鲁吉亚孟什维克政府的不抵抗，土耳其和德国把自己的军队开进了格鲁吉亚境内。1918 年 12 月，英美侵略者又取而代之。在英军士兵中还出现了英国殖民地马来西亚的士兵。外国帝国主义者和资产阶级民族主义政府——孟什维克党、达什纳克党和木沙瓦特党——在外高加索地区的胡作非为是造成外高加索各民族间频繁发生流血冲突的根本原因。戈古阿：孟什维克朱格立近卫军副总司令。纳特科维奇：牛奶糖果厂拥有者。埃涅姆：糖果点心厂拥有者。恩威尔-帕夏：第一次世界大战期间土耳其政府国防部长（格鲁吉亚出身）。纳利曼：孟什维克执政期间的一位格鲁吉亚投机商人。罗莎·柳可谢姆宝和卡尔·丽贝克涅赫特：德国无产阶级杰出领袖。帕罗郭费·阿帕拉斯奥诺维奇·扎帕利泽（1880—1918）和斯捷潘·沙乌缅（1878—1918）：共产党和苏维埃政府杰出的活动家；两位均在 26 位被武装干涉者枪杀的银行家委员名单之中。祖巴洛夫斯基屋：资本家祖巴拉什维利为残疾人修建的房子。米哈伊尔·格里戈里耶维奇·茨哈卡亚（1865—1950）：格鲁吉亚著名的革命家、布尔什维克。马克多纳里德（1866—1937）：英国反动的政治家，工党的创始人和领导者之一。1918—1920 年极力阻挠英国工人反对武装干涉苏维埃的斗争。约翰·马克林（1879—1923）：英国工人运动活动家。1914—1918 年第一次世界大战期间持国际主义立场。萨巴涅耶娃：俄罗斯著名歌星。

这个丑恶的阴雨天——
从哪里而来？……

难道还会
烘烤面包？
哪个地方的炉子已注满
舒服的暖气。
要走进寒冷太难了
不想从这香喷喷的
温暖蒸汽中离开。

要知道，近卫军士兵们
他们生来都肠肥脑满。
也许
他们的戈古阿
提供的伙食特别好。

为了所有的人都记住——
一辈子，——
这是他们的革命，
其他所有的人——
将跌入深渊

无尽的
恐惧和仇恨的。

谁还有争议？
胆敢。
这真丢人……
但事情就是这样
所有的人
都亲眼目睹。

哪里冒出来的
这些肥头大耳的行尸走肉，
唯利是图者？
靠吸血和夺食
养肥自己的匪帮……

如何才能掐住他们的脖子
已再清楚不过，
像爆炸声一样，只听见：
“勒死他们！
打死投机商人！”

不远处全都是大兵。
纳特科维奇
已取代埃涅姆。
“有、有牛奶糖！”
快说，小品作家！
尖锐的话题！
流浪儿，
遗弃者
“难民”意味着——战争
恩威尔-帕夏。
今天庇护他们的
唯“上帝的右手”。

友好的教士们……
争先恐后地
抢着接住这些
横幅标语。

怒气冲冲地
他们一起大声喊：
“打倒投机商人！
将他们扔到墙根底下！……”

而在小饭馆里人们正在歌咏竞赛，
人们唱着，
　　　　哭着，
　　　　　　接吻：
“哎，我爱纳利，
纳利我爱，
亲爱的纳利曼
我非常爱你！……”

这首关于纳利曼的歌，
在小酒馆里广为传唱，
集市上这家小酒馆很有名，——
萧条时期的《国歌》，
几乎嫌恶到用牙咬，——
如今
我又重新想起。

湿漉漉的披风下
有个人影
在某个背光的地方
说话声很生气：

“事情不在于
你们喜欢不喜欢，
而在于，
恬不知耻地，
公开地
英国人又指手又画脚
在我们自家的院里，
那里昨天还是工会说了算。

“昨天你们在哪
没完没了地争论
国家的命运
英国人
毫不客气地到处晾晒
湿漉漉的内衣裤。

“根本晾不干
那些湿内衣
冰雨中
冬夜里，

这是我们的
耻辱
为了
把人们的
希望
来嘲笑
和丑化……”

黑暗……
恐怖……
复仇……
一个让人心凉的消息飞报：
罗莎·柳可谢姆堡
和丽贝克涅赫特
在柏林被枪杀了……
而背后还接着被人捅了一刀：
秘密地
从巴库
处决了
扎帕利泽
和卡尔·丽贝克涅赫特。

风鞭子般抽打
朔风刺骨
耳朵已被灌肿
在祖巴洛夫斯基避难所
茨哈卡亚藏身其间。
英国军营上空
撒下
雪片般的政治传单：
“你们被政府欺骗了！
打倒马克多纳里德！
万岁
约翰·马克林！”

谁不跟我们在一起——
谁就会反对我们。
就快到了
拯救的时刻！

有一个
格鲁吉亚人
从孟什维克跑过来的，说道：
“古老的

王位被我推翻了，
为了摧毁世代的压迫，
而这里的大会上
像对待小孩子一样，
要我参加投票，
举个残疾的手。
我的手又不是
来为孟什维克分子举的。

“请讲，
在哪里
我们的革命？
可说这说那
谈话
我们就转到了
为了未来……”
子夜降临。
一次执勤最后以战斗收场。
传奇故事如彗星尾巴般熄灭。
街道上飞旋着
潮湿、过筛一样的碎雪。

冰冷的风在呼号
似萨巴涅耶娃的歌声。

甚至
即使我们有一所房子,
现在也太早
回家。

我们,默默无闻的诗人,
在第比利斯的黑夜
栖身之所何处可寻?
如果有而且还开着门
我们能去的——
就只有“阿根廷”一个。
“布宜诺斯艾利斯”。
微弱的光
透过窗棂,
我们走进去——
要知道店主睡得很晚
而我们从来都不曾早来过。
他打着瞌睡,等到了我们,
我们来他都非常高兴——

因为是自己信赖的到访者。

亚历山德罗，
可怜的伙计……
那么长时间
在一个遥远的国度
他漂泊生活，
但就算在那里，异国他乡，
他一样慷慨好客
格鲁吉亚人
他不曾忘记。
卡赫基亚人他也照顾，
角落那里
他把香肠加热——
这是他现在
最热衷的事情
在他的“阿根廷”地下室那里。
他还送货上门
都是卷好的食品
如果需要……

他给我们展示

很多国旗
世界各国的。
家常话一直说到早上他都高兴。
每个国家
他都预备好
自己的腹稿。
他明白，
格鲁吉亚缺乏粮食，
他向孟什维克政府
建议
要进口
阿根廷的面粉。

他给
外交部写信：
“像一只
在笼子里的鸟
冬天，
濒临饥饿而死
亲爱的祖国！……
如果能授权给我——
我就能把卡斯提拉的面粉

运回来……”

不幸的人没能拿到
大使馆签发的委托证书，——
他们那一帮人
居然
吓得半死，
裹住自己的裘皮大衣瑟瑟发抖！……

直到如今，
多么清楚地记得，
痛苦和悲伤
仍刺痛着我的心。
那后来
我又遇见这老头：

他的背后
堆着一堆毛毯，
他一直忙碌，从太阳升起
直到很晚。

当权者那里

他本想把毯子卖给他们，
而当官的
一个也不想买他的！……

回到家
老太婆
骂骂咧咧，
女儿也生着气——
要她的嫁妆。

跟着穷得没裤子穿的
苏格兰人后面
老头跑来跑去。
沉重的“货物”扛上肩，
惊奇：
这些外国人根本不懂
卡斯提拉方言。

“你们，诗人们，
请告诉
那些官老爷们，亲爱的，——
他一边说着，

一边把毛毯
掖在腋下，——
让他们快一点
在自己的成立大会上
委托我
把面粉买回来
到卡斯提拉！”

好呵，那之后你还想
到哪里去东游西荡，
亚历山德罗
我们亲爱的？……
也许，你还是那个
传奇的、善良的人
跟从前一模一样吗？……

也可能，你已过世，
在你临死之前
你的面前
布宜诺斯艾利斯
幻象重现
一身湛蓝的服饰。

是的，天使
在白日的呓语中降临
纯洁无瑕的心灵，
像儿童般
被解救
从受欺侮的厄运中。
而你的苦难——
我们彼时
没能够讲述
无论是对朱里安·凡尔纳
还是对玛茵·里德。

就让它们自行其便吧
墓志铭
在你默默无闻的墓碑上刻下的——
就是以上这些诗句，
这些在第比利斯漆黑的夜里
我答应为你写下的
在那些日子里。

1928 年 1 月

## 在前线[①]

1

“像某只公鸡
和邻居的另一只
打斗
比分羞辱，
为一撮毛而打斗

① 在前线。在俄文系列出版物中，这首诗是作为长诗《一九一八年》的第二部分出版的。长诗开头就引自D.古拉米什维利作品《格鲁吉亚的苦难》的章节（摘自《上帝对人罪的惩罚》一章）。但还是，一旦想起来：附注同上。诺伊·若尔丹尼亚：格鲁吉亚孟什维克政府主席。萨那营：亚美尼亚靠近阿拉维尔德市的一个乡村。达什纳克：亚美尼亚民族资本主义政党《达什纳克楚纯党》党员。鲁宾·卡恰兹努尼：亚美尼亚达什纳克政府（1920年）主席。哈姆：诺伊的儿子，牧首。德罗：亚美尼亚达什纳克军总司令。赫拉米：格鲁吉亚河流，库拉河右岸一条支流。约翰：英国侵略军在巴库的指挥官。达尔巴吉：第比利斯的一间咖啡馆。就要变成新巴尔干了，外高加索……：这里指的是格鲁吉亚孟什维克和达什纳克政府奉行的《马其顿》式的方针政策，旨在解决外高加索民族问题。这一政策直接导致了亚美尼亚和格鲁吉亚的战争以及其他一系列的冲突爆发。第七节歌曲《最高统帅亚美尼亚的德罗……》：原文即为俄语。谢尔维尔-别克：第一次世界大战期间土耳其大元帅。格里高尔·拉基泽：格鲁吉亚社会联盟领袖之一。穆什塔依吉：第比利斯的一个花园。卡夫萨泽：格鲁吉亚合唱团负责人。潘基希：格鲁（转下页）

再打下去，
自己会被打死，
两个斗士都捉住
才是饥饿的公狗最想干的事情，

“卡赫基亚和卡尔特里
邻里关系就如出一辙”。

这个明星般的故事，
我清楚……
但还是
一旦想起来，
就觉得与此惊人地相似。

2

“市民们！——

---

（接上页）吉亚北部的一个峡谷。沙尔瓦·卡鲁米泽：格鲁吉亚民族民主党人。别尔杜占：格鲁吉亚语中对流经亚美尼亚和格鲁吉亚的德别特恰河的格语称呼。赫夫苏尔人出发了，士兵们希望……像子民一样迎接伊拉克利亚沙皇：鲜为人知的赫夫苏尔人部落在远古时代一直居住在高山地区，保留着古老氏族制的很多生活习惯，尽管格鲁吉亚从强大独立的最后沙皇伊拉克利亚二世生活的十八世纪末叶起已经发生了翻天覆地的变化。叶卡捷琳菲力德：离第比利斯不远的一个村庄，以前安置德国裔开拓者，现在为波尔尼希自治村。斯卢茨基：小提琴家。

诺伊·若尔丹尼亚大声喊道，
年迈的好斗公鸡
这成立大会的，——
我们耗尽
所有的资金
来支援
世界。
但是亚美尼亚人
公然
亮剑，
部队包围了萨那营村！……
我们期待着
民主，
就像期待我们的偶像
以便可以
消除犯罪！
而蒙羞的是头发花白的
鲁宾·卡恰兹努尼！”

这骂骂咧咧的人
是新鲜出炉的诺伊
新哈姆——

像他自己一样，也是头发斑白的，
他担任主席
亚美尼亚政府的。

其他官员，
跟发情一样，
扯着嗓子跟着喊。
吼声、口哨声，
叮当声……
就在那一刹那
亚美尼亚代表们
说撵走
就被撵走了。

“鄙视达什纳克！
打倒！
逮捕他们！
特务！
把我们当小孩子，是吗？
实际情况就是这样？

“在第比利斯市中心

给自己找好了一个地方，
政府的屋檐下
设好司令部
跟布谷鸟一样，自己的苦日子自己过！……

“滚回埃里温！
还是去帮帮
你们头上长疥子的德罗吧！……”

极端的愤怒中
咒骂跟爆炸声一样。
那些达什纳克代表们
一个接一个
离开了
议会大堂……

3

在埃里温市
其他那些好斗公鸡们
也在喔喔啼叫
也貌似特别黩武的样子。

他们头发吵得都竖起来
互相反对
这些邻居们，
好像永世都不曾和睦相处过，
而活着
只想一件事情：
超过对方，
不欠对方债务，
先下手为强，用牙咬住
“敌人”的喉咙。

4

无论列兹金人，还是基斯京人
都不曾恐吓过我们，
而土耳其人
被捆住了
双脚。
并非公狗捉住了
软弱无力的小鸡，
大不列颠的狮子
用爪子

把他们踩死在
民主的天鹅绒里，
好斗公鸡的尾巴
翘着，而身子
却被狮子毛茸茸爪子压在下面。

赫拉米河的岸上
血色的雾升起来，
那里，肆意枉法的屠杀中
一颗颗人头落地
都是格鲁吉亚和亚美尼亚后备役民兵。

5

约翰来到里海
一路烧杀抢夺
他要寻找新的好斗公鸡，
幸好他们很多都不欢而散……

而在巴库，
在厮杀正酣的阴郁山冈那里，
战旗猎猎。

黎明之旗猩红。
心跳如烽火鼓点，
扎巴利泽和沙乌缅
提议召开
工人代表苏维埃会议。

但夜半
市郊在血中醒来。
有人像鬼一样走过，
有人投敌叛变……
神不知鬼不觉……
约翰的魔爪
伸到了这里。

在第比利斯
每个人都不好过，
无数谈话
这里那里。
“骗我们，
说什么亚美尼亚人都是胆小鬼，
不善打仗……

其实呢
他们装备很好，——
第比利斯志在必得。”
“我们灾难临头！
格鲁吉亚的前途黯淡无光！……
谁来保护我们？有谁？

“小铺伙计？
黄口孺子？
还是市井无赖？
这都不是近卫军，
这是——耻辱！

“去了的——
他们爬着打仗。
必须像鞭打绵羊一样驱赶他们！
确定的是
在最短时间内
亚美尼亚人将要夺取第比利斯。

“全世界看着
这个耻辱！……”

一些朋友高声叫喊。
极度兴奋，
居民们在“达尔巴吉”咖啡馆
一直吵吵嚷嚷。

6

“你们想要得到什么呢？
譬如：今天
你攻克了他
明天他又攻克了你。
如此反复
我们一日复一日
互相残杀，
直至毁灭致死？

“能够想明白的话
除非是醉酒的时候：
就要变成新巴尔干了
外高加索！……”

“这是，

那位被布尔什维克收买了的人，
在这里说得巧如簧舌？
我们对一切都知道得清清楚楚！
若是你想找个地盘蛊惑人心的话
还是另请换个地方！

“要知道，我们和亚美尼亚人——
和异族人一样——
只能用武力解决争端。
至于在你们俄罗斯
天气不佳的话——
自己的人民之间是不是也常闹纷争？

“别指望
在埃里温
工人阶级取得胜利。
最可能的是
全世界的世纪大洪水
必将到来，
以此汇成
由本地穷苦人组成的
有组织的无产阶级！……”

“务必要让你们，同志们，知道：
孟什维克——他们
跟达什纳克分子一样！……”
如果不能消灭，
就把他们集合起来，
运送到某个昏暗之地……

7

也就是说——事情嘛
就是这样：
士兵们上了“前线”，
歌声嘹亮。
跟格鲁吉亚语唱的歌曲
不太一样，
他们中某个隐秘的人
作的词，
填的曲……

就好像乌云之下
令人窒息的尘土，
黏稠的泥浆

还有泛着泡沫的波浪翻滚。

“最高统帅
亚美尼亚的德罗
不用军刀
拿起了大水桶。
仙鹤，
仙鹤，
这可爱的小鸟儿！
美丽的格鲁吉亚的
你哪里见过，
为她斟酒吧
别废话，——
唱吧，
谢尔维尔-别克，
唱吧……
心儿
请静一静……”

8

库塔伊西的

志愿者队伍
走过去了。
最前面
是格里戈尔领队。
走过去了
格里戈尔。
志愿者们——紧随其后，
一个接一个。
格里戈尔领步。
（挺胸向前！
步——伐再大一点！）

而在他们身后——
志愿者们高喊：
一，
二，
三，
四……

…………

“别睡了，勇士，

起来!
战马踏着敌人的尸体嘶鸣。
锁子甲、头盔请戴好,
招呼好自己的战友们。
来了!
有些家庭
甚至来了九个儿子!……”

你们是不是以为,
这是
在穆什塔依吉花园里
唱着卡夫萨泽合唱?

从潘基希,
沿着黑阿拉格维河
赫夫苏尔人生龙活虎
一路从山上而来。
他们的首领就是卡鲁米泽·沙尔瓦。
永恒的是冰雪覆盖的高山之巅,
古老的歌词总是道出真理。

像一百年前一样,他们已整装待发,

黎明时分集结在别尔杜占河旁……
赫夫苏尔人出发了，
他们希望，士兵们
像子民一样迎接伊拉克利亚沙皇，
出乎意料之外的是，
暂时还未见到。

而赫夫苏尔人将更加诧异，
假如他们知道了，
沙尔瓦·卡鲁米泽
先生
带着沙皇的
那些剩余的钱财
逃跑去了柏林，
花天酒地，
像以前幸福岁月一样，
并特别热衷于
印制假钞。

…………

格鲁吉亚这头大水牛

被亚美尼亚人赶来赶去，
而格鲁吉亚人
又把亚美尼亚这头绵羊到处驱赶。
近卫军到处施暴……
未来——在迷雾中。
死亡的铅弹打着唿哨。

夜里迸裂作响的
是昏暗中射出的机枪子弹，
等等——最好你能分辨
孟什维克与达什纳克的枪声不同。

伏兹涅肖斯卡娅街，
18号。
跟氏族首领一样，
奥瓦涅斯·图玛尼端坐堂上。
子辈孙辈们
他要求他们发誓，
不要参加
格鲁吉亚与亚美尼亚的
战争。

然后拿起笔

伸了伸手臂，
一封愤怒的书信
如此结尾：
“羞愧啊
我辈——邻邦——
相互残杀。

“‘法国
高加索的’
这太不像话了啊！……”

大街上
挤满了人群
手里攥着报纸，
大声念道：
“近卫军进犯！
想不想翻本复仇！
格鲁吉亚的士兵
攻入了埃里温市！
叶卡捷琳菲力德
大捷！
晚间新闻！
晚报！”

流光溢彩的交际活动
在新俱乐部里进行。
从乐池传来
小提琴声
那是盲人斯卢茨基在演奏。
鼓掌吧
先生们女士们。
他们还跳起了列兹金卡快舞曲
在一片雷声和喧闹声中。

黄昏
被醉汉们的哭号打破，
直到黎明
母亲的责难
直戳心窝。

嘈杂的喧哗声
令人沮丧
第比利斯城
怜不眠。

1928

## 罗阿里德·阿姆德森[①]

需要让人民确信吗？

太勉强……

这是明白无误的

所有人、哪里都是，

只为了你的名字，

阿姆德森，

交给了

最靠近太阳的，

最亮的那颗星星。

---

① 罗阿里德·阿姆德森（1872—1928）：挪威极地考察旅行家和研究者。1911 年 12 月 14 日抵达南极点，比另一位用其他途径抵达的 P. 斯科特英国考察队领先了整整一个月。1928 年 6 月 18 日，他乘坐“拉塔姆”号水上飞机搜寻诺贝尔北极考察队，与吉里多和基德利赫斯三人一同失踪。萨莫伊洛维奇、楚赫诺夫斯基：苏联飞行员，派去搜寻诺贝尔考察队的成员。原稿 A. 兰波《醉舟》的引文，是由保罗·雅什维利翻译的格鲁吉亚语。马里姆格林-芬（1895—1928）：瑞典地理学家，北极地区研究者，参加诺贝尔考察队期间遇难。《马雷金》和《克拉辛》，奉命搜寻诺贝尔考察队的苏联破冰船。李特维诺夫：彼时外交部长。格哈·茨克拉乌里：格鲁吉亚著名的登山家，罹难山里。

星期五。十二月十四日。
整个世界上——
大地之心如焦急的铃声。
一些人——哭上两分钟，
而这些人呢？
这些——至死
他都铭记着的人。
这些生死之交
将纪念英雄。
我自己，一个从此被改变的人
只会反复重申：
“震惊！”
我命令自己，
要写一首歌，
表达一个心声，
好让他继续升高。
这个目标
我发誓一定要实现。
心
向所有人敞开，
但为何
还要另外的诗篇？

这样的名字

　　　　　　比诗歌本身更强大。

很久以前我就记得：他的琴声，

使人激情澎湃，让一切变得更具音质感。

还是不要讨论

那些遥远的

　　　　　　和早期岁月的回忆。

童年。利奥河。

常常——梦见：

北方派遣了

金羊毛勇士到我这里。

母亲一直喊着我的名字，

但是，紧锁眉头，

把他们一一都看清楚

我一直在梦里争取着。

不，不是三桡战船，

看，波浪吐沫，

一艘普通的帆船

　　　　　　　　滑过。

鹿影

让我心生愉悦，

砍开冰层

用蹄子蹬踹。
我也曾如此幻想，
万籁俱静，鸦雀无声，
躲在被褥里
只留自己一张脸。
如果现在要出版
诗歌——
回忆
会引导着它。
我自己舍弃家庭，
但饱受折磨
那久远的梦境
胸脯。
你不要把马笼头的缰绳
拉得太紧，
正常情况下
好马识途。
金羊毛勇士们的
极地雪橇
我还记得。
雪橇鹿的丝绳
洁白。

就算空旷无人，
我们无从知道，
到底是在哪里
　　　　　“拉塔姆”
折损了机翼。
需要让人民确信吗？
　　　　　　　太勉强……
这是明白无误的
　　　　　　　所有人、哪里都是，
只为了你的名字，
　　　　　　　阿姆德森，
交给了
最靠近太阳的，
　　　　　　最亮的那颗星星。
我成长于利奥河沼泽。
再远一点就是
帕列奥斯托姆湖……
四周
几乎同样的景色……
青蛙跳来跳去。
它们的乐队演奏着安魂曲。
丘特切夫之魔充耳不闻

它们顾自窃窃私语。
噢，直到如今，
好像头一次，
这样的声音征服了我，
像是格鲁吉亚语。
而现在
难道理想
被禁止?
幻象之舟，
从深邃的幽蓝中
什么样的网
才能将他们
从海底打捞上来?
无梦之夜。
再到黎明
如此，已度过了多少个!
让他们，
跟我换一下
位置吧，
换一个其他人来体会
这些，
新的诗人

必将取代我。
“到极地去，
到极地去！
快去
将新的秘密
揭开！”
　　　　　　小伙子，
那条
沉没的船
横桁
我仿佛看见了。
接着
下沉的
就是那些锚。
极地
子午线的十字道口，
仿佛他要确认：
“请你洞察
我的秘密！”
在大洋之底
我看见
那些塌毁的桥梁。

大西洋底
我触摸到。
并且清楚：谁经夜无梦，
谁就会明白，
海洋的
深奥莫测的深度意味着什么。
曾经我总以为十分了解，
他是一个什么样的人——
阿姆德森。
天空之心
和大地之心
他都听过。
我们沿着冰川之路，
就好像，我们一起，
如兄弟般同行。
难道只有斯科特
去到目的地的路
他都巡检走过？
哦，不是的！
再过若干年
那些理想
我也会拥有。

我不会把它们交出，
任何人，
任何时候。
阿姆德森，
即使是在最后一刻
你也不是远方孤独一人。
仿佛我们
也已被冰雪埋葬，
还有茫茫雪原
白色平静的冰面。
需要让人民确信吗？
　　　　　　　　太勉强……
这是明白无误的
　　　　　　　所有人、哪里都是，
只为了你的名字，
　　　　　　　阿姆德森，
交给了
最靠近太阳的，
　　　　　　最亮的那颗星星。
哪里是他勇敢无畏的
阻碍？
以至于让他替其他人
献出了生命。

维京人
该把他认作
他们的兄弟，
也会明白：
他和他们是同族人。
让这个消息
在世界各地广播，
让地球
传遍这样的信息，
有这样一些人，
他们的牺牲
世界无法
不用眼泪承受。
吉德利赫斯，
　　　　　格里博，
你们也曾
　　哭过，
面对死亡
能依靠的，
不是自己——
而是他。
你们的
　　　声音

已把大海填满

　　　　　直到今天。

第比利斯。

　　　　歌剧院。

嗯哼

挂着彩旗的木板舞台架已挪走。

国防及航空化学建设促进会的大牌子

满大厅里

　　　　都挂出来

强势机关的明星们来了一大帮。

瞧，这是萨莫伊洛维奇……

楚赫诺夫斯基……

　　　　　　浮出水面的

还有兰波的诗行

在他们的报告里。

《醉舟》[1]，

而保罗·雅什维利

驾着船

① 《醉舟》：兰波的一首长诗，诗中引用的是长诗倒数第二节，但从格鲁吉亚语转译俄语的译本与法语原文直译的译本仍有明显的差异。这里引用此节的译本是我国著名翻译家飞白的译本，供参阅。“如果我想望欧洲的水，我只想望 / 马路上黑而冷的小水潭，到傍晚，/ 一个满心悲伤的小孩蹲在水边，/ 放一只脆弱得像蝴蝶般的小船。”（译者注）

好像舵手，
将其领航到格鲁吉亚的诗歌中来：
“不，如果我想要欧洲，
那它是这样的，
黄昏来临，小孩子蹲在一汪水前
放下一只
　　　　自己折叠的小纸船
而在馥郁的暮色里，谁能知道
　　　　他为何而忧伤。”
楚赫诺夫斯基不会从石头后跑出来吧，
告诉
世界，
此时他打了个冷颤，四周一片沉寂，
关于苏维埃国家的英雄主义事迹？
从冰海里他搜救
活死人。
难道楚赫诺夫斯基
对马里姆格林的尸骨
真需要？
楚赫诺夫斯基不找尸体
用来撕咬。
他不是鬣狗，

倒像别的什么
类似冰原上的豺狼。
被饥饿折磨。
被疲劳折磨。
给北极熊射上一堆枪弹——
结果
很快在冰块上
就有阿芙唐吉尔的烤肉串
由楚赫诺夫斯基飞行员
分发给朋友们。
阳光多灿烂
又多美好
有过这样的戏剧
曾在剧院上演？
好像闻到过
《马雷金》和《克拉辛》，
大厅那里冰块的铺垫层
已被掰坏。
极地几乎近得完全被
贴到脸上去了，
字字句句满是勇敢无畏
报告人的发言中。

这些功劳都归你，李特维诺夫，
世界人民
将减轻负担。
并且急切地集中好注意力，
世界要倾听英雄的汇报：
得意扬扬地讲述，
阿姆德森，
只是还轮不到你。
假如是我
格哈·茨克拉乌里，
亲自夯实冰川，
就像自家石头房的屋顶，——
一皱
眉头，
我就会让眼泪滑落
到花白的胡须上。
这个格哈
我知道的，他活在
每一个人的理想中，
“永恒的怀念”
给无所畏惧的人
我们还不到熟透

可以安葬的时候。
不过，在最后的
那几个小时里
另一种死法
他想都没能想过。
仿佛灵柩台
就是冰川，
我似乎看到，
茨克拉乌里已经躺下来。
穿过古都沙乌里山民们的
远方
我这里可以想象得到，
忧伤地举起羊角酒杯，
人们一杯又一杯地敬酒以纪念格哈。
耸立世界之上，
沉默无语，
我相信，能永远存留
有关人的狼性记忆的
只有卡兹贝克山。
阿姆德森，
我知道，任何其他人的
命运都无法跟你的相等。

我不想
把两种命运都记住，
对半而折吧
将我梦境中的冰蜡烛。
假如山地的暴风雪肆虐，
大雪纷飞，
我们每个人
都会记住阿姆德森，
就像铭记一位朋友，
而冰冷的泪水仍刺痛双眼。
需要让人民确信吗？
　　　　　　　太勉强……
这是明白无误的
　　　　　　　所有人、哪里都是，
只为了你的名字，
　　　　　　　阿姆德森，
交给了
最靠近太阳的，
　　　　　　　最亮的那颗星星。

1928.12

# 译后记

## 1

格鲁吉亚曾是前苏联加盟共和国之一，前苏联领导人斯大林的故乡。苏联解体后，1991 年 4 月 9 日格鲁吉亚正式宣布独立。这是一个有特殊文化的古国，位于欧亚两洲交界之高加索山地区、黑海沿岸，是希腊神话英雄伊阿宋盗取金羊毛之地。

格鲁吉亚伟大诗人、翻译家塔比泽的名字，是著名诗人吉狄马加最早告诉我的。那是 2016 年 4 月中下旬，吉狄马加来深圳参加一个诗歌活动，他跟我，还有诗人、法语翻译家树才谈起新诗百年国外优秀诗人作品译介的时候，不知怎么说到了塔比泽；并鼓励我将塔比泽俄语诗选翻译出来，他来写序推荐。树才也赞同我接下来，重操翻译旧业。有了两位仁兄撑腰打气，我又仿佛回到了八十年代、九十年代激情燃烧的岁月，于是欣然应允。

今天，终于将拙译呈献给迎来中国新诗百年的读者诗友诸君。

## 2

关于格鲁吉亚文学发展沿革，均来源于网上公开资料的整理、翻译和编注，不代表译者观点，仅为有兴趣的读者阅读参考；否则，也可直接略过此部分。

格鲁吉亚文学历史十分悠久。从古代开始，歌谣、故事、神话、英雄传说等就在民间流传。随着封建关系的发展和基督教的传入，5世纪出现教会文学。12世纪肖·鲁斯塔维利的长篇叙事诗《虎皮武士》富于爱国精神，影响深远，堪称格鲁吉亚和世界最伟大的史诗之一。外来势力的入侵长时期阻碍了格鲁吉亚文学的发展，至17世纪才渐趋复兴。17至18世纪，摆脱奴役，争取民族解放，成为格鲁吉亚文学的主题。大卫·古拉米什维利（1705—1792）的长诗《格鲁吉亚的灾祸》描绘18世纪前半期格鲁吉亚发生的悲惨事件。格·奥尔别里安尼和贝·戈巴什维利（即贝西基，1750—1791）的作品则反映了格鲁吉亚要求挣脱波斯、土耳其统治的愿望。1801年，格鲁吉亚被并入沙皇俄国。19世纪30至40年代浪漫主义流派占据了主导地位。它的奠基者阿·恰夫恰瓦泽（1786—1846）的诗作浸透着民族自由和社会正义的思想。尼·巴拉塔什维利（1817—1845）的诗歌，把个性自由的思想与民族解放的目标联系起来。19世纪下半期，格鲁吉亚封建专制瓦解，进入资本主义时期，阶级斗争激化，浪漫主义开始向现实主义流派过渡并逐渐在文学上占据优势。格·艾里斯塔维①（1811—1864）的戏剧、拉弗连季·阿尔达吉阿尼②（1815—1870）、丹尼尔·昌卡泽③（1830—1860）的小说表现了这一倾向。拉·艾里斯塔维、尼科·洛莫乌里④、叶·加巴什维利等人的作品描述了农民痛苦不堪的生活。批判现实主义文学奠基者伊·恰夫恰瓦泽（1837—1907）的长诗《幻影》《强盗卡科》、小说《他是人吗？》暴露社会弊端，抨击专制制度与农奴制度。阿卡基·策列杰里（1840—1915）的诗歌反映了格鲁吉亚人民争取自由与独立的斗争。19世纪90年代至20世纪初，随着无产阶级革命运动的高涨，达

① 格·艾里斯塔维（1811—1864）：格鲁吉亚作家、剧作家、导演、演员、社会活动家、翻译家。

② 拉弗连季·阿尔达吉阿尼（1815—1870）：格鲁吉亚作家，格鲁吉亚现实主义文学奠基人，并与格·艾里斯塔维、丹尼尔·昌卡泽一起开启了格鲁吉亚文学中批判现实主义的先河。

③ 丹尼尔·昌卡泽（1830—1860）：格鲁吉亚作家，翻译家，是格鲁吉亚第一位平民知识分子作家，精通奥塞梯语。三十岁患结核病去世。

④ 尼科·洛莫乌里（1852—1915）：格鲁吉亚作家、诗人。

维德·克尔季亚什维里①（1862—1931）等作家继续反映人民大众的悲惨生活；埃·尼诺什维利②（1859—1894）等作家在作品中反映出农民革命的思想；伊拉吉昂·叶夫多什维里③（1873—1916）首次在格鲁吉亚诗歌中描写了工人遭受残酷剥削和压迫的情景，号召人民团结斗争。俄国第一次革命失败后，绍尔瓦·达吉阿尼（1874—1959）④、尼科·洛尔德基帕尼泽（1880—1944）⑤等作家，则描写了格鲁吉亚人民在1905至1907年革命及其失败后的斗争。

格鲁吉亚建立苏维埃政权后，文学进入新的时期。加拉科吉昂·塔比泽（1892—1959）⑥的诗集《时代》（1930）、《革命的格鲁吉亚》《世界进行曲》歌颂

---

① 达维德·克尔季亚什维里（1862—1931）：格鲁吉亚作家，1930年获格鲁吉亚人民作家称号。著有《所罗门·莫尔别拉泽》中篇小说（1894）等。

② 埃·尼诺什维利（1859—1894）：本名伊格纳季·英戈洛科瓦，神甫的儿子，常用笔名尼诺什维利。格鲁吉亚小说家。

③ 伊拉吉昂·叶夫多什维里（1873—1916）：原名伊拉吉昂·哈希塔什维利；格鲁吉亚诗人、作家。出身于农民家庭，1893年开始在《伊维利亚》报纸发表作品，同年因思想危险（帝俄时指革命者）被第比利斯中等神学院开除。

④ 绍尔瓦·达吉阿尼（1874—1959）：格鲁吉亚演员、作家、剧作家、翻译家、社会活动家；1923年获格鲁吉亚人民艺术家称号。

⑤ 尼科·洛尔德基帕尼泽（1880—1944）：本名尼古拉·梅拉勃维奇，格鲁吉亚作家，著有一系列反映格鲁吉亚贵族、灾年（1914—1919）及许多历史题材的中、短篇小说集。

⑥ 加拉科吉昂·塔比泽（1892—1959）：格鲁吉亚诗人，获格鲁吉亚苏维埃人民诗人（1933）。

十月革命和人民的劳动。吉茨安·塔比泽（1895—1937）的《新穆茨赫特》（1926）和长诗《利奥港》（1928.5），还有抒情诗杰作《祖国》（1935）、《克里姆林宫的奥尔皮里共青团员》（1937）等系列抒情诗歌就是苏维埃时代格鲁吉亚太阳下的作品，诗人把对祖国的爱进行了完美地抒发。伊拉科里·维·阿巴希泽（1909—1992）①、西蒙·伊·奇科瓦尼（1902—1966）、阿里奥·阿·米尔茨胡拉瓦（1903—1971）②、桑德罗·山希阿什维利（1888—1979）③、捷姆纳·申盖拉雅（1896—1980）④、格·列昂尼泽（1899—1966）⑤、伊洛·莫萨什维利（1896—1954）⑥等作家的作品，描写了旧世界的崩溃，歌颂了新生的格鲁吉亚、社会主义建设者和人民领袖，反映了农村社会主义改造

---

① 伊拉科里·维·阿巴希泽（1909—1992）：格鲁吉亚诗人、国务活动家，格鲁吉亚苏维埃作家协会第一书记（随后任主席）（1953—1967）。

② 阿里奥·阿·米尔茨胡拉瓦（1903—1971）：格鲁吉亚诗人，笔名：马沙什维利。

③ 桑德罗·山希阿什维利（1888—1979）：格鲁吉亚苏维埃诗人、戏剧作家，获格鲁吉亚苏维埃功勋艺术活动家，斯大林奖金（二等奖）获得者。

④ 捷姆纳·申盖拉雅（1896—1980）：格鲁吉亚苏维埃作家，科学院院士（1969）。

⑤ 格·列昂尼泽（1899—1966）：格鲁吉亚苏维埃诗人，获格鲁吉亚苏维埃人民诗人称号（1959），格鲁吉亚苏维埃科学院院士（1944），三次（1941、1950、1952）斯大林奖金二等奖获得者。

⑥ 伊洛·莫萨什维利（1896—1954）：又名伊利亚·莫萨什维利，格鲁吉亚苏维埃作家，斯大林奖金（二等奖）获得者（1951）。

的历程。卫国战争时期，加拉科吉昂·塔比泽的诗篇、西蒙·伊·奇科瓦尼的《大卫·古拉米什维利之歌》、格·阿巴希泽（1914—1994）①的《百战百胜的高加索》、格·姆季瓦尼（1905—1981）②的《营队向西开去》都谴责了德国法西斯，抒发了爱国主义思想感情。战后，格·阿巴希泽、格·姆季瓦尼、伊拉科里·维·阿巴希泽、桑德罗·山希阿什维利等老作家继续发表作品，同时也出现了列·贾帕里泽、诺达尔·杜姆巴泽③、安娜·卡兰达泽④、肖塔·尼什尼阿尼泽⑤、贾·查尔克维阿尼、塔·奇拉泽等后起的作家。他们在作品中描写格鲁吉亚的历史，表现卫国战争；有的则触及当代社会的问题。上世纪50年代以后，现代题材的小说占据主导地位。康·加姆萨胡尔吉阿⑥的长篇小说《藤花》(1956)、阿·别利阿什

---

① 格·阿巴希泽（1914—1994）：格鲁吉亚苏维埃诗人、作家，格鲁吉亚苏维埃共和国国歌词作者之一，斯大林奖金（二等奖）获得者。

② 格·姆季瓦尼（1905—1981）：格鲁吉亚戏剧作家、电影剧本作家，格鲁吉亚苏维埃功勋艺术工作者（1961）。

③ 诺达尔·杜姆巴泽（1928—1984）：格鲁吉亚苏维埃作家，列宁奖金获得者。

④ 安娜·卡兰达泽（1924—2008）：出生于希吉斯塔维，格鲁吉亚著名的当代诗人。

⑤ 肖塔·尼什尼阿尼泽（1929—1999）：出生于第比利斯。格鲁吉亚当代诗人。1946年开始发表作品，已出版诗集、抒情诗选集。

⑥ 康·加姆萨胡尔吉阿（1891—1975）：出生于阿巴沙，格鲁吉亚作家、语文学家、文学—历史研究家，格鲁吉亚科学院院士（1944）；二十世纪格鲁吉亚最著名的散文家之一。其子兹韦德·康斯坦丁诺维奇·加姆萨胡尔吉阿（1939—1993）为格鲁吉亚首任总统（1991—1992）。

维里的长篇小说《鲁斯塔维利》(第1、2部，1959—1960）和《什维德卡沙》(1960—1961）等，歌颂了人民战斗的和劳动的功绩。杜姆巴泽的长篇小说《白旗》(1974）和《永恒的规律》(1980，同年获列宁奖金)，揭露社会种种弊端和不良风气，提倡以人道主义为基础的道德准则，受到社会舆论的重视。

3

吉茨安·尤斯金诺维奇·塔比泽(格鲁吉亚语：ტიციან ტაბიძე: 1895年4月2日—1937年12月16日[①])是格鲁吉亚和前苏联伟大诗人，象征主义诗社“蓝角”主要发起人。1895年4月出生于西格鲁吉亚、靠近奥尔皮里附近一个叫舒阿姆特的村。塔比泽四岁起就会阅读，1905年进入库塔伊西古典中学（马雅可夫斯基也是该校学生)，十岁开始写诗，六年级时在另一名格鲁吉亚伟大诗人保罗·雅什维利担任编辑的《科尔希达之箭》杂志上首次发表诗作。十六岁起开始创作抒情长诗。他还将亚历山大·勃洛克、瓦列

① 有些俄语网络还有资料显示，T.塔比泽是1937年12月15日被枪决的。而俄罗斯诗人作家德·贝科夫撰写的《帕斯捷尔纳克传》(王嘎译）中则只指出是12月被枪决，具体日期至今不明（下册，第654页)。

里·勃留索夫等人的诗歌翻译成格鲁吉亚语，也曾翻译了不少同时期法国诗人的作品。

1919年塔比泽迎娶尼娜·亚历山德罗夫娜·玛卡什维利公爵小姐为妻。妻子的曾祖父是大伊利亚·恰夫恰瓦泽的哥哥。有关吉茨安·塔比泽的详细生平，参见书中附录的由诗人自己撰写的《我的自传》。读者对于吉茨安·塔比泽将有一个全景的了解。我一并全文译出，以飨读者。

1937年5月，吉茨安·塔比泽、保罗·雅什维利等相继被传讯；7月22日，第比斯利作家协会开会期间，保罗·雅什维利用一支猎枪在会议室二楼开枪自尽；1937年10月10日，吉茨安·塔比泽被捕，12月15（16）日，被枪决①。1988年，作为前苏联大清洗牺牲者之一，吉茨安·塔比泽获得平反并恢复名誉。

4

由于历史原因，格鲁吉亚的诗歌国内却很少能见到中译文本。除了外国文学出版社最早在1984年翻

---

① 援引《帕斯捷尔纳克传》（俄罗斯诗人德·贝科夫著，王嘎译，下册第652—654页）。

译出版过鲁斯塔维利的史诗《虎皮武士》外，译者不详；2002 年再由译林出版社出版，译者严永兴。

毫无疑问，吉茨安·塔比泽无论对于前苏联，还是格鲁吉亚而言，都是一位伟大的诗人，但却是一位被隐匿和遮蔽的诗人。这种隐匿和遮蔽一方面是因为历史的原因，十八、十九世纪俄罗斯文学巨匠灿若星河，偏居的格鲁吉亚苏维埃共和国不可能分配到世界注意力足够的份额；尽管普希金时期甚至更早，欧洲文学界就有人关照到了格鲁吉亚文学，但那是猎奇似地、零星地介绍。一直到了斯大林时代，才比较系统地、当然有一定的应景需求，翻译和介绍了不少格鲁吉亚文学作品，为前苏联文学注入了高加索山地的血液和粗犷活力。另一方面，则是斯大林的“大清洗”运动，吉茨安·塔比泽、保罗·雅什维利等一批格鲁吉亚诗人、作家遭到迫害、错杀，直到九十年代末才得以平反恢复名誉。诗人的创作生涯在鼎盛时期被野蛮中断，使得本来就弱小的格鲁吉亚文学此后更是雪上加霜，更加隐匿和遮蔽，世界、尤其是中国读者对格鲁吉亚文学的认知也是十分有限和贫乏。拙译面世，希望藉此填补吉茨安·塔比泽诗歌中译的空白，并唤醒更多的注意力给予这个神秘古国——格鲁吉亚。

## 5

关于吉茨安·塔比泽的诗歌，诗集原著同时刊发有前苏联、格鲁吉亚著名诗人，1947年[①]斯大林奖金一等奖获得者、吉茨安·塔比泽的同乡好友西蒙·奇科瓦尼的序言评论文章；还有专门撰写了吉茨安·塔比泽生平、其与俄罗斯诗歌界文学交流以及其诗歌创作专著的已故俄罗斯作家卡琳娜·米哈伊洛芙娜·楚丽科娃的一篇序论。这两篇文章对吉茨安·塔比泽的生平、创作、诗歌等都进行了系统、全面评述；对于读者是一份非常难得的导读指南。因此，我全文翻译附上。

普希金当年游历格鲁吉亚时写过一首诗歌《夜幕笼罩着格鲁吉亚山冈》[②]：

夜幕笼罩着格鲁吉亚山冈，
阿拉瓜河[③]在我面前喧响。
我忧伤而又舒畅，哀思明净；

---

① 也有资料介绍是1941年。
②《夜幕笼罩着格鲁吉亚山冈》：译者不详。
③ 阿拉瓜河：即“阿拉格维河”。

你的倩影充满我的愁肠，
你，只有你一人……无论是什么
都无法惊扰折磨我的心，
心儿又再次燃烧，又要去爱，
因为，不爱你它不能……

的确，我译、读吉茨安·塔比泽的诗歌，也是“忧伤而又舒畅，哀思明净”之感。书中的关键词唯有“死亡、爱情、故乡、宗教、荣誉、战斗和酒”给我印象最深；而除了本书两位评论家推荐的名诗外，塔比泽的每一首诗歌我都喜欢，无论短诗、组诗、长诗，甚至那些片断节选，读来也撼动人心。尤其喜欢：《不是我在写诗……》《迦勒底之城》《乡村之夜》《奥尔皮里的四月》《在戈姆波雷》《十一月》《阿拉维尔德之节》《伊拉亚利》《第比利斯之夜》《在化装舞会上》《一个又一个雪崩》《我从切斯克尔斯村旁那边走来》《阿纳奴利》、长诗《利奥港》《在前线》等。而他的抒情诗中的叙事性生动、凝练，读来有身临其境之感。如：《背着手摇风琴的流浪乐师》《四轮马车到了》等。

而吉茨安·塔比泽诗歌中对死亡的赞美似乎比任何诗人都多，而且“死亡”与“爱情”这两个主题总是如影随形，相伴而生。如《在化装舞会上》：

我不知道我在等谁和等什么
现在只剩下垂死的甜蜜的等待
而前面——死者，残酷并闪亮起来，
穿上死亡之衫还能停留片刻，——
不会的，我已是一个弃儿
我的心在黎明之际熄灭……

死亡的舞厅，既嘈杂又沉寂，
而舞着的是我忧伤的安魂曲。

《致保罗·雅什维利》一诗的首节：

我们像双生子，无所不包、无处不在、直至终点。
格鲁吉亚的正午仍将如此艳阳高照，
当我们俩因为歌唱一同赴死……

而《在阿纳奴利》诗中，

“……鱼鳃都被砸出。扳机抬起。

我等待着一颗子弹。心即是靶。
死亡已不可避免。时限将近。

这里死亡成千上万。阿纳奴利
你就是见证人。为何我
在这里把热情和暴风雪歌唱，
只因为我要把我的死亡哄睡。”

《过时的赛马》：

死亡
一个美好和骄傲的字眼

《致尼娜·玛卡什维利》：

伊洛、泽农——死亡的徽章古老、血腥……
自己的角杯我们自己用毒药斟满，
死亡之魔在我们头顶盘旋高飞——
我看见了准备接受被毒死的我们的陈尸房。
我只能用我的诗歌和忧伤的爱恳求：
就让坦尼特用最后的诗文播撒我们吧！

诗人西蒙·奇科瓦尼诗评中指出："那些年他写的关于爱情、祖国的诗篇让他蜚声苏联。而他的诗歌激情和魅力，以及创作了那首著名的《不是我在写诗……》后作者获得更多诗歌声誉之后那种强烈的悲剧色彩也总是如影随形。"因为塔比泽"写诗的时候，他简直就是在滴血。所有的伤口都敞开；而高兴的时候也是大碗盛满"。吉茨安·塔比泽自己也在告诉这个世界：

"我知道，诗歌之绳
被无眠之夜自己的双手攥着。
一经雨水的扑扑声和泛起的泡沫敲打，
诗句就风湿般掠过并穿过了我……"

由此很容易让我想起吉狄马加诗歌中也有这种山地民族对于死亡的敬畏、亲近的诗句："我们活着已经不是为了自己，而死亡对于我们而言，仅仅是改变了方向的时间"（选自《巨石上的痕迹》）！很显然，对死亡的敬畏、爱情的赞美，是诗歌永恒的主题，也是诗人吉茨安·塔比泽用来抒情最多的方式。

吉茨安·塔比泽的诗歌俄语译者都是前苏联同时代最杰出的诗人，全书共收录吉茨安·塔比泽

1911—1937年间创作的诗歌145首，其中短诗127首、组诗3首(《满心》《亚美尼亚》《诗之诞生》)、长诗4首(《利奥港》《一九一八》《在前线》《罗阿里德·阿姆德森》)、节选长诗1首(《沙漠里的武装起义》)、未标注日期诗歌10首。而参与吉茨安·塔比泽诗集俄语翻译的俄罗斯诗人有十八位之多。C.鲍特维尼克[①]翻译最多，达23首，其次是巴·安托科里斯基[②]——19首(包括1首长诗《利奥港》)。特别应该指出，诺奖获得者鲍·帕斯捷尔纳克翻译了17首塔比泽的诗歌。前苏联及俄罗斯诗人、作家翻译塔比泽诗歌的还有：Ю.梁申采夫[③]——12首；Л.奥泽洛夫[④]——11首；尼·扎博洛茨基[⑤]——11首；C.斯帕斯基[⑥]——8首(包括1首长诗《罗阿里德·阿姆德森》)；K.阿尔辛涅娃——2首；Л.马尔登诺

① C.鲍特维尼克(1922—2004)：出生于彼得堡。俄罗斯诗人，曾担任前苏联作家协会列宁格勒分会诗歌部负责人。

② 巴·安托科里斯基(1896—1978)：俄罗斯诗人、翻译家、戏剧作家；雕塑家M.M.安托科里斯基的孙外甥。

③ Ю.梁申采夫(1931—2016)：俄罗斯诗人、散文家、翻译家、戏剧作家、剧院电影院歌词作家、作曲大师；1970年成为苏联作家协会会员；三届全苏诗歌翻译大奖优胜者。

④ Л.奥泽洛夫(1914—1996)：本名列夫·戈里特别尔戈，曾用文学笔名列夫·别尔戈、列夫·柯尔涅夫；俄罗斯诗人、翻译家。

⑤ 尼·扎博洛茨基(1903—1958)：俄罗斯诗人、翻译家

⑥ C.斯帕斯基(1898—1956)：出生于基辅，俄罗斯诗人、散文家、戏剧作家、翻译家、文学评论家。

夫——3首；Б.里维施茨——4首；М.舍赫焦尔——2首；Л.马利采夫——8首；В.洛日杰斯特文斯基——3首；В.杰尔扎文[1]——5首（包括2首长诗《一九一八》、《在前线》）；Н.吉洪诺夫[2]——13首；Б.斯卢茨基——1首；А.科尔恰金——1首；Б.布利克——2首。据介绍，安娜·阿赫玛托娃也曾翻译过吉茨安·塔比泽的诗歌，可惜译者没能找到她翻译塔比泽诗歌的俄语译本，本书中编者也未能收录，十分遗憾。

俄罗斯许多著名的诗人都给予吉茨安·塔比泽诗歌高度的评价，如巴·安托科里斯基、尼·扎博洛茨基、Н.吉洪诺夫、尤里·德尼昂诺夫[3]等。

值得高兴的是，帕斯捷尔纳克对塔比泽的诗歌从来都赞誉有加。1931年7月14日，帕斯捷尔纳克访问第比利斯时与吉茨安·塔比泽结识，很快就成为挚友；1933年随作家代表团再访格鲁吉亚；1935年帕斯

---

① В.杰尔扎文（1908—1975）：俄罗斯诗人、翻译家、文学家。

② Н.吉洪诺夫（1896—1979）：俄罗斯诗人、散文家、时事评论家；曾获社会主义劳动英雄（1966）称号；各民族巩固和平列宁国际奖获得者、列宁奖金和三次斯大林奖金（一等奖）获得者。

③ 尤里·德尼昂诺夫（1894—1943）：尤里·尼古拉耶维奇（纳索诺维奇）·德尼昂诺夫，生于拉脱维亚列日查（今列泽科涅），前苏联、俄罗斯散文家、诗人、戏剧作家、翻译家、电影剧作家、文艺学家、批评家。

捷尔纳克翻译的诗集《格鲁吉亚抒情曲》出版①。“吉茨安·塔比泽致力于从内部，”——关于他，鲍·帕斯捷尔纳克写道——“用他每一行诗句、每一个韵脚探寻他丰富的、充满领悟能力和心灵预感的深度。他诗歌中最重要的东西，就是那种抒情潜力永不枯竭的、每首诗歌后面隐含的情感，还有那种已经表达、将要表达和还没有表达之外还要多出来的那种东西。这种心灵上没被触碰过的、资源储备的存在筑成了他诗歌的背景和第二结构，给人们传达了那种特殊的情绪，而这种情绪穿透了他们，并成为了他们最主要和痛苦的诱魅。他诗歌中的精神就像他自身拥有的那么多，复杂的、隐匿的、整体向善的、未卜先知的和富于自我牺牲的……”

正如俄罗斯作家卡·米·楚丽科娃指出的那样，“1936年吉茨安·塔比泽的俄文版诗集一经出版立即成为了著名的文学盛事。好评如潮。1937年初诗人的创作研讨晚会非常成功地在莫斯科、随后又在列宁格勒举办完成。吉茨安·塔比泽立即进入了最杰出的苏维埃抒情诗人之列。人们把他的诗歌创作跟吉洪诺夫、安托科里斯基、扎博洛茨基和帕斯捷尔纳克的诗

① 援引《帕斯捷尔纳克传》(俄罗斯诗人德·贝科夫著，王嘎译，下册第996—999页)。

歌比肩评论。”

## 6

由于俄语、汉语的巨大差异性，中文翻译，我最大的遗憾就是美妙的俄文抑扬格的诗韵无法全盘翻译到位，因为需要照顾中文的要求和阅读习惯而使得韵格丢失了很多。俄语倒装句较多（诗歌也未能幸免），译成中文后顺序能保持不变的一律不变；实在不行再做尽量最小的调整。

吉茨安·塔比泽写诗喜欢借古咏今，诗歌中对格鲁吉亚历史、宗教、文化，尤其是古希腊罗马、古波斯伊朗神话故事等用典极多。为了更好地阅读、理解吉茨安·塔比泽的诗歌，吉茨安·塔比泽的此版格语译成俄语的诗选原著 145 首诗歌就附录了 102 首诗歌的注解；而为了中文读者阅读方便，我在翻译时再添加了愈百处“译者注”和注解。但由于国内格鲁吉亚文学工具书缺乏，加之译者学识肤浅，无论译本，还是译者注，都难免会有一知半解、疏漏错误之处，敬请学者、专家和读者诸君赐教。

著名翻译家梁宗岱有他的两大原则：一是作品必须在译者心里唤起感应，二是译笔尽量以直译为主。

理想的译作应该是“作品在译者心里唤起的回响是那么深沉和清澈，放映在作品里的作者和译者底心灵那么融洽无间，二者底艺术手腕又那么旗鼓相当，译者简直觉得作者是自己前身，自己是作者再世，因而用了无上的热忱，挚爱和虔诚去竭力追摹和活现原作底神采”。翻译，尤其是诗歌翻译，梁宗岱的具体做法是有韵的用韵，无韵的力求节奏的自然，尽可能维持原作的字句和次序，尽可能原封不动地移植过来，尽管有时“因为限于文字底基本差别和译者个人底表现力，吃力不讨好和不得不越轨或者易辙的亦不少”。虽自知与翻译大家差距很大，但同为译者的感受是相通并共鸣的。翻译此书过程中，译者亦遵循不疑；而每次校读校对，译者都如履薄冰、忐忑不安，唯恐有负读者期待。

7

**致吉茨安·塔比泽**

之后，一直梦想穆赫兰山谷的雪崩
沉寂黑夜里的那只隼和它神秘的舞蹈
石头，依靠假寐的想象力已无法抵达

射出的箭，亦并非意象可以被捕捉

如万的大教堂的蝙蝠，你们、我们、他们
穿越石缝阴凉之风，倾听心魔的声响
阿多奈，谁经受得起时间之刀的凌迟
唯有阿拉格维河四月黑色的漩涡

你像一尊东方佛，或一幅法国油画
帕斯捷尔纳克还说你是一座罗丹雕像
你却说自己只是一根没有雕过的芦苇秆儿
风吹的哀歌，是你秘密的猜测者

蓝色的兽角挤满天空，利奥河水的叹息
被裹尸布带进墓地。阿纳奴利守望的苹果花
开满兰波的山冈。曾寻找天空雷暴之鞭
昌吉琴的夜总把达利亚里的驼队送远

皮埃罗，你的沉默不单能挖到盐巴、金子
正午的阳光如此高远，萨卡尔特维洛知道
当你和保罗一同赴死，奥尔皮里缺什么
从不缺眼泪。还有死亡发红的眼睛

2016.12.16

# 8

今天，2016年12月16日，吉茨安·塔比泽离世整整八十年。冥冥之中，译者似乎与诗人塔比泽已心灵融通。窗外的鹏城温暖如春，又是一个灯火斑斓之夜；而万里之外的第比利斯山城该下雪了吧？那流水不绝的阿拉格维河，还有冰雪永不消融的卡兹贝克峰顶，此刻该也跟译者一样常常思念起他们为之骄傲的诗人吧！他是一只沉寂黑夜里独自舞蹈的隼，一位宁折不屈、对祖国无比忠诚的、真正的“虎皮武士”。

拙译的出版，对译者有着非常深刻的意义。酸甜苦辣俱全，而更重要的是，让卅年从事诗歌写作和热爱翻译的我得以再次确认无怨无悔和执着。而这份觉悟和欢娱，也想与读者诸君分享。

最感谢的人：诗人吉狄马加自始至终无私地鼓励并作序支持令我此生铭记。

感谢老友彭明宽亲力亲为、同事老友廖红英老师托友万里迢迢为我在莫斯科觅得《吉茨安·塔比泽诗选》俄语原版（苏联作家出版社，1964年，第二版；西蒙·奇科瓦尼作序、卡·楚丽科娃绪论、Л·舍别列娃编注、巴·安托科里斯基责编）。

感谢北外老友陈树才、高兴、林亚萍、马晓霖、北外同班同学周苑等一如既往地支持帮助；感谢翻译家王家新、赵四、汪剑钊、晴朗李寒等翻译同仁。开卷有益，读他们的译作，我受益良多；有他们陪伴，翻译路上不寂寞；感谢俄语翻译家王嘎先生，在他潜心六年最新翻译出版的《帕斯捷尔纳克传》中，吉茨安·塔比泽与俄罗斯诗歌界的文学交流、与帕斯捷尔纳克的结识、相知成为挚友等内容均有较为翔实的描述，使得译者有了更加鲜活、生动的事例佐证；感谢人民文学出版社编辑、诗人何家炜先生不遗余力为出版拙译奔忙；感谢法语翻译家刘楠祺先生、莫斯科大学尤利娅·德列伊吉斯（邓月娘女士）副教授、社科院止语老师、青年评论家胡亮先生、诗人盛一杰、朱力女士、格鲁吉亚驻华使馆 Toma 女士等许许多多因此书得缘认识的朋友们热心相助的友情。

这里，请让我对妻子王铌说一声谢谢！由于我的翻译工作都是在业余时间和节假日、周末完成，这不但需要得到妻子充分理解支持，有些译本她还给了不少好的建议。没有她的帮助我是无法译好此书的。

骆　家

丙申冬月十八初稿，腊月初八修订于鹏城大涌

邮箱：hq906@sina.com